은
하
환
담

은하환담

銀河幻談

곽 재 식
김 설 아
김 성 일
이 경 희
소 렌
송 경 아
이 한
문 녹 주
전 혜 진

달다

土地精神

토지정신

곽재식

2006년 MBC TV에서 단편 소설 「토끼의 아리아」가 영상화되면서 본격적으로 작가 활동을 시작했다. 이후 『지상 최대의 내기』, 『신라 공주 해적전』, 『가장 무서운 이야기 사건』, 『ㅁㅇㅇㅅ』 등의 소설집과 장편소설을 출간했고, 글 쓰는 이들을 위한 책 『항상 앞부분만 쓰다가 그만두는 당신을 위한 어떻게든 글쓰기』, 과학 교양서 『괴물×과학 안내서』, 『곽재식의 세균 박람회』, 『로봇공화국에서 살아남는 법』, 『곽재식의 아파트 생물학』 등 분야를 넘나들며 다양한 책을 썼다. MBC 〈심야괴담회〉, tvN 〈다빈치노트〉 등 대중매체에서도 활약하고 있다. 숭실사이버대학교 환경안전공학과 교수.

남사南使는 고조선 중엽 서해西海 사람이다. 이 무렵 나라가 안정되고 문물이 번성하자 궁중에서는 도읍에서 멀리 떨어진 곳에도 신하들을 보내려고 했다. 그리하여 동서남북의 깊은 골짜기와 높은 산에 사는 사람이라 할지라도 임금에게 충성해야 한다는 것과 나라에서 정한 예법을 알도록 가르치고자 했다.

그렇다 보니 남사 또한 그와 같은 일을 맡아 길을 떠나라는 명령을 받았다.

"너는 본시 바닷가 마을에서 태어난 사람으로 물길에 밝고 배를 타는 일에 익숙하다. 그러므로 바다의 섬들을 돌아다니며 나라의 예법을 가르치도록 하라. 마침 남쪽 먼 곳으로는 우리 신하들이 가본 적이 없으니, 너는 남쪽의 섬들을 향해 가거라."

궁중의 높은 사람이 남사에게 그와 같이 말했다. 그러자 남사는 다음과 같이 답했다.

"바다는 끝없이 넓으니 제 고향 마을 앞 바닷가를 안다고 해도 다른 섬으로 가는 길이 어떤지는 알 수 없습니다. 또한 멀리 떨어진 섬으로 떠났다가 만약 그 섬의 성주城主 중에 우리나라와 단군檀君을 모르는 자가 있다면 괜히 싸우게 될지도 모르는 일입니다. 섬은 사방이 물로 막혀 도망칠 곳이 없을 것이니 그 또한 매우 위험합니다. 어찌 저 혼자서 먼 길을 떠나 그와 같은 일을 할 수 있겠습니까?"

그러자 궁중의 높은 사람은 남사를 꾸짖었다.

"세상에 사람들에게 예의와 법도를 가르쳐 퍼뜨리는 것만큼 중요한 일이 또 있겠느냐? 너는 그와 같이 중요한 일을 나라에서 맡겼으면 그것을 고마워할 줄 알아야지, 어찌 네 몸뚱어리 하나가 힘겨울 것만을 겁내느냐? 너는 너밖에 모르느냐? 그러고도 나라의 일을 하는 사람이라고 할 수 있겠는가? 너같이 게으르고 간교한 자가 있기 때문에, 백성들이 나라를 믿지 않고 관리들을 싫어하는 것 아니겠는가? 어찌 너 따위 야비한 자에게 이같이 중대한 일을 맡기겠는가?"

그리고 주변의 병졸들에게 말하기를,

"너희들은 이 간교한 관리를 매질하도록 하라."

라고 했다.

남사는 깜짝 놀랐다. 그러나 매질을 당하러 끌려가면서 가만 생각해 보니, 오히려 잘된 일 같았다. 남사는 매질을 하려는 병졸에게 말했다.

"차라리 잘된 일이오. 만약 먼 남쪽 섬으로 떠났다가 잘못해서 우리나라 조정을 미워하고 단군을 따르지 않는 성주가 다스리는 섬에 들어가게 된다면 목숨을 잃지 않겠소? 이렇게 몇

대 매질을 당하고 목숨을 구할 수 있다면 나쁜 일은 아니오."

병졸 또한 답하기를,

"과연 그 말은 틀리지 않소."

라고 했다.

그러고 나서, 병졸이 남사를 매질하기 시작하니, 남사는 맞으면서도 오히려 기뻐서 웃음을 지었다. 병졸 또한 매질을 마치고 피를 흘리는 남사를 치하하며,

"잘되었소, 잘되었소."

라고 했다.

그런데 궁중의 높은 사람이 다른 부하들을 모아 두고,

"이 나라 문물의 성대함을 널리 알리며 또한 단군의 높은 뜻과 내려오는 예의와 법도를 남쪽 섬에 알리는 귀하디귀한 일을 누가 하겠느냐?"

라고 말했을 때 아무도 나서는 사람이 없었다. 궁중의 높은 사람은 하는 수 없이 다시 남사를 데려와서 일을 맡기도록 했다.

그러자 남사는 이렇게 말했다.

"저는 너무나 야비한 자라서 이와 같은 일을 할 수 없다고 하시지 않았습니까? 저는 이 일을 할 수 없습니다. 그 때문에 매질까지 당한 죄인입니다."

그러자 궁중의 높은 사람은 이렇게 말했다.

"그러나 임금님의 아량은 넓기가 끝이 없으니 비록 너 같은 자에게도 귀한 일을 맡겨 죄를 씻을 기회를 준다고 하신다. 그러니 속히 남쪽으로 떠나도록 하라."

남사는 억울해 다시 따졌다.

"억울합니다, 어르신. 그렇다면 제가 괜히 매질을 당한 것 아닙니까?"

궁중의 높은 사람은 그에 대한 대답은 하지 않고 조용히 병졸들을 다시 불렀다. 그리고 남사에게 다시 매질을 하도록 시켰다.

"네가 일을 하기 싫어하는 것이 간교하기 때문에 다시 매질을 하는 것이다."

매질이 끝나자, 궁중의 높은 사람은 남사에게 나라에서 내려 주는 보물이라면서 청동으로 만든 검 한 자루와 증표로 사용할 아름다운 무늬가 새겨진 거울 하나를 주었다.

"이 거울은 무엇에 쓰는 것입니까?"

"이 거울은 나랏일을 하는 사람의 증표이니, 이것을 높이 쳐들어 보이면 사람들이 두려워하며 너의 말을 들을 것이다."

"조선이라는 나라가 있는지 없는지도 모르는 바다 건너 먼 곳의 섬들을 다닐 터인데, 그런 거울이 무슨 소용이란 말입니까? 차라리 일이 잘못되어 칼이나 화살을 맞았을 때 몸을 지킬 수 있도록 갑옷을 한 벌 주시면 안 되겠습니까?"

그러나 궁중의 높은 사람은 고개를 저었다.

"갑옷은 싸움터에 나가는 병사와 칼춤을 추는 무희에게만 주도록 되어 있다. 너는 단군의 예법을 전하는 관리이니 그것은 힘으로 하는 일이 아니라 자애로운 마음과 넉넉한 덕으로 하는 일이다. 너 같은 일을 하는 자에게 갑옷을 준다는 법은 없다."

"그렇다면 검은 왜 준 것이오?"

그러자 궁중의 높은 사람은 한참 고민하다가 이렇게 대답했다.

"법이 그러한 것을 나에게 따진들 무슨 소용인가?"

마침내, 남사는 모든 재산을 팔아 스스로 갑옷을 한 벌 구해 옷 안에 받쳐 입기로 했다. 그리고 떠나기로 되어 있는 날까지, 시장터에서 검법을 재주로 부리는 사람을 찾아가 칼 쓰는 법을 가르쳐달라고 빌어서 온 힘을 다해 무예를 연마했다.

과연 남사가 남쪽으로 길을 떠나 배를 타고 바다로 나아가 보니, 바다 끝의 먼 고을들은 이미 그곳에 요새를 짓거나 성을 만들어두고 다스리는 성주가 있었다. 그리고 그중에는 단군의 예법을 따르라는 말을 쉽게 들어주지 않는 곳들이 많았다.

남사가 도착하자마자 돌멩이를 던지고 화살을 쏘면서 쫓아내려는 섬이 있었는가 하면, 저녁을 대접하고 하룻밤 편안하게 자게 해준다고 했다가 밤에 몰래 목숨을 해치고 옷과 물건을 빼앗으려 하는 곳도 있었다. 어느 고을에서는 성주가 남사를 붙잡아 두고 무슨 예의와 어떤 법도를 지켜야 하는지 하나하나 따져 묻는데, 답할 때마다 조롱하거나 꾸짖어 겁을 주고 웃음거리로 삼으려 들었다.

그때마다 온 힘을 다해 도망치기도 하고, 궁지에 몰리면 검을 들고 싸우기도 하면서 남사는 이곳저곳을 떠돌아다녔다.

"이럴 바에야 차라리 그냥 어디 먼 곳으로 혼자 도망쳐 숨어버리는 것이 낫지 않겠는가?"

결국 지쳐서 그와 같이 결심한 남사는 살기 좋고 인심 좋은 섬을 찾아 그곳에서 몰래 지내기로 했다. 때문에 배들이 많이 들어오는 포구를 다니며, 어느 섬이 가장 살기 좋은지 여러 사람들에게 물었다.

그러던 중 어떤 뱃사람이 다음과 같은 이야기를 들려주었다.

"남쪽으로 멀리 떨어진 바다 한가운데에 커다란 섬이 있는데, 그곳 한켠에 심혈성深穴城이라는 곳이 있다고 하오. 나도 그곳에 가본 적은 없고 근처 바다에서 이야기를 전해 듣기만 했소. 심혈성 사람들은 모두 온화하고 착하며, 낯선 사람에게 베풀기를 좋아하고, 또한 서로 사랑하면서 항상 아름다운 노래를 부르는 것을 즐긴다고 하오. 살기 좋은 섬을 찾는다면 그런 곳이 또 있겠소? 그러니 그대는 심혈성에 가보는 것이 어떻겠소?"

그 말이 그럴듯하게 들렸으므로, 남사는 심혈성에 가기 위해 물길을 알아보고 배를 구하고자 애썼다.

한 달 동안 심혈성에 가는 길을 찾아다닌 끝에 남사는 드디어 심혈성 근처로 가는 배를 구하게 되었다. 남사가 많은 재물을 치르면서 뱃사람에게 부탁하기를, 배를 타고 가는 도중에 잠깐 뱃길을 돌려 심혈성에 들러달라고 했다.

뱃사람의 대답은 이러했다.

"그 근방은 본래 거리가 멀어 가고 싶지 않은 곳인데, 그중에서도 그대가 말하는 심혈성이 있다는 곳은 비바람을 일으키는 괴물이 산다는 말이 있소. 만약 바람이 세게 불어 배가 뒤집히면 우리는 어쩌란 말이오? 심혈성까지는 갈 수가 없고, 우선 그 근처의 다른 곳까지 데려다줄 터이니 그곳에서 그대가 알아서 심혈성까지 가도록 하시오."

남사는 하는 수 없이 뱃사람들의 말에 따르기로 했다.

배를 타고 하룻밤을 꼬박 나아갔을 때, 갑자기 세찬 비가 내리며 바람이 거세지기 시작했다. 배의 흔들림은 점점 더 심해졌다. 얼마 지나지 않아 배를 탄 사람들은 모두 겁을 먹었다. 그러자 배에 탄 사람 중 하나가 말했다.

"심혈성의 괴물이 화를 내고 있는 것 아닌가?"

"괴물이 화가 나서 바람을 일으킨다."

"심혈성의 괴물이다!"

누군가 괴물 이야기를 꺼내자, 배에 탄 사람들은 삽시간에 모두 바람이 심혈성에 사는 괴물 때문이라고 믿게 되었다. 곧 뱃사람 중 우두머리가 남사에게 말했다.

"그대가 함부로 심혈성에 찾아간다고 해 심혈성의 괴물이 화를 내는 것 같소. 이 일을 어찌해야 하겠소?"

"사공께서 심혈성은 함부로 갈 수 없는 곳이라고 하시기에, 저 또한 그곳까지 가지 않겠다고 말씀드리지 않았습니까? 지금 저는 심혈성과 가까운 다른 고을에 가려는 것뿐입니다. 왜 이것이 제 탓이란 말입니까?"

그러자 배에 탄 다른 사람이 겁에 질려 울면서 말했다.

"네가 결국은 심혈성에 가겠다는 마음을 품고 있기 때문에 심혈성의 괴물이 그 기운을 느끼고 화를 낸 것 아니겠느냐?"

"그렇다. 네가 심혈성에 가지 않는 길이라 해도 가겠다는 마음이 있으니 심혈성의 괴물이 화를 내는 것이다."

"네놈이 불경한 마음을 품어 우리가 이와 같은 재난을 만났으니, 너 하나 때문에 모두가 위태로워졌다."

겁이 난 다른 사람들이 속속 합세해 모두 함께 남사를 탓하기 시작했다. 결국 뱃사람들의 우두머리가 남사에게 말했다.

"그대의 목숨은 하나요, 배를 탄 다른 사람들의 목숨은 이렇게 많소. 목숨 하나 때문에 이 많은 목숨을 잃어야 하겠소? 따지고 보면 모든 것이 그대가 스스로 나쁜 마음을 먹어서 이렇게 된 것이니, 그대는 너무 원망하지 마시오."

배에 탄 모든 사람들이 남사에게 몰려들더니 힘을 모아 남사의 몸을 붙들고 그대로 바다로 내던져 버렸다. 남사는 물에 빠지지 않으려고 발버둥 쳤으나, 여러 사람의 힘을 당해 낼 수는 없었다.

남사가 물에 빠져서 떠내려가는데 뱃사람들이 의논하기로,

"심혈성의 괴물은 선행을 좋아하고 악행을 싫어한다고 하는데 이렇게 사람을 물에 던지면 그것은 살인죄가 아니겠소? 그러니 남사가 살아날 길 한 가지는 주도록 합시다."

라고 하면서, 널빤지 하나를 남사에게 던져주었다. 그리고

"이제 우리는 살인죄를 저지른 것은 아닙니다."

하고는 배에 탄 사람들이 다 같이 남쪽을 향해 연거푸 절을 하면서

"괴물님, 살려 주십시오."

"괴물님, 바람을 그치게 해 우리를 살려 주십시오."

하고 계속 빌었다.

바다에 던져진 남사는 물 위를 떠다니는 널빤지를 온 힘을 다해 끌어안았다. 혹시라도 널빤지를 놓칠까 봐 허리띠와 웃옷을 벗어 몸과 널빤지를 감아 묶었다. 그리고 세찬 바람에 파도를 따라 떠다니는 대로 정신없이 흘러갔으니, 바닷물이 철썩거리며 내는 소리와 배에 탄 사람들이 내는 소리, "살려 주십시오."라고 비는 소리가 이리저리 뒤섞여 들렸다. 그러다 점차 멀어지며 그 소리가 줄어드니, 마치 그에 따라 목숨이 서서히 꺼져가는 것 같은 느낌이 들었다.

한참을 물 위를 떠다니다가 목이 말라 견딜 수 없어졌을 때 즈음, 남사는 하얀 모래가 곱게 깔린 조용한 바닷가에 밀려오게 되었다. 어디로 왔는지도 알 수 없었고, 근처에 누가 있는지도 알 수 없었으나, 남사는 그저 "물 좀 주시오. 물 좀 주시오." 하고 외쳤다. 이미 기운이 다하고 정신을 잃을 지경이 된지라, 어디에 대고 외치는 소리인지 스스로도 알 수 없었다.

얼마 후 따뜻한 물이 입으로 흘러드는 것이 느껴져 남사는 그것을 빨아 마셨으며, 곧 달콤한 다른 물도 있는 것 같아 그것도 벌컥벌컥 마셨다. 그리고 기운이 다해 잠이 들었다가 깨었다가 하는 듯했는데, 그러기를 하루 낮밤을 반복하고 나서야 기운을 차려 자신이 어디에 누워 있는지 볼 수 있게 되었다.

남사가 둘러보니, 정갈한 옷을 입은 사람 둘이 미소를 지으며 자신을 보고 있었다. 남사가 물었다.

"여기는 어디입니까?"

"이곳은 심혈성이고, 이 집은 제가 사는 집입니다. 바닷물에 떠밀려 오느라 기력을 잃었으니 그대는 애써 말을 하려 힘을 쓰지 마시고, 그저 푹 쉬시면서 먼저 기력을 다시 찾도록 하십시오."

남사는 심혈성이라는 말에 정신이 번득 들었다.

과연 사람들의 태도를 보니 심혈성 사람들은 인심이 좋다는 말이 맞는 것 같았다. 앞에 앉아 있는 사람은 남사에게 따뜻한 술을 권했으며, 또한 그 술을 마시고 나니 죽을 권하며 먹으라고 했다.

남사가 물었다.

"제가 어디서 온 누구인지도 모르실 터인데, 어찌해 저를 형제자매와 같이 이렇게 잘 보살펴 주시는 것입니까?"

그러자 그중 하나가 이렇게 답했다.

"어려움에 처해 괴로워하는 사람이 있으면 그가 편안해지도록 돕는 것이 사람의 도리가 아니겠습니까? 비록 우리가 각자의 일로 바쁘고 또 힘들기는 하나, 조금 더 힘을 내어 다른 사람을 돕는 일은 그만큼 더 기쁜 일입니다."

그들은 남사가 몸의 아픔과 괴로움을 덜도록 온몸을 주물러주더니 곧 "손발이 차갑습니다."라고 하면서 품어주고 안아주었다.

다시 걷고 뛸 수 있을 정도로 회복된 남사는 심혈성이라고 하는 그 고을을 돌아보았다.

성이라고는 하지만 사람이 많지는 않았으며, 땅이 거칠어 농사를 짓기에도 썩 좋아 보이지 않았다. 그렇지만 사람들이 모두 열심히 일했으며 갖가지 산나물과 나무 열매가 풍부해 먹을 것이 부족하지는 않았다. 또한 돼지를 많이 길러 고기가 충분했으며 날씨가 온화했다. 그곳 사람들은 갖가지 향기로운 술을 만드는 재주가 좋아 마실 것들이 다양했으며, 또한 물고기를 잡는 재주도 뛰어나 음식의 종류가 다채로웠다.

무엇보다 심혈성 사람들은 항상 서로 사랑하며 남을 돕고자 했다.

남사는 그곳에 처음 나타난 사람이었는데도, 누구 집에 들어가든 항상 손님으로 반겨주었으며 먹을 것을 달라고 부탁하기만 하면 주는 것 없이도 얼마든지 음식을 얻어먹을 수 있었다. 또한 옷이 부족한 것 같으면 옷을 거저 주는 사람이 있고, 잘 곳이 없으면 집을 거저 지어주려는 사람들이 있었다. 그런가 하면 사람들이 노래 부르는 것을 좋아하고 또 노래 부르는 솜씨도 좋아 언제나 길목마다 아름다운 노래 소리가 들렸다. 밤이 되면 곳곳에 불을 피워 두고 술을 나누어 마시며 춤을 추었으니, 처음 본 사람이라 하더라도 누구나 어울려서 같이 밤새 놀 수 있었다.

"어찌 이런 곳이 있는가?"

며칠을 심혈성에서 지낸 남사는 이곳이라면 일을 하지 않고 그저 매양 놀고먹으며 지낼 수도 있겠다고 생각했다. 그러나 사람들이 자신을 마치 가족처럼 생각하는 것을 보니 어느새 자신도 그저 놀고먹을 수만은 없다는 생각이 저절로 들었다. 남사는 차차 사람들과 어울리면서 이런저런 일을 거들었고, 시간이 지나자 온 힘을 다해 애써 일했다.

"이런 약초가 그런 병에 잘 듭니다."

"산짐승을 만났을 때는 이렇게 칼을 써서 싸워야 합니다."

남사는 조선의 도읍에 살면서 이런저런 산에 나는 풀이나 꽃으로 약 만드는 법을 배운 적이 있었고, 또한 검법을 어느 정도 알고 있었으므로 그런 기술을 사람들에게 알려주었다. 아무래도 외딴 고을인지라 그곳 사람들은 병이 들었을 때 약

쓰는 방법을 잘 알지 못했고, 사람들 사이에 싸울 일이 없으니 검법을 중시하는 사람도 없어, 약초와 칼에 대해서는 남사가 제법 아는 것이 많은 편이었다.

그러자 심혈성 사람들은

"그대는 참으로 사랑받을 만한 재주를 갖고 있소."

라고 칭송하며 좋아했으므로, 남사도 그들과 친밀해졌다. 하루하루 시일이 지나는 사이에 자신도 그곳의 다른 사람들처럼 힘써 일하고 항상 다른 사람을 돕고 또한 같이 사랑하면서 살아가는 것을 당연하게 여기게 되었다.

"이곳에 숨어 살겠다는 것은 참으로 훌륭한 생각이다. 어찌 이와 같이 좋은 곳이 또 있겠는가? 나는 옛날, 내가 매질을 당하고 쫓겨나듯이 남쪽으로 내려오고, 또한 배에서 바다로 버려졌을 때, 어찌 나는 이렇게 운이 없는가 하는 생각만 했다. 그런데 지금 생각해 보니 그 모든 일이 내가 이 좋은 곳에서 살 수 있도록 천지신명께서 이끌어주신 것 아니겠는가?"

남사는 어느 날 술에 취해 너무 기뻐 그렇게 홀로 외치고는, 술을 마시며 춤을 추는 사람들 틈바구니에서 보이는 사람마다 붙잡고 절을 하며 "은혜가 너무나 큽니다."라고 인사했다.

한동안 남사는 심혈성에서 즐겁고 신나게 살았다. 모든 사람이 자신을 알아주고 아껴주는 느낌이었고, 남사 또한 다른 사람들에게 그리했다. 다 같이 어울려 지내며 서로서로 좋은 사람이 되어주고 있었다. 그러므로 부족한 것도 없고 모자란 것도 없으며 외로운 것도 없고 걱정스러운 것 없이 살 수 있었다.

그렇게 지내던 어느 날, 남사는 동이 트도록 노래와 춤을 즐기다가 어슴푸레하게 떠오르는 해를 보고 있었다. 남사는 한바탕 웃고는 밤새 같이 어울리던 사람을 향해 이렇게 중얼거렸다.

"나는 이 고을, 저 고을을 다니면서 다투고 화내고 싸우고 걱정하고 겁내고 슬퍼하는 사람들을 무수히 보아왔으며, 심지어 목숨을 잃을 뻔한 적도 한두 번이 아니었습니다. 세상 사람들은 보통 그와 같이 사납고 무섭습니다. 아마 지금도 바다 건너 육지에는 바로 그런 세상이 펼쳐져 있을 것입니다. 도대체 무슨 좋은 운을 만났기에 이곳에서는 이렇게 좋은 시절만 지낼 수 있는지 모를 일입니다."

답을 듣고자 남사가 그런 말을 한 것은 아니었다. 그런데, 그 말을 들은 사람은 이런 이야기를 들려주었다.

"그것은 온 세상을 만드셨고 온 세상을 마음대로 움직이고 계시며 또한 온 세상을 끝내실 수도 있는 분, 바로 정신精神께서 이곳의 토지土地에 살고 계시기 때문입니다. 온 세상을 만들어 움직이고 계신 정신께서 곁에 계시면서 항상 우리를 이 끌어주시는데, 어찌 잘 살 수가 없겠습니까?"

그 말을 듣고 남사는 이상히 여겨 다시 물었다.

"정신이 이 땅에 서려 있다는 말은, 어느 곳에서나 천지 신명의 깊은 뜻을 알 수 있기 마련이니, 이 땅에 살면서도 항 상 하늘의 뜻을 알고 따르며 착하게 살고자 애쓴다는 뜻입니 까?"

그러자 남사의 말을 들은 사람은 노래를 흥얼거리더니 쿡 쿡 웃었다. 그리고 이렇게 대답했다.

"다른 고을의 학자들이 그처럼 알 듯 말 듯한 어려운 말로 세상의 이치를 논한다는 이야기를 들어본 적이 있습니다. 그 런데 저희들이 하는 말은 그런 것이 아닙니다. 이곳에는 정말 로 온 세상을 만들고 움직이는 정신께서 사십니다. 우리는 정 신을 가까이서 볼 수도 있고, 정신이 해주시는 말씀을 바로 들어볼 수도 있습니다. 게다가 정신께서는 우리 중 한 사람을 골라 영영 다른 세상으로 보내주시기까지 하십니다."

남사는 그 말을 도무지 믿지 못해 다시 고쳐 물었다.

"온 세상을 만들었고 또 온 세상을 스스로 없앨 수도 있는 신령이 정말 이곳에 있어서 만날 수 있다는 말입니까?"

"그렇습니다."

"그렇다면 도대체 어디에 있습니까?"

그러자 남사와 같이 논 사람은 언덕 너머 숲 사이 방향을 가리켰다.

"저곳에 있습니다."

가리키는 방향을 자세히 보니 그곳에는 땅속으로 통하는 동굴이 있었다.

날이 밝아 한참이 지난 후에도 들은 이야기가 남사의 머릿속에서 어지러이 맴돌았다. 마침내 남사는 직접 가봐야겠다 생각하고, 동굴 가까이 가보았다.

동굴은 앞에 새끼줄로 울타리를 쳐 사람이 들어갈 수 없도록 해두었다. 그 새끼줄에는 울긋불긋한 천 조각들이 매달려 있었다. 역시 동굴로 들어가지 말라는 뜻 같았다. 때문에 남사는 동굴 앞에 서서 주저하면서 그 안에 무엇이 있는지 들여다보려고 했다. 그러나 그 안은 컴컴하기만 해 보이는 것이 없었다.

"이 안에 정말 세상을 만든 정신이 있는가?"

남사는 그와 같이 중얼거리며 무엇이라도 보이는가 싶어 눈을 크게 떴다. 그런데 동네 사람 서넛이 남사에게 다가오더니 말했다.

"지금은 정신을 만나 뵐 수 있는 때가 아니니, 이곳을 기웃

거려서는 안 됩니다. 봄과 가을마다 도사일禱祀日이 하루씩 있으니, 그때 사람들이 모여 정신을 뵙는 것이 우리 풍속입니다."

남사는 자못 놀랐다. 그 말을 들으니 더욱 궁금해져서 물었다.

"도사일이 되면 정말로 세상을 마음대로 움직인다는 정신을 직접 볼 수 있습니까?"

"그렇습니다. 세상의 모든 땅덩이와 하늘과 바다와 그 속에서 살아가는 모든 나무와 풀과 꽃과 짐승과 벌레들을 다 만들어 지금 같이 있게 해주신 정신을 우리는 매년 두 번 직접 보고 그 말씀을 들을 수 있습니다. 정신께서 때마다 바람이 불게 하고 뜻대로 비가 내리게 하며 해를 움직여 낮과 밤이 있게 하고 또한 사람이 태어나고 죽는 것도 모두 움직이시니, 바로 그분의 말씀을 들으면 어떻게 살아야 하는지 누구나 환히 알 수 있는 것입니다."

설명을 듣고도 남사는 믿을 수가 없었다. 그렇지만 그곳 사람들과 이미 친해졌으므로 그 말을 가벼이 여길 수도 없었다. 아닌 게 아니라 이야기를 들을수록 신비롭고 거룩한 느낌이 들기도 했다.

남사가 다시 물었다.

"그렇다면 저 또한 도사일이 되면 이 동굴에서 정신을 만날 수 있습니까?"

"그렇습니다. 우리의 가족과 같은 그대가 이곳에서 할 수 있는 가장 좋은 일을 하고 싶다면 해야 하지 않겠습니까? 부디 도사일이 되면 그대 또한 이 동굴에 들어가서 정신을 만나 뵙고 그 말씀을 하십시오. 그러면 곧 삶을 바르게 살려는 뜻을 더욱 굳건히 세우게 될 것이고 더욱 즐겁고 기쁘게 살게 될 것입니다."

그 말을 듣고 남사는 다시 동굴 속을 쳐다보았다. 다시 보아도 보이는 것은 시커먼 어둠뿐이었다.

남사는 이후 사람들과 어울려 웃기도 하고 좋은 음식을 즐기기도 하고 땀 흘려 일하기도 하고 갖가지 노래를 배우기도 했다. 그러나 동굴 속에 정신이 있다는 이야기를 들은 다음부터는 아무래도 마냥 즐겁게 지낼 수 없었다.

도대체 정신이란 것이 어떤 모습으로 나타나 무슨 이야기를 해주는지, 정신은 무섭고 위엄 있을지, 아니면 자애롭고 너그러울지, 정신은 왜 이곳에 살고 있으며 하필 땅속으로 통하는 굴에 사는지, 갖가지 생각이 계속 맴돌았다. 마치 목에 작은 생선 가시가 걸린 것처럼 생각들이 계속 사라지지 않고 언제나 마음을 거슬리게 했으므로, 남사는 밤마다 누워 잠을 이루지 못하고 눈을 끔뻑이기만 했다. 그저 도사일이 오기를 기다렸다.

계절이 바뀌고 도사일이 다가오자, 사람들은 더 아름답고 고운 옷으로 갈아입고 몸을 단장했다. 사람들은 정신과의 만남을 준비한다면서 몸을 씻고 또한 특별히 만든 더 깨끗한 음식을 먹었다. 마침내 도사일 밤이 되자 사람들은 불을 밝히고 행렬을 지어 동굴로 나아갔다.

동굴을 막고 있던 새끼줄 울타리를 끊어내고, 사람들은 노래를 부르기 시작했다. 그 노래는 평소에 가장 많이, 자주 부르던 노래였다. 남사 또한 무리 사이에 섞여 있으니 노래를 같이 부르게 되었다. 노래가 끝나면 다시 처음부터 또 반복해 또 불렀다. 동굴에 들어서자 소리가 울려 노래는 더욱 기이하게 들렸다.

몇 차례 노래를 반복하는 사이에 남사는 노래의 뜻을 깨달았다. 처음에는 그저 듣기 좋은 곡조라고 생각했지만, 이와 같이 동굴 속에서 다시 들으니 마치 귀신이 허공을 떠돌며 속삭이는 소리처럼 들렸다.

사람들의 행렬은 줄을 지어 동굴 깊은 곳으로 한 걸음 한 걸음씩 내려갔다. 땅속 세상으로 한참을 걸어 들어가는 것 같았다. 다리가 아플 정도로 걷고 나서야 무리는 멈춰 섰다. 그

즈음해서는 너무 땅 밑으로 깊이 들어와서 땅 위의 세상과 하늘은 아득히 느껴질 정도였다.

그때도 사람들은 노래를 멈추지 않고 계속 부르고 있었다. 얼마 후 몇몇 사람들이 악기를 연주하기 시작하니 노래 소리는 더욱 이상하게 들렸다. 동굴 속에서 불을 밝히니 불길이 일렁거렸다. 그에 따라 사람들의 형체도 마치 구름이 피어오르거나 거품이 보글거리는 것 같이 보였다.

'음악 소리가 너무나 괴이해 갑자기 울고 싶기도 하고, 또 갑자기 웃고 싶기도 하구나.'

남사가 그와 같이 생각했을 무렵, 누군가가 말하는 소리가 들렸다.

"정신께서는 저희 앞에 모습을 드러내시고 말씀을 내려주십시오."

그 말이 끝나기도 전에, 같은 말을 따라 하는 사람들이 무리 중에 여럿 생겼다.

"정신께서는 저희 앞에 모습을 드러내시고 말씀을 내려주십시오."

"정신께서는 저희 앞에 모습을 드러내시고 말씀을 내려주십시오."

사람들은 일제히 앞을 향해 엎드려 절하고 다시 일어났다가 또 절하기를 반복했다.

그러면서도 노래를 그치지 않았으며, 계속해서 소리 지르듯이 크게 노래를 불렀다. 사람들 중에는 쉴 새 없이 절을 하다가 바닥의 돌에 부딪쳐서 무릎에 피를 흘리는 사람이 있는가 하면 힘이 부족해 절을 하다 말고 엎어지는 사람도 있었다. 그러나 온 세상에서 가장 존귀하고 온 세상에서 가장 큰 덕을 베풀 수 있는 정신을 뵐 생각에 다들 감격해 아픈 줄도 모르고, 힘든 줄도 모르고 절하고 노래하기를 계속했다.

남사는 처음에는 그 모습이 이상했고 또 두려웠다. 그러나 다른 사람들을 따라하는 중에 자신도 자연히 비슷한 마음가짐을 갖게 되었다. 정말로 정신이 나타나면 얼마나 큰 힘을 발휘해 자신을 더 감격하게 할 것인가 기대하게 되었고, 자기도 모르는 사이에 두 눈에서 조금씩 눈물이 흘렀다.

"정신께서 나타나셨습니다!"

그때 모여 있던 사람 하나가 그렇게 말했는데, 감동을 이기지 못해 소리를 내어 엉엉 울어 버렸다.

그러자 다들 같이 감동해 눈물을 흘리면서 더 격렬히 반복해 엎드려 절했다. 어떤 사람은 일부러 더 격하게 절을 해 피를 흘리고 싶어 하는 것처럼 움직이기도 했고, 어떤 사람은 기분을 이기지 못해 제자리에서 팔짝팔짝 뛰기도 했고, 어떤 사람은 제 마음을 견디지 못하는 듯 숨 가쁜 소리를 지르며 돌바닥에서 이리저리 뒹굴거나 가슴을 쥐어뜯거나 머리를 흔들거나 주저앉아 팔다리를 버둥거리기도 했다.

남사 또한 감정이 격렬히 치밀었다. 그래서 더 거세게 절을 하려다가 사람들이 절하는 방향에 무엇이 나타났는지 보았다.

"저것은 뱀이 아닌가?"

바위틈에 뱀 한 마리가 있었다. 구렁이와 비슷하게 생겼으며 제법 크기가 컸는데, 이상하게도 몸 이곳저곳에 붉은 무늬 같은 것이 있었다. 남사는 그렇게 생긴 뱀을 한 번도 본 적이 없었다. 뱀의 몸에 난 붉은 무늬는 사람들이 밝혀 놓은 불빛을 받으면 마치 불꽃으로 타오르는 것 같아 보였다.

그 뱀은 사람들 쪽으로 기어 오면서 가끔 입을 벌리고 소리를 냈는데, 그 소리가 보통 뱀과는 아주 달라서 무엇인가 긁는 소리 같기도 하고 사람이 한 마디씩 웅얼거리는 것 같기도 했다. 사람들이 절을 하면서 울부짖는 소리가 울려 동굴 속이 너무 시끄러웠으므로 정확히 듣기는 어려웠으나 뱀이 무엇인가 이상한 소리를 내는 것은 분명했다.

뱀은 사람들 사이를 이리저리 오가다가 무리의 앞쪽에 서 있던 사람들 곁으로 기어갔다.

무리 앞쪽에는 나이가 적은 사람들이 있었다. 뱀은 그중에서도 무척 곱게 단장한 16세쯤 되어 보이는 이 곁으로 기어갔다. 뱀이 곁을 맴돌자 그 사람은 차오르는 격정을 이기지 못해 비명을 지르는 것과 같은 소리를 내면서 노래를 불렀고, 그러자 눈물과 땀이 온몸을 푹 적시도록 계속해서 흘러내렸다.

"정신께서 데려가신다."

어떤 사람 하나가 소리를 질렀다. 그러자 다른 사람들도 같이 소리를 질렀고 노랫소리는 더 커졌다. 거의 모든 사람들이 온 힘을 다해 바락바락 악을 쓰듯이 노래를 부르니 동굴 안이 소리로 가득 차서 땅이 흔들리는 듯했고 귀가 아팠으며 머리가 어지러울 정도였다.

"고맙습니다. 고맙습니다. 너무 고맙습니다."

뱀 옆에 있는 사람은 소리를 질렀다. 그때 뱀이 입을 크게 벌렸다. 다시 또 이상한 소리를 입으로 냈다. 사람들은 그 소리를 듣자 무릎을 꿇거나, 바닥에 엎드려 부들부들 몸을 떨었다.

뱀은 그 사람의 발을 물었다. 그 사람은 발을 이리저리 꿈틀거리다가 그대로 자빠져 쓰러졌다. 뱀은 한참 무엇인가를 빨아 먹는 듯하다 곧 빠르게 몸을 움직여 다시 바위틈으로 들어갔다.

"가지 마십시오."

"다시 오십시오."

"저도 데려가 주십시오."

"저도 같이 가게 해주십시오."

사람들이 부르짖는 소리가 다시 온통 울려 퍼졌다. 그러나 뱀은 그냥 다시 들어가 버렸다.

뱀이 사라지고 나니, 뱀에 물려 쓰러진 사람에게 다른 사람들이 몰려들었다. 그러고 나서

"아프지는 않습니까?"

하고 물으니, 쓰러져 있던 사람은 밝은 얼굴로 웃음을 지으며

"기분이 좋을 뿐입니다."

라고 답했다.

"어떤 느낌이 듭니까?"

"모든 땅과 모든 바다와 모든 하늘이 제 주위를 빙빙 돌면서 작아져 제 몸속에 들어오더니, 저 또한 그와 같이 작아져서 함께 빙빙 돌고 있습니다. 모든 것이 너무나 기쁘고 너무나 편안하며 너무나 즐겁습니다."

"어떻게 기쁘다는 것입니까? 어떻게 편안하다는 것입니까? 어떻게 즐겁다는 것입니까?"

"이제 제 눈에는 어두운 동굴이 보이지 않고 다른 세상이 보입니다. 귀로는 우리가 부르던 노래가 들리지 않고 다른 음

악이 들립니다. 이런 것을 볼 수 있겠다고 누가 생각이나 할 수 있었겠습니까? 이런 음악을 들을 수 있겠다고 누가 짐작이나 할 수 있었겠습니까? 제가 보고 듣는 것은 너무나 아름답고 대단하고 빛나고 많고 크고 높고 가득한데 그러면서도 아무것도 없는 것처럼 끝없이 가볍기만 하니, 엇비슷하게도 말로 전해 드릴 수가 없습니다."

그러고 나서 꿈을 헤매는 것 같은 표정을 짓더니 팔다리를 날갯짓을 하듯 퍼덕거렸다. 곧 주변에서 이상한 냄새가 나는가 싶더니, 숨이 빨라졌다. 좋은 기분을 견디지 못하는 것 같았는데 정도가 극히 심해 마치 얼굴이 빠르게 떨리는 것 같았다. 사람이 그런 표정을 지을 수 있을 줄은 몰랐기에 남사는 크게 놀랐다.

그 사람은 그대로 굳어 멈추었고 더 이상 조금도 움직이지 않았다.

얼마 후 사람들이 모두 동굴 밖으로 나왔다. 남사는 시간이 한참 지난 후에도 동굴에서 본 것이 너무나 이상해 조금도 잊을 수가 없었다.

그는 그날 밤까지도 멍하니 넋이 나가 있었다. 밤이 되어서야 가장 가깝게 여기는 사람에게 궁금한 것을 따져 물었다.

"동굴에서 나타난 뱀이 바로 정신이었습니까?"

"바로 그렇습니다."

"그렇다면 그 뱀이 놀라운 재주를 갖고 있다는 뜻입니까?"

"정신께서는 그저 놀라운 재주를 갖고 있는 것이 아닙니다. 정신께서는 세상 모든 것을 뜻대로 하시며, 우리가 모르는 세상 바깥의 모든 것 또한 뜻대로 하십니다."

"그러니까, 그 뱀이 온 세상을 만들었고 온 세상을 다스리며 때를 만나면 온 세상을 끝내는 분이시라는 것입니까?"

"그렇습니다. 우리 심혈성에 바로 온 세상의 정신께서 머물러 계시는 것입니다."

그 사람은 그렇게 말을 마치고 웃음을 지어 보인 뒤 다른 곳으로 가려고 했다. 그러나 남사는 그 사람을 붙잡아 다시 물었다.

"그것이 그냥 바위틈에 사는 뱀인지 무슨 대단한 신령인지 어찌 알 수 있습니까?"

"온몸에서 붉은빛을 뿜고 신비로운 목소리로 세상 진귀한 말씀을 들려주시는 분이 어찌 그냥 바위틈에 사는 한갓 뱀일 수 있겠습니까?"

"모양이 좀 이상하고 내는 소리가 좀 기괴하다고 해도 어찌 그것만으로 뱀이 이 세상 모두를 다 만들었다고 생각한단 말입니까?"

그러자 그 사람은 소리를 내어 웃었다. 그리고는 남사의 말이 우습다고 몇 차례 말했다. 그 사람은 다음과 같이 설명했다.

"그대가 전에 말하기로 옛날 살던 곳에서는 온 나라를 다스리는 임금을 단군이라고 하는데 그 조상이 사실 곰이라고 믿는다 하셨습니다. 곰 모양 신령이 있어서 그대의 부모형제는 그것을 거룩하게 여기는 것 아닙니까? 무엇이 크게 다릅니까? 또한 그대가 옛날 살던 곳의 사람들은 산속 깊은 곳에 산신령이 살며 산 주변을 마음대로 다스린다 하는데, 그 산신령의 모습은 수염이 길고 머리가 하얀 늙은이가 아닙니까? 그대는 하늘과 땅을 다스리는 신령이 머리 하얀 늙은이의 모습을 하고 있으면 그럴 듯하고, 다른 모습을 하고 있으면 믿기 어렵다는 이야기를 하는 것입니까?"

남사는 그 말에 바로 대답을 하기 어려웠다. 머뭇거리고 있으니, 다시 설명이 이어졌다.

"정신께서는 사람만을 만들고 다스리는 것이 아니라, 하늘과 땅과 바다와 모든 나무와 풀과 짐승들을 모두 만드셨고 다스리고 계십니다. 그런데 어찌 그 겉모습이 사람과 비슷해야 한단 말입니까? 다른 짐승의 형상을 하고 있는 것이 오히려 당연하지 않습니까? 하물며 뱀의 형상은 모든 짐승 중에 가장 간단하며, 또한 다리가 없이도 움직인다는 것은 없는 것이 있는 것을 대신하며 있는 것이 없는 것과 같다는 뜻입니다. 아무것도 없는 곳에서 온 세상을 만들어 다스리시는 정신다운 모습 아닙니까?"

그렇게 말하고 그 사람은 떠나려 했다. 남사는 무엇인가 골똘히 생각하다가 다시 떠나는 사람을 붙잡았다. 그리고 이번에는 이렇게 물어보았다.

"그렇다고는 하나, 그저 뱀이 사람 발을 물고 가는 모습을 두고 왜 그렇게 기뻐하고 왜 그와 같이 눈물을 흘린 것입니까?"

이에 답하는 말은 다음과 같았다.

"사람은 아픈 것을 싫어하고 죽는 것을 두려워하기 마련입니다. 그런데 그 사람은 발을 물려 목숨을 잃게 되었는데도 조금도 아픈 기색이 없고 두려워하는 낯빛도 없었습니다. 오히려 우리가 감히 보지 못하는 것을 내다보고 듣지 못한 것을 들으며 우리가 한 번도 느껴 보지 못한 즐거움을 한없이 느끼지 않았습니까? 이것은 정신께서 그 사람을 특별히 선택해 우리가 사는 세상과는 다른 세상으로 데려가 주셨기 때문입니다."

"그렇다면 그 사람은 그냥 쓰러져 있다가 죽은 것이 아니라는 말입니까?"

"그대는 정신께서 그 사람을 데려가실 때, 그 사람의 얼굴을 보았습니까? 그렇게 편안하고 즐거워하는 사람을 이전에 본 적이 있습니까?"

남사는 곰곰이 생각해 보았다. 그 얼굴을 돌이켜보니 과연 한 번도 보지 못했던 표정이었다. 어쩐지 무섭다는 생각도 들었다.

"없습니다."

남사가 그와 같이 말하자, 다음과 같은 답을 들었다.

"그러니 어찌 그것이 그냥 누워 있는 것이겠습니까? 온 세상을 직접 만들고 다스리는 정신께서 그와 같이 직접 나타나, 곁에서 우리를 보살핀다는 것을 몸소 보여주시고, 우리에게 고귀한 말씀을 들려주시며, 우리 중 특별한 사람을 선택해 다른 세상으로 데려가 주십니다. 세상의 모든 것을 다 아시는 정신께서 이렇게 함께하시니, 우리는 언제나 평안하고 즐거운 것입니다."

남사가 마지막으로 물은 것은 이러했다.

"그렇다면 정신께서는 누구를 선택하시고, 또 정신께서 해주시는 말씀은 무슨 뜻입니까?"

"한갓 사람의 작은 마음 씀씀이로 정신의 그 고귀하고 무한히 넓은 뜻을 어찌 헤아릴 수 있겠습니까? 우리는 알 수 없으나 정신께서는 모든 것을 온 세상이 마땅히 그러해야 하는

대로 다스리시니 그에 맞게 사람을 택하시는 것입니다. 또한
정신께서 해주시는 말씀은 우리가 감히 쉽게 깨우쳐 알 수 없
습니다. 그러나 그 말을 들을 때의 깊은 감격이 마음속에서
사라지지 않는다는 것을 알고 있으므로 다만 깊이 기억하고
계속 되새길 뿐입니다."

그와 같이 궁금한 것을 모두 묻고 답을 들은 후에도 남사는
도사일에 있었던 일을 도무지 잊을 수 없었다.

남사는 그 답답한 마음을 지워버리기 위해 더 흥겹게 놀기
로 했다. 심혈성 사람들과 더 많이 만나 더 오래 춤을 추고, 더
여러 가지 노래를 부르고, 더 즐거운 일을 하고자 애썼다. 그
렇지만 아무리 세월을 보내도 무슨 불안한 일이 도사리고 있
는 것 같은 이상한 기분이 계속 남아 있었다.

"이곳 사람들이 왜 이와 같이 착하게 살면서 기쁘게 지내
는지, 이제 어느 정도 알 듯하다. 그러나 알고 나니 오히려 더
받아들일 수 없으니, 어찌 이러한가?"

남사는 여름이 거의 다 지나도록 그렇게 반쯤 실성한 사람
처럼 지내다가 마침내 한 가지 일을 하기로 마음먹었다.

"내가 홀로 다시 굴을 살펴서 도대체 무엇이 있고 어떻게
되는 것인지 스스로 밝히리라."

남사는 청동으로 된 칼을 잘 갈아서 날을 세우고 몸에 걸친 갑옷을 풀어 헤쳤다가 다시 엮어 장갑과 덧신으로 만들었다. 그리고 사람들이 큰 잔치를 베풀어 성대하게 놀고 즐길 때 질탕하게 함께 어울려 노는 듯 굴다가 밤이 깊어지자 몰래 빠져나왔다.

곧 남사는 도사일에 갔던 동굴을 찾아갔다.

입구는 울타리로 막혀 있었으며, 불을 환히 밝히지 않는다면 깊이 들어가기 어려울 것 같았다. 그래서 남사는 평소 보아둔 옆길에서 굴과 이어진 다른 틈이 없는지 알아보았다.

언덕 몇 개를 넘어 험한 돌길을 따라 가니 바위 계곡이 있는 곳에 다다랐다. 달빛 속에 드러난 바위에 심상치 않은 틈이 보였다. 남사는 그곳을 의심스럽게 여겼다. 그래서 그 주변의 바위를 움직이고 굴려서 틈을 더 넓히고자 했다. 마침 까마귀 소리와 까치 소리가 어지럽게 들렸다. 남사는 곧 자신이 죽을 예정이라 까마귀와 까치가 노리는 것인가 싶어 겁이 났다. 그래서인지 돌을 움직이는 손이 덜덜 떨렸다.

바위를 모두 치우고 보자, 그곳에는 제법 큰 굴이 나 있었다. 그 굴은 그대로 이어져서 도사일에 들어갔던 동굴과 연결되어 있는 것 같았다. 남사는 몸을 웅크리고 굴로 들어갔다. 너무 좁아 들고 있던 횃불에서 나는 메케한 연기가 자꾸만 입으로 들어 왔다.

무슨 기척이 느껴져서 굴 안쪽으로 조금 더 들어가 보았더니 바닥은 축축하고 위에서는 조금씩 물방울이 떨어졌다. 그 가운데 어린아이들이 재잘거리는 것과 비슷한 소리가 들렸다. 남사는 소리가 나는 쪽으로 기어가면서 횃불로 그쪽을 비춰 보았다.

그 방향을 보니 바위 밑 어두운 곳에서 제법 커다란 쥐들이 빠르게 좌우로 오가고 있었다. 수많은 쥐들이 내는 소리가 울림 때문에 멀리서는 언뜻 재잘거리는 소리처럼 들린 것이었다.

남사는 쥐들이 오가는 장소를 좀 더 자세히 살펴보았다. 그곳에는 불그스레한 버섯이 가득 피어 있었다. 쥐들은 그 버섯을 맹렬히 갉아 먹고 있었다. 쥐들은 서로 뒤엉켜 밟고 밟히는 것도 모르고 오직 버섯을 먹는 데만 몰두하고 있었다. 어떤 쥐들은 이미 너무 많이 먹어서 배가 불룩해 온몸을 가누지도 못했는데, 그런데도 버섯을 입에 넣고 있었다.

남사는 그 모습이 기이해 한동안 쥐 떼들과 버섯을 살펴보았다. 그러고 있으니 건너편 으슥한 곳에서 뱀 한 마리가 기어 나왔다.

"정신이다!"

몸에 붉은 무늬가 있는 것을 보니, 도사일에 사람들이 정신이라고 하며 절을 올린 그 뱀이 맞는 것 같았다. 뱀은 버섯이 피어 있는 곳으로 오더니 쥐들을 한 마리씩 꿀꺽 잡아먹기 시작했다. 남사는 정말 저것이 무슨 대단한 신령인가 싶은 생각도 들었다. 식은땀이 흘렀다.

그런데 쥐들을 잡아먹는 뱀을 보다 보니, 남사에게 문득 떠오르는 생각이 있었다.

"본시 버섯 중에는 이상한 독을 품은 것이 있으니, 어떤 버섯은 먹으면 취해 온몸이 덜덜 떨리고, 어떤 버섯은 먹으면 취해 갑자기 세상 무서운 것이 없어 용감해지기도 하고, 어떤 버섯은 먹으면 취해 슬퍼서 울음이 나기도 하고, 어떤 버섯은 먹으면 취해 계속 웃음이 나는 것도 있다고 한다. 이것은 버섯의 독이 마음이 제 구실을 하지 못하게 썩히기 때문이다. 지금 저 뱀이 버섯을 먹은 쥐들을 잡아먹고 있으니, 분명저 뱀의 몸속에도 버섯 독이 쌓여 있을 것이다. 저 뱀이 사람을 물면, 몸에 버섯 독이 들어가서 사람을 취하게 만들 것이니, 그 때문에 갑자기 기분이 좋아지는 것이 아닌가? 또한 그때문에 갑자기 즐거운 마음으로 보이지 않는 것이 보이고 들리지 않는 것이 들린다고 떠들게 되는 것이 아닌가?"

그와 같이 말하고 보니, 세상을 만든 정신이라는 것이 그냥배가 고파서 쥐를 잡아먹는 뱀으로 보일 뿐이었다.

그렇게 생각을 고쳐먹고 남사가 뱀을 보았을 때, 뱀은 방향을 바꾸어 남사 쪽으로 다가와 남사의 발을 물고자 했다. 그런데 남사가 갑옷으로 만들어 둔 덧신 때문에 뱀의 이빨이 살갗에 닿지 않았다. 남사는 놀라 몸을 피하려 했지만 뱀은 그를 계속해서 따라왔다.

도망친 남사는 굴 바깥으로 나갈 즈음에야 정신을 차리고 들고 있던 검을 휘둘렀다. 검은 뱀의 꼬리를 찔렀다. 그러자 뱀은 이리저리 꿈틀거리며 굴러 다녔다. 잠시 후 주위를 맴돌던 까마귀와 까치가 뱀을 덮치려 하자 뱀은 황급히 몸을 피해 다시 굴속으로 도망가려고 했다.

"저 뱀이 동굴에 사는 것은 까마귀와 까치가 무서워서 숨어 있었을 뿐이고, 다른 세계를 보여주는 것은 버섯 독에 취한 쥐들을 잡아먹어 몸에 독이 쌓였을 뿐 아니겠는가?"

그때 남사가 없어진 것을 수상하게 여기고 그를 따라온 고을 사람들이 나타났다. 남사가 고을 사람들에게 말했다.

"저 뱀은 그냥 까마귀와 까치가 무서워 굴에 숨은 뱀일 뿐이지, 신령도 아니고 세상을 처음 만들어낸 정신은 더더욱 아닙니다. 내가 가까이에서 지켜보니, 저 뱀의 몸이 붉은빛을 뿜는 것은 더럽고 축축한 곳에 숨어 살다 보니 몸에 곰팡이가 피어서 가죽과 비늘이 시뻘겋게 변하는 병에 걸렸기 때문입

니다. 또한 그 가죽과 비늘을 짓무르게 하는 곰팡이병이 입에
까지 번져 뱀이 소리는 내는 기관까지 삭아 소리를 낼 때마다
보통 뱀과는 다른 소리를 내는 것입니다. 그뿐입니다. 저 뱀
은 온 세상을 다스리는 정신이 아니라, 그냥 겁이 많아 바위
틈에 숨어 있다가 병든 짐승일 뿐입니다."

그러자 사람들은 그를 쓰러뜨리고 줄로 꽁꽁 묶었다. 그리
고 이렇게 설명했다.

"그대와 같이 생각한 사람이 전에도 몇몇 있었습니다. 그
러나 그 말이 사실이라고 하면 우리가 사는 땅이 다른 토지와
똑같다는 뜻이 됩니다. 우리도 다른 곳의 사람들과 똑같이 이
세상이 왜 생겨났고 우리는 왜 사는지 어떻게 살아야 좋은 것
인지 모르고 살다가 죽을 것입니다. 그러면 사람의 삶이란 태
어나서 한평생 두려워하다가 사라지는 것일 뿐입니다."

"그렇지 않습니까?"

"하지만 지금 그대가 본 것을 바로 정신이라고 하면 세상
을 만든 정신께서 우리 곁에서 항상 우리를 돌보고 이끌어주
시며 간혹 우리 중 한 사람을 택해 모든 어렵고 괴로운 일을
말끔히 풀어주시는 것이 됩니다. 그러므로 우리는 항상 열심
히 일하며 기쁘게 살아갈 수 있습니다."

남사는 소리를 질렀다.

"그게 무슨 말이오?"

"어떤 것이 바른 도리인지는 분명하지 않습니까? 어찌 바른 도리를 따르지 않겠습니까?"

"어찌되었든, 저것은 정신이 아니라 그저 병들고 겁 많은 뱀일 뿐이지 않습니까?"

남사는 계속 화를 내며 고래고래 소리를 질렀다. 그러자 사람들은 남사의 모습을 안타까워하며 모여들어 그를 안아주었다. 그중 하나가 이렇게 말했다.

"이와 같이 큰 괴로움을 겪는 사람이 있다면 다시 바른 길로 갈 수 있도록 우리가 도와주어야 하지 않겠습니까?"

며칠 후 가을철 도사일이 되자, 사람들은 남사를 데리고 노래를 부르며 다시 동굴로 들어 갔다. 남사는 온몸이 묶여 사람들 행렬의 맨 앞에 있었다. 노래와 음악, 사람들이 절을 하면서 비는 소리가 커질 때마다, 남사는 지지 않으려고 목이 쉬도록 소리쳤다.

"이것은 모두 거짓이오! 다 가짜요! 전부 속임수요!"

남사가 억울해서 눈물을 흘리는데, 곧 바위틈에서 꼬리가 잘린 뱀 한 마리가 나타났다. 뱀은 다른 곳은 보지도 않고 묶여 있는 남사 앞으로 왔다.

"거짓이오! 모두 거짓이오!"

남사는 계속해서 외쳤으나, 뱀은 머뭇거림 없이 바로 남사의 발을 물었다.

얼마 지나지 않아 남사가 지르던 소리는 점점 잦아들고 남사의 얼굴은 점점 밝아졌다. 곧 웃는 표정이 되고 마침내 기쁨을 견디지 못해 히죽히죽 웃기 시작했다.

"아프지는 않습니까?"

그때 한 사람이 곁에 그렇게 다가와 물었는데, 남사는 애를 써서 뜻을 모아 겨우 말하기를,

"거짓입니다."

라고 하니, 옆의 사람이 알아듣지 못하고 다시 물었다.

"아프다는 말이 거짓이라는 뜻입니까?"

남사는 마침내 사람들이 부르던 노래를 따라 부르고 또 웃으며,

"보이지 않던 것이 보이고, 들리지 않던 것이 들립니다."

라고 외쳤다. 그러자 그 주변의 모든 사람들이 그 앞에 엎드려 울었다.

"정신께서 그를 해치려 한 자 또한 이와 같이 데려가시고, 이자가 마침내 다른 세상을 스스로 찾아가게 되었으니, 이 또한 우리는 감히 알 수 없는 깊은 뜻입니다."

모든 사람들이 참으로 그 뜻이 오묘하다고 감탄하고 또 감

탄하며 굴 밖으로 걸어 나왔다.

다시 세월이 흘러, 심혈성의 이야기가 다른 길로 조금씩 알려져서 마침내 도읍에까지 전해졌다. 도읍 사람들은 그것을 이상하고 재미있는 이야기로 여겼다. 그래서 한동안 단군과 환웅桓雄을 기리는 사당을 지을 때 그 옆에, 정신에게 기도하는 집을 짓는 것이 유행하기도 했다. 한편 심혈성에서 도사일에 동굴에 들어가 노래를 부르며 기도를 하는 풍습은 수백 년, 수천 년 동안 이어졌다. 그러다가 어느 날 그 풍경을 처음 본 어떤 사람이 크게 비웃고 도끼를 들고 굴에 들어가 뱀들의 머리를 모조리 자르고 잘라 꿈틀거리는 것을 모두 태워 숯덩이로 만들어버렸다.

그 후 도사일 풍속은 사라졌다.

2020년, 서초에서

거울
세계

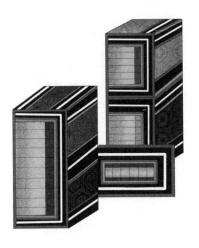

김설아

1980년생. 부산에서 태어났다. 2004년 《현대문학》 신인 추천 단편 소설 부분에 당선되어 글을 쓰게 되었다. 밤낮으로 이야기를 생각하고 틈만 나면 책을 읽고 글을 쓴다. 쓴 글들은 대부분 책상 서랍 안에 있지만 가끔 지면에 발표되는 글로 돈을 받기도 한다. 혼자 지은 책으로는 장편 소설 『공작새에게 먹이 주는 소녀』, 단편집 『고양이 대왕』이 있다. 같이 지은 책으로는 『피크』, 『캣캣캣』, 『당신의 떡볶이로부터』가 있다.

"형?"

동생이 흔드는 바람에 장우는 잠에서 깼다. 눈을 떠보니 바우가 자신을 바라보고 있었다. 장우는 새삼 안도의 미소를 지었다. 몇 달 전까지만 해도 바우의 얼굴은 말이 아니었는데, 이제 흰 얼굴이 제법 둥글어졌다. 장우는 이부자리에서 일어나 동생에게 물었다.

"왜? 벌써 날이 밝았네."

창호지를 바른 여닫이문에 햇빛이 비쳐들었다. 모처럼 달게 잔 장우가 눈을 비비고는 기지개를 켜는데 바우가 말했다.

"형, 오늘 천지에 가지 않을래?"

목이 말라 머리맡에 자리끼로 놓아둔 물을 한 모금 마시던 장우는 켁 하고 사레가 들렸다. 기침을 해서 겨우 숨을 돌린 장우가 말했다.

"천지? 거기에는 왜?"

바우는 기다렸다는 듯이 방문을 활짝 열며 외쳤다.

"저것 좀 봐! 산에 눈도 거의 다 녹았어! 이제 진짜 봄이야. 그러니까 가자, 응?"

장우는 물을 마시며 변명거리를 생각했다. 나무로 된 사발을 내려놓으며 장우가 말했다.

"바우야."

"응?"

"천지는 위험한 곳이야."

"하지만……."

바우는 입을 비쭉 내밀며 말했다.

"안개가 없는 날에만 보인다면서. 가보고 싶은데."

장우는 천천히 고개를 저은 다음, 밖으로 나갔다. 바우도 따라나섰다. 식용식물로 가득한 마당을 지나자 언덕 아래로 흐르는 계곡이 보였다. 맑은 물이 흐르는 계곡의 물줄기는 위로 올라갈수록 점점 세차져서 희게 보였다. 장우는 먼 곳을 가리키며 말했다.

"저기 폭포 보이지?"

"응."

"장백폭포야. 일단 저기까지 가야 해."

"그건… 나도 알아."

어떻게 모를까. 형제는 잠시 서로를 쳐다보았다. 형제의 어머니는 5년 전, 열 살과 일곱 살인 형제를 두고 세상을 떠났다. 아버지는 바우가 태어나기 전에 곰 사냥을 나갔다가 돌아가셨다. 그 후로 어머니 홀로 두 아들을 살뜰히 돌보았다. 하지만 남편이 죽고 바우가 태어나는 과정에서 심한 우울증을 겪은 어머니는 결국 병을 극복하지 못하고 폭포 물에 빠져 죽었다. 형제가 물에 떠내려온 어머니를 발견했을 때는 이미 알아볼 수 없는 형태로 변해 있었다. 그래도 옷을 보니 어머니였다. 닳은 무명천 치맛자락과 파란 들쭉 물이 든 소맷자락. 소년들은 힘들게 땅을 파서 앞마당에 어머니를 묻었다. 장우가 말했다.

"그런데도 가고 싶어?"

"응."

바우는 형을 보며 고개를 주억거렸다. 장우는 바우의 동그랗고 반짝이는 눈을 가만히 바라보았다. 병을 회복하고 난 이후, 동생의 눈은 가끔 검은 이채를 띠었는데 그럴 때마다 장우는 불안해졌다. 하나 남은 가족인 동생마저 자신을 떠날까 봐.

장우는 불안을 털어내려 고개를 젓고는 애써 웃으며 말했다.

"일단 아침부터 먹자."

아침은 마당에서 캐온 고비, 고사리, 미나리, 목이버섯을 넣고 푹 끓인 산천어 죽이었다. 형제가 돌본 마당에는 수많은 식용식물들이 잘 자라고 있어 따로 채집을 갈 필요도 없었다. 장우 팔뚝만 한 산천어는 어제 오후 계곡에서 잡아 장독 안에 넣어둔 것이었는데, 국물이 시원하고 담백해서 아직 회복기인 동생이 먹기에 딱 좋았다. 따스한 죽에서 구수한 냄새가 났다.

죽이 가득 담긴 나무 사발을 열심히 비우는 동생을 보며 장우는 흐뭇하게 웃었다. 소년은 이따 산으로 가서 노루를 잡을 구덩이 함정도 더 파고, 가시오가피와 홍경천도 캐와야겠다고 생각했다. 홍경천을 캐려면 높이 올라가야 하는데 장백폭포를 기어올라, 승사하를 지나 달문까지 가야 많을 터였다. 아침을 잘 먹어두어야겠다고 생각한 소년은 얼른 그릇을 비웠다.

식사를 마친 장우는 봇짐을 챙겼다. 먹을 것은 여름에 많이 따서 가을볕에 말린 월귤 열매로만 챙겼다. 보자기 안에는 땅을 팔 때 쓸 자루가 달린 날붙이와 약용식물을 담아올 무명천이 들어 있었다. 도구는 아버지가 쓰던 것이었고, 무명천은 어머니가 베틀로 만든 것이라 소중하게 쓰고 있었다. 이것들이 망가지면 마을까지 가야 했다. 장우가 집을 나서자 바우가 따라 나왔다.

"형, 나도 가면 안 돼?"

장우는 고개를 저었다.

"넌 좀 더 쉬어야 돼. 한숨 자."

"금방 일어났는데?"

장우는 동생의 무명조끼를 여며주며 말했다.

"배고프면 부엌에 남은 죽 먹어. 간다."

동생은 뭐라고 더 말하고 싶은 것 같았지만 마당의 애꿎은 돌만 짚신으로 툭 차더니 안으로 들어갔다. 몇 달 전만 해도 자리보전만 해도 다행이라고 생각했는데 건강히 걸어 다니는 모습을 보니 꿈만 같았다. 동생이 들어가는 것을 보고서야 장우는 길을 떠났다.

*

뒷산에 올라 아버지가 하던 대로 노루나 사슴이 빠질 만한 구덩이 함정을 판 장우는 무명옷이 온통 땀으로 흠뻑 젖자 구덩이에서 나왔다. 깊이가 아직 허리까지밖에 되지 않았다. 일단은 나뭇잎과 가지로 위장해 보았지만 동물들이 속더라도 잡아둘 수 있을 성싶지 않았다. 장우는 천천히 걸어 다니며 다리도 풀 겸 가시오가피 나무를 찾았다. 꽃이 피기 시작한 야생 가시오가피는 뿌리부터 줄기, 열매, 꽃까지 버릴 것이 하나도 없는 약재였다. 어머니께서 살아생전에 하시던 대로 가시오가피를 모아다 두어서 다행이었다.

어머니의 병은 일종의 정신병이었다. 어머니는 물만 보면 검은 것이 지나간다며 소스라치게 웃거나 눈물을 흘리고는 했다. 물속에 검은 것이 있다고, 검은 것이 꿈틀거린다며 자기 그림자를 보고 헛소리를 했다. 그럴 때마다 어머니의 눈은 세찬 비를 맞고 있는 검은 돌처럼 이채를 띠었다. 정신병은 피를 타고 내려온다고 했다. 어머니는 돌아가시면서 장우에게 항상 가시오가피를 모아두라고 했다. 가시오가피는 불면증이나 예민해지는 감각을 달래는 데도 좋다고 했다.

가시오가피는 보이지 않았다. 장우는 봇짐에서 무명천에 싼 말린 월귤 열매를 꺼내 한 줌 입에 털어넣었다. 새콤달콤하고 쫄깃한 맛에 입안에 침이 솟았다. 들쭉 열매는 보라색이고 단데, 월귤 열매는 새콤달콤해 장우의 입맛에 더 맞았다. 반면 어머니와 바우는 약간 씁쓸하고 달콤한 들쭉 열매를 좋아했다. 간식을 다 먹은 소년은 끈적거리는 손을 씻기 위해 산을 내려와 계곡으로 갔다.

계곡으로 간 장우는 깜짝 놀랐다. 물가의 돌 위에 쪼그리고 앉아 물속을 들여다보는 소년이 있었는데, 뒷모습이 낯익었다. 장우는 동생의 이름을 불렀다.

"바우야……."

동생은 고개를 들지 않았다. 대신 물에 빨려 들어갈 것처럼 더욱 몸을 앞으로 기울였다. 장우는 달려가며 외쳤다.

"바우야!"

장우는 가죽신이 물에 빠지고 온몸에 물에 튀는 것도 깨닫지 못하고 동생에게로 가서 작은 몸을 일으켰다. 바우가 형을 보았다. 눈이 마주치는 순간, 장우는 얼어붙었다. 검고 커다란 눈동자 속에 샛노란 흑룡의 눈동자가 보였다. 흑룡이 자신을 노려보고 있었다. 장우는 단말마의 비명을 지르며 개울물에 주저앉았다. 천지에서 눈이 녹아 내려온 물은 아주 차가워서 정신이 번쩍 들었다. 바우가 외쳤다.

"형!"

바우의 눈은 아침에 본 것처럼 둥글고 검었다. 그래, 잘못본 거겠지. 장우는 비로소 안심하고는 동생과 함께 초가집으로 돌아왔다. 마침 점심시간이기도 했다. 두 소년은 아침에 먹었던 죽을 다시 데워 먹었다. 장우는 동생에게 더 많은 죽을 주고 작년에 말려둔 가시오가피를 넣어 끓인 차도 먹였다. 따뜻한 햇살을 받으며 마루에 앉아 있던 바우는 졸린다고 했다. 장우는 동생의 낮잠자리를 봐주고는 밖으로 나왔다.

어머니가 생전에 알려주시기를 홍경천은 허약해진 정신과 몸을 건강하게 하는 데 좋다고 했다. 녹색 꽃 같은 모양새를 가진 그 약초는 높은 곳의 돌 틈에서만 자라 천지 물길이 시작되는 달문 근처까지 가야 발견할 수 있었다. 소년은 무명천

보자기만 허리에 비끄러매고 계곡을 거슬러 올라갔다. 장백 폭포 근처로 갈수록 귀가 멍멍해질 정도로 폭음이 울리며 흰 물보라가 휘날리는 것이 보였다. 꼭 백룡이 날아가는 것 같다고, 어머니가 그러셨지. 맑은 날에는 무지개가 뜨기도 했다.

폭포에 다가간 소년은 깊은 물을 보고 침을 한 번 꿀꺽 삼킨 다음에, 가파른 절벽을 오르기 시작했다. 자주 오르내린 절벽이었지만 새삼 굵은 땀방울이 뚝뚝 떨어지고 다리가 후들거릴 정도로 힘들었다. 바우가 천지에 가기 위해서는 우선 이 절벽부터 올라야 할 것이었다. 장우도 동생을 업고서는 도저히 오르는 게 불가능했다. 바우 스스로 올라야 할 것인데 체력이 회복되어도 몇 년 후에나 가능할 것이었다. 태중에 있을 때 어머니가 마음고생을 해서인지 바우는 날 때부터 몸이 작고 허약했다. 뼈대가 굵고 또래보다 키가 큰 장우와는 반대였다.

간신히 벼랑을 오르자 탁 트인 광경이 눈앞에 펼쳐졌다. 눈 녹은 물이 반짝반짝 흐르는 승사하 주변은 온통 파릇파릇 돋아난 풀과 들꽃으로 눈이 부셨다. 장우는 두 팔을 활짝 펴고 봄의 기운을 들이마셨다. 겨우내 강한 바람이 불던 곳이 맞는지 의심스러울 정도였다.

소년은 천천히 걸어가며 봄 풍경을 즐겼다. 사방에는 꽃잎

이 하늘하늘한 연노랑색의 노랑만병초와 진분홍색 꽃이 너덧 송이씩 무리를 지어 달린 황산차가 화원을 이루며 만개해 있었다. 홍경천은 저 멀리 보이는 옥벽을 지나 백두산 천지 북쪽 천활봉과 용문봉 사이의 달문, 천지의 유일한 출수구인 달문 근처의 협곡에 있을 가능성이 높았다. 그때 이후로는 가본 적이 없었다. 그날 밤, 그 어두운 밤 어디선가 홍경천을 본 것 같아서 꼭 다시 와보고 싶었다. 물론 바우에게는 안 된다고 했지만 말이다.

소년은 저 멀리 보이는 옥벽 너머에 있을 용문봉을 생각하다가 문득 숨이 가빠졌다. 그때의 일들, 며칠 사이에 일어난 정반대의 일들을 떠올리자면 아직도 머리가 혼란스럽고 정신이 사나웠다.

*

어머니가 장우를 찾아온 것은 다섯 달 전 한밤중이었다. 하루가 다르게 비쩍 말라가며 앓는 소리를 내는 동생을 돌보던 장우는 지쳐서 쓰러지듯 잠들어 있었다. 눈을 뜬 것은 소리

때문이었다. 방구석에 놓여 있던 베틀에서 잘그락 잘그락 소리가 나고 있었다. 베틀에 희붐한 모습의 어머니가 앉아 있었다. 부티에 묶인 채로 허리 한 번 펴지 못하고 무명천을 짜던 생전의 모습 그대로였다.

어머니는 문득 손을 멈추더니 베틀에서 일어났다. 어머니는 바우의 곁에 앉더니 머리를 쓰다듬었다. 어머니가 말했다.

"네 병이 나으려면 백두산 천지 용궁에 가서 약을 얻어야 한단다. 그런데 나이도 어린 네가 어떻게 가겠누?"

어머니의 눈에서 눈물이 반짝이며 떨어졌다. 장우가 외쳤다.

"어머니, 제가 갈게요!"

어머니는 장우를 보았다. 한없이 측은한 눈길이었다.

"그래, 우리 장우가 장하다."

깨어보니 꿈이었다.

장우는 밖으로 나가 하늘을 쳐다보았다. 아직 어두운 하늘은 맑았고, 차가운 한겨울 공기에 정신이 번쩍 들었다. 채비를 마친 장우는 날이 밝자 천지를 향해 떠났다. 얼어붙은 개울을 지나고, 폭음이 울리는 장백폭포를 지나, 가파른 절벽을 올라 승사하를 걸었다. 얼어붙은 승사하는 미끄러웠다. 탁 트인 사방에서 몸을 날려버릴 것 같은 바람이 불었고, 곰 털옷을 아무리 여며보아도 온몸에 얼음이 가시처럼 날아와 박히는 것 같았다. 장우는 넘어지지 않게 조심하며 길고 긴 승사하를 따라 걸어 옥벽을 지나 달문 입구에 이르렀다. 달문 입구는 온통 얼어붙어 있어, 앞으로 나아갈 수 없었다.

소년은 하는 수 없이 용문봉으로 가는 절벽을 올랐다. 하지만 절벽을 오르다가 길이 막혔다. 장우는 무릎을 꿇고 하늘에게 기도했다. 감았던 눈을 뜨니 하늘에서 하얀 학 한 쌍이 날아오고 있었다. 학은 주둥이에 희고 짧은 막대기처럼 보이는 것을 물고 있었다. 장우의 곁에 내린 학들은 막대기 끝을 바위에 놓고 부리로 쪼더니 날아다녔다. 눈 깜짝할 새 희고 빛나는 다리가 만들어졌다.

다리를 건너니 천지 가장자리였다. 사방은 온통 눈으로 덮인 눈세계였다. 천지는 은으로 테를 두른 거대하고 둥근 거울 같았다. 장우는 용궁 입구가 어디인지 몰라 천지를 따라 걷다가, 눈 속에서 팔딱이는 붉은 잉어를 발견했다. 측은히 여긴 장우가 물속에 넣어주자, 잉어는 순식간에 사라져 버렸다.

그와 동시에 천지 안으로 들어가는 돌층계가 나타났다. 돌층계는 물속 깊은 곳으로 나 있었다. 놀란 장우가 눈을 비벼 보았지만 계단은 여전히 존재했다. 장우는 돌층계를 밟고 천지로 들어갔다. 물이 굉장히 차가워서 온몸이 얼어붙는 것 같았지만 숨을 꾹 참았다. 계단을 한참 내려간 다음에 도저히 참지 못하고 숨을 내뱉었는데 지상처럼 숨이 쉬어졌다. 놀라운 일이었다. 주변에는 고기들이 유유히 헤엄칠 정도로 깊은 물속에 들어왔는데도 말이다.

천지 안에는 수정으로 지은 궁궐이 있었다. 궁궐에는 큰 대문이 있었고, 대문 양쪽에는 난원형의 단단한 잎을 가진 푸르고 키가 큰 용뇌나무가 서 있었다. 용뇌나무는 용이 승천하며 뇌가 떨어진 자리에 자라는 나무로, 그 나무의 향기로 용이 지상의 인간과 소통한다고 알려졌다. 용검을 든 무사들이 나무 밑에서 보초를 서고 있었는데, 머리에는 뿔이 나 있고 허리에는 날개가 달려 있었다. 장우는 무사들을 보며 더 갈지 망설였다.

"자, 가요."

갑자기 소녀의 목소리가 들려왔다. 연분홍색 비단 옷을 입은 장우 또래의 소녀가 생글생글 웃고 있었다.

"저, 혹시?"

소녀는 입을 가리며 호호 웃더니 말했다.

"전 빨간 잉어예요. 아버지께서 기다리고 있어요."

소녀는 장우의 무명옷 자락을 잡아당겼다. 장우는 소녀가 정말 예쁘다고 생각했다.

소녀를 따라 용궁에 들어서자, 아름답고 듣기 좋은 음악소리가 들려왔다. 궁궐 복판에 있는 용상에 수염이 가득한 용왕이 앉아 있었다. 용왕은 사람과 비슷하게 생겼지만 그 덩치가 일반 장정의 수십 배는 될 것 같았으며 턱수염이 매우 길어 양 볼로 구불구불 올라가 뿔을 휘감고 있었다. 한쪽 뿔에 감긴 수염은 흰색, 다른 쪽에 감긴 수염은 붉은색이었다. 거대한 용왕과 으리으리한 용궁에 겁을 먹은 장우에게 소녀가 말했다.

"겁내지 말아요. 제 아버지세요."

소녀는 용왕에게 사뿐사뿐 다가가서 말했다.

"아버지, 이분이 저를 구해 주셨어요."

용왕이 말했다. 물이 울리는 것 같은 깊고 힘찬 음성이었다.

"공주를 구해 주어 감사드리오."

용왕은 활짝 웃는 얼굴로 용상에서 내려와 장우의 손을 잡고 옆방으로 들어갔다.

옆방은 연회장이었다. 용궁의 산해진미가 차려져 있었다. 용왕은 자신의 왼쪽에 딸을, 오른쪽에 장우를 앉히더니 들라고 했다. 하지만 장우는 먹을 수가 없었다. 물 한 모금 제대로 삼키지 못하고 몸져 누워 있는 동생이 생각났기 때문이다. 소년의 어두운 얼굴을 본 용왕이 사연을 묻자, 장우는 사실대로 말했다. 이야기를 다 들은 용왕이 수염을 쓰다듬으며 고개를 끄덕였다.

용왕은 붉은 수염 한 올과 흰 수염 한 올을 주며 말했다.

"이걸 갖고 가면 꼭 쓸모가 있을 것이오."

장우는 너무도 기뻐하며 당장 집으로 돌아가겠다고 했다. 공주는 장우를 바래다주며 화원의 노란 버섯 세 송이를 주었다. 그러면서 동생에게 매일 하나씩 달여 먹이면 곧 병이 나을 거라고 했다. 집으로 돌아온 장우는 버섯을 달여 먹이고, 수염은 보관했다. 거짓말처럼 바우의 병이 싹 나았다.

하지만 나은 건 사흘뿐이었다. 나흘째가 되자 바우는 다시 급속도로 악화되어 급기야는 검은 도마뱀처럼 변해 버렸다. 산에 동생의 회복을 도울 약초를 캐러 갔던 장우는 초가집에 똬리를 틀고 있는 그것을 보고는 기겁해서 그 길로 다시 천지에 가려다가 용문봉에서 떨어졌다. 장우는 단말마의 비명을 지르며 눈을 꼭 감았다. 이대로 죽는 건가 했는데 땅이 열리며 장우를 받아들였다.

*

눈을 뜨자 장우는 절벽 끝에 무릎을 꿇고 앉아 있었다. 제발 누구라도 도와달라고 천지에 사는 용왕에게 갈 수 있도록 도와달라고 비는 참이었다. 날아온 것은 검은 학들이었다. 그것들이 물고 있는 것은 하얀 막대기가 아니라 하얀 뼈다귀들이었다. 학들은 뼈로 다리를 만들었다. 소름이 끼쳤지만 어쩔수 없이 다리를 삐걱삐걱 건넜다. 그러자 천지였다. 주변에는 화산이 폭발했던 것처럼 온통 검고 거대한 현무암들이 솟아 있었고, 돌들은 불그스름하게 빛나고 있었다. 돌들 사이로 보이는 천지는 검게 고인 물 같은 거울이었다.

장우는 달문 쪽으로 걸어가다가 지난번처럼 붉은 잉어가 아닌 검은 잉어를 주웠다. 혹시 공주가 변장을 했나 싶어서 천지 물속에 넣어주자, 검은 돌계단이 나타났다. 소년은 물속으로 난 계단을 내려갔다. 물은 온천처럼 뜨거웠지만 꾹 참았다. 이윽고 하늘도 보이지 않게 되었고 주위에는 아무도 없었다.

천지 밑에는 하얀 뼈로 지은 무시무시한 궁궐이 있었다. 궁궐에는 큰 대문이 있었고 양쪽에는 시커멓게 말라비틀어진 용뇌나무가 서 있었다. 이 용뇌나무는 인간과의 소통 따위는 진작에 포기한 것 같았다.

나무 밑에는 용검을 든 무사들이 보초를 서고 있었는데, 이들의 얼굴 역시 검게 탄 것 같았고 머리에는 검은 뿔이 나 있었으며 허리에는 검은색 날개가 달려 있었다. 장우는 이전과 확연히 달라진 용궁의 모습을 보며 주저했다.

"자아, 어서."

갑자기 소녀의 목소리가 들려왔는데, 어딘지 모르게 소름 끼치면서도 달콤했다. 온통 검은 옷을 입은 소녀가 새빨간 입술로 웃고 있었다.

"저, 누구신지."

"후후후……. 검은 잉어랍니다. 아버지께서 기다리십니다."

소녀는 장우의 옷자락을 확 잡아당겼다. 소녀에게 가까이 가자 도톰하고 붉은 입술이 월귤 열매처럼 보여 깨물어 보고 싶었다. 맛있는 과즙이 흘러나올 것 같은 입술이었다. 홀린 듯 용궁 안으로 따라 들어서자, 오싹한 소리가 들려왔다. 수많은 사람들이 일제히 고통스러운 비명을 지르는 소리였다.

시커먼 궁궐 복판에는 수염이 가득한 용왕이 용상에 앉아 있었다. 좌우로 갈라진 샛노란 턱수염은 양 볼을 구불구불 올라가 검은 뿔까지 뻗어 걸려 있었다. 장우는 무서워서 부들부들 떨었다. 검은 용은 샛노란 눈으로 소년은 쳐다보았다.

"무서워해요, 부디. 아버지는 겁에 질린 인간들을 좋아하세요."

검은 소녀가 속삭였다. 소녀는 용왕 앞으로 사뿐사뿐 다가가서 입을 열었다.

"아버지, 데리고 왔어요."

흑룡의 목소리는 찢어지는 듯 날카로웠다.

"이제야 왔구나!"

흑룡은 바람같이 용상에서 내려와 장우를 끌고 옆 칸으로 들어갔다. 옆 칸은 감옥이었다. 감옥에는 낯선 사람들이 갇혀 있었다. 용검을 든 무사들이 그들을 지키고 있었다. 수십 명의 사람들이 살려 달라고 비명을 지르자 무사들은 창으로 그들을 무자비하게 찔렀다. 장우는 꼼짝 없이 감옥에 들어가야 했다.

감옥에 갇힌 채로 눈물을 흘리며 바우를 걱정하던 장우는, 품속에 지니고 있던 용왕의 하얀 수염을 꺼냈다. 하얀 수염과 붉은 수염 한 오라기씩이었다. 용왕은 이 수염이 꼭 쓸모가 있을 거라고 했지만 버섯을 넣어 끓인 차는 겨우 며칠 효과가 있었을 뿐이었고 수염의 용도는 알 수도 없었다.

이걸로 뭘 할 수 있을까, 하면서 장우는 물끄러미 옥에 채워진 커다란 자물쇠를 쳐다보았다. 그러자 손 안에 있던 보드라운 수염이 점점 딱딱해지고 차가워지면서 희고 불그스름하게 빛나는 막대기 두 개로 변했다. 놀란 장우는 그 막대기를 쥐고 주변을 살폈다. 옥에 갇혀 지친 사람들은 잠이 들었고 무사들도 깜빡 졸고 있었다.

장우는 쇠막대로 자물쇠를 열고 옥에서 나왔다. 다른 사람들도 풀어주었다. 사람들은 소리 없는 눈물을 흘리면서 고맙다고 했다. 장우는 그들과 함께 검은 용궁에서 나왔다. 계단을 올라가려는데, 뒤쪽에서 비명소리가 들렸다. 흑룡이 나타난 것이었다.

흑룡은 노란 눈을 번뜩이며 그들에게로 헤엄쳐오고 있었다. 흑룡은 사람들이 잡히는 대로 흠씬 두들겨 패고는 사람이 쓰러지면 목에서 머리를 쭉쭉 뽑아서 아무 곳에나 던졌다. 곧 사방이 온통 핏물로 가득해져 앞이 잘 보이지 않았다.

장우는 그들을 피해 필사적으로 계단을 올랐다. 사람들이 흑룡에게 물려 죽고, 꼬리에 치여 날아가고, 깔려 죽는 동안에도 장우는 달아났다. 마침내 사람들이 모두 죽거나 피해 달아나 장우 혼자 남겨지자, 흑룡은 장우에게로 달려들었다. 흑룡이 새빨갛고 거대한 입을 벌렸다. 뱀처럼 가는 혀가 채찍처럼 장우의 한쪽 다리를 휘감았다. 흑룡이 소름끼치는 목소리로 외쳤다.

"넌 내 것이야! 들어오는 건 마음대로지만 나갈 땐 안 된다!"

장우는 들고 있던 하얀 쇠막대와 붉은 쇠막대를 동시에 흑룡에게 던졌다. 두 막대는 꼬인 형태로 합쳐져서는 빛을 내며 창처럼 날아가 흑룡에게 꽂혔다. 흑룡은 끔찍한 단말마의 비명을 지르더니 검은 연기가 되어 스르륵 흩어졌다.

＊

"앗, 차가워!"

장우가 걸터 앉아 있던 바위 사이로 산천어가 지나갔다. 황홀했던 동시에 끔찍했던 과거 회상에 잠겨 있던 장우는 문득 정신이 들었다. 생각에 잠겨 걷다 보니 어느새 승사하가 끝나가고 있었고 자신은 옥벽이 보이는 바위에 앉아 있었다. 옥벽 너머에는 용문봉이 있을 터였다. 바우의 기묘한 모습을 보고 놀라 도움을 청하려다 떨어졌던 곳. 추락하자 끔찍한 세계가 펼쳐졌다. 어떻게 그럴 수가……. 그런 세계가 있을 수가 있지? 모든 게 반대로, 악의적으로 뒤집혀 버린 세계가. 내가 미치기라도 한 건가.

장우는 아직도 석연치 않은 기분으로 옥벽을 쏘아보다가 그 근처를 따라 걸었다. 걷다 보니 천활봉과 용문봉 사이의 달문이 시작되는 협곡이 나왔는데, 입구에 홍경천이 보였다. 아직 초록빛인 홍경천 군락을 보던 장우는 해마다 봄이면 홍경천 뿌리를 말려 달여 드시던 어머니를 떠올렸다.

홍경천을 무명 보자기에 가득 담던 장우는 고개를 갸웃했다. 보자기에 보라색 물이 들어 있었던 것이다. 들쭉 열매 물이 든 건가? 장우는 의아해하면서도 그럴 수도 있지 하고 대수롭지 않게 여기며 집으로 돌아가기 위해 걸음을 옮겼다. 천지, 달문, 용문봉, 옥벽, 승사하, 절벽, 장백폭포, 계곡과 개울을 따라 내려가면 그립고 친근한 초가집이 나올 터였다. 여기에서 많은 일들이 있었다. 이제 모두 괜찮아졌다. 자신이 흑룡이 사는 세계에 떨어졌던 날, 용왕의 수염으로 만든 창을 던져 흑룡을 몰아냈던 날. 집으로 돌아왔더니 바우도 언제 그랬냐는 듯 제 모습으로 돌아와 있었고 다시는 아프지 않았다.

원래 약한 체질이라서 아무리 신경을 써도 모자라지 않는 아이라 공이 많이 들긴 했지만 이제 하나뿐인 가족이기에 장우는 힘들어도 보람을 느꼈다. 어린 동생이지만 자신이 잘 돌보면 제대로 자라서 어른이 될 것이다. 자신도, 동생도. 이제 부모님이 없으니 둘이서 잘 해나가야 했다. 이 인적 드문 곳에서 자신과 동생은 유일한 친구였다.

어느새 뉘엿뉘엿 해가 저물고 있었다. 승사하를 걸어가는데 저편에서 걸어오는 소년이 보였다. 장우는 눈을 비볐다. 혹시? 소년이 두 팔을 벌리고는 활짝 웃으며 달려왔다.

"형!"

"바우야!"

두 소년은 며칠 전에 만난 것처럼 반가워하며 서로를 끌어안았다. 하지만 반가운 마음도 잠시. 장우는 놀란 얼굴로 어깨까지 오는 동생의 자그마한 얼굴을 감싸 쥐고는 물었다.

"너, 어떻게 온 거야?"

바우는 어깨를 으쓱했다. 그도 그럴 것이 약하기 짝이 없는 동생이 장백폭포를 지나 절벽을 올라 승사하까지 혼자서 오다니. 도와줄 사람도 하나 없는데 말이다. 바우가 말했다.

"그냥."

"그냥?"

동생은 고개를 끄덕였다.

"별로 힘들지 않던데?"

"어어?"

그럴 리가. 자신도, 평소 힘이 세다고 자부하는 자신도 굵은 땀을 뚝뚝 흘리며 겨우 기어오른 절벽이었다. 동생이 벌써

오를 수 있을 리가 없었다. 동생이 말했다.

"쉽게 올라왔어."

정말 동생은 절벽을 기어오르고 승사하를 따라 꽤 걸었을 텐데도 땀 한 방울 흘리지 않은 말간 얼굴이었다. 오히려 평소보다 더 희고 창백해 보였다. 그래서인지 번쩍번쩍 발하는 눈의 이채가 더욱 신경 쓰였다. 돌아가시기 전, 이제 자신은 틀렸다며 동생을 잘 돌보라고 말씀하시던 때의 어머니 얼굴이 꼭 이랬다. 어머니는 이런 말을 했었다.

'장우야, 하나도 힘들지도 무섭지도 않아. 힘이 펄펄 솟아.'

어머니는 밤낮이고 돌아다니면서 밥도 먹지 않고 잠도 자지 않다가 결국에는 폭포 아래 깊은 물속으로 뛰어들었다. 장우는 동생 얼굴을 보며 침을 꿀꺽 삼키고는 속으로 생각했다. 돌아가서 가시오가피를 매일 진하게 달여 먹여야겠다고. 어쩌면 좋아졌다 나빠졌다 할 뿐, 평생 낫지 않는 병일지도 모른다고. 동생은 절벽 아래 아가리를 벌린, 모든 게 뒤집히고 온통 검은 세계 안으로 언제든 들어가 버릴지 모른다고.

동생은 가벼운 몸으로 날듯 절벽을 내려갔다. 장우는 돌을 단단히 붙든 채로 그 모습을 불안하게 지켜보았다. 금방 내려간 동생은 절벽 아래에 서서 두 손을 모아 뭐라고 외쳐댔다. 잔뜩 찌푸린 얼굴은 서글픔으로 가득했다. 뭐라고 하는 걸까.

조심하라는 건가? 아니면 고맙다는 건가. 알아들을 수가 없었다. 폭포의 폭음에 귀가 멍멍했다. 장우는 불안했다. 저대로 동생이 폭포로 뛰어드는 건 아닐까, 어머니처럼. 자꾸만 그런 생각이 들었다. 발밑에서 자잘한 부석이 흘러내렸다. 다리가 후들거리는데도 장우는 자꾸 깊은 폭포 물을 쳐다보았다. 그러다 물속에서 일렁이는 검은 그림자를 보았다.

검은 그림자는 서서히 지는 석양빛을 받아 길게 늘어졌다. 바우에게서 나온 그 길고 검은 그림자는 꿈틀거리며 웃는 것 같았다. 노란 눈알을 번뜩이며 웃는 것 같았다. 그림자는 점점 길어지며 꿈틀꿈틀 생명을 얻더니 곧 자신에게로 달려들 것 같았다. 계속해서 돌아보며 절벽에서 발을 내딛던 장우는 결국 발을 헛디뎠다. 발밑은 낭떠러지였다. 소년은 곧장 폭포 아래로 떨어졌다.

깊은 물. 아주 깊고 차가운 물이었다. 아래로 풍덩 깊숙이 떨어진 장우는 저 멀리 보이는 바우의 얼굴을 보았다. 바우는 웃고 있었다. 검은 눈을 빛내며 빨간 입이 찢어질 듯, 꼭 흑룡처럼 웃고 있었다. 장우는 물속에서 비명을 질렀다. 입에서 거품이 뿜어져 나왔다. 장우는 의식이 점점 흐려지는 것을 느꼈다. 결국 나도 어머니처럼……. 장우의 입에서 마지막 숨이 크고 둥글게 나왔다가 터졌다.

＊

　물에 빠진 형이 가라앉는 것을 본 바우는 바위에 털썩 주저
앉았다. 형이… 드디어 죽었다. 바우는 웃는 건지 우는 건지
모를 끅끅 이상한 소리를 냈다.

　어머니가 돌아가신 후로 형과 바우는 서로 역할을 나눠서
할 수 있는 것을 했다. 마당을 돌보는 것은 바우의 역할, 산에
가서 구덩이 함정을 파고 채집을 해오는 것은 형의 역할이었
다. 요리는 둘이서 함께 준비해서 꼭 같이 먹었다. 5년간 잘
해 왔다.

　형이 나간 사이 부엌에서 미치광이풀을 발견한 게 여섯 달
전이었다. 보라색 꽃이 달린 푸르스름한 독초를 발견한 바우
는 기겁해서 그것을 던졌다. 어머니가 항상 조심하라고, 흔히
보이지만 절대 먹으면 안 된다고 하던 독초 중 하나였다. 커
다란 곰도 미치게 하는 이 풀은 사람이 조금이라도 먹으면 큰
일 나는 식물이었다.

　그런데 형은 어쩌자고 이걸 먹고 있는 건가? 괜찮은 건가?
형에게 몇 번이나 물어보려고 했지만 워낙 집에 있지 않는 통
에 물어볼 새가 없었다. 아직 죽을 정도로 독이 퍼진 것 같은

모양은 아니었지만 형은 아무리 봐도 정상이 아니었다. 가만히 있지 못하고 종일 돌아다니고, 잠도 제대로 자지 않는 것 같았다. 아무리 버리고 숨겨도 어디서 또 미치광이풀을 구해다 조금씩 먹었다. 도대체 그걸 왜 먹는 건가? 뭔가 착각하고 있나? 형의 머리가 좀 이상해진 건가? 바우는 형과 싸우더라도 먹는 걸 말려야겠다고, 절대 먹지 않겠다는 다짐을 받아내겠다고 결심했다.

대화의 결과는 처참했다. 미친 듯 날뛰던 형에게 흠씬 두들겨 맞은 바우는 며칠 앓아누웠다. 바우를 때리고 도망치듯 사라진 형은 밤낮으로 어디를 싸돌아다니는지 보이지도 않았다. 얻어맞아 온몸에 멍이 든 몸으로 어찌어찌 밥을 해 먹으면서 지내는데 형이 자꾸 걱정이 되었다. 며칠 뒤, 독버섯을 가져와 먹이려고 하는가 하면 자신을 검은 도마뱀이라고 부르면서 목을 조르는 통에 잠에서 깨기 전까지는.

그날 이후로 생명의 위협을 느낀 바우는 살아야겠다고 생각했다. 형이 새벽같이 어디론가 나가면 바우는 그 뒤를 쫓았다. 형은 산으로 계곡으로, 승사하와 달문, 어떤 날은 천지까지 비가 오나 바람이 부나 눈이 오나 미친 듯이 돌아다녔다. 용왕이니 흑룡이니 꿈 같은 이야기를 중얼거리면서. 돌아가시기 직전 어머니의 모습과 꼭 닮은 모양새였다. 소년은 힘이 닿는 데까지 쫓아다녔다. 처음에는 너무 힘들어 땀이 비 오듯 흘렀고, 제정신이 아닌 것 같은 형이 무섭고 슬퍼 눈물도 쉴 새 없이 흘렀지만, 익숙해지는 동안 자연스레 몸도 회복이 되었다.

제대로 먹지도 자지도 않고 매일 쏘다니던 장우는 태어난 골격이 워낙 실했으나 점점 쇠약해졌다. 반면 약체인 바우는 끼니를 잘 챙겨 먹고 산을 오르내리자 저도 모르게 건강해졌다. 오늘 아침에는 모처럼 형이 늦게까지 자고 있었고 밥도 잘 먹어서 모든 걸 털어놓고 대화를 하고자 했다. 미치광이풀은 제발 그만 먹으라고. 형은 아직도 스스로가 건강하며, 바우가 자신이 돌봐야 할 존재라고 믿는 것 같았다.

미친 건 형인가 자신인가. 낮에 바위 사이를 흘러가는 계곡 물을 보며 바우는 중얼거렸다. 이 외딴 곳에 남은 것은 형과 자신 밖에 없으니 누가 옳다고 알려줄 사람이 없었다. 어머니는 돌아가시기 전에 부쩍 물에 뭔가가 있다고 했다. 뭔가 검은 것이 있다고. 기다랗고 검은 것이 따라다닌다고.

바우는 자기 눈에도 그게 보이면 자신이 미친 거라고 생각하기로 했다. 하지만 아무리 들여다보아도 계곡 물은 맑기만 했다. 투명할 정도로 맑고 찬 물 아래 희고 작은 산천어 치어들이 헤엄치는 것만 보였다. 아무래도 미친 건 형 같았다. 형하고 대화를 해봐야 했다. 자기만의 세계에 빠져 하염없이 걸어가던 형은 마지막 순간에야 뒤따르는 바우의 존재를 알아챘다.

폭포 옆 절벽을 한달음에 내려온 바우는 위태롭게 한 발 한 발 뒤돌아보면서 내딛는 형을 향해 외쳤다.

"형을 잃고 싶지 않아!"

형은 알아듣지 못하는 것 같았다. 바우는 자신의 외침이 폭음에 묻힌 것 같아 또다시 외쳤다.

"형을 잃고 싶지 않아!"

소년은 몇 번이고 외쳤다. 눈물은 이전에 다 말라버린 듯 나오지 않았다.

"형을 잃고 싶지 않다고⋯⋯. 제발 돌아와⋯⋯."

목이 아프도록 외쳤지만 형은 듣지 못하는 것 같았다. 발은 허공을 찼고, 형은 추락했다.

열두 살 바우는 이제 혼자였다. 어떻게 살아야 할까. 어떻게든 살아야 했다. 형이 하던 대로 구덩이 함정을 파고 약초를 캐고 물고기를 잡아서. 형은 미쳐 있는 와중에도 매일 그 일들을 했다. 살아생전 어머니처럼. 어머니는 형제를 먹이고 입히기 위해 치맛자락이 닳도록 산천을 돌아다니고 허리가 굽도록 무명을 짰다. 소년은 그들의 등을 보며 이만큼 자랐다. 이제 혼자였다. 사냥을 남다르게 좋아하는 아버지 때문에 이런 산기슭에 살았지만 결국 어머니도 형도 미쳐버렸다. 그들 가족은 너무 오래 다른 사람들과 떨어져 지냈다. 바우는 자신의 눈에도 물속에 있는 뭔가가 보이기 전에 가까운 마을로 내려갈 생각이었다.

바우는 폭포 아래 바위에 앉아 깊디깊은 물속을 들여다보았다. 폭음에 귀가 멀 것 같았다. 물속에서 뭔가가 희끄무레하게 떠오르는 것이 보였다. 형이었다. 형은 등을 보이고 떠 있었다. 물을 따라 내려오겠지. 소년은 일어나 계곡으로 내려갔다. 일단은 형을 양지바른 곳에 묻어야 했다. 어머니 곁에.

단동이

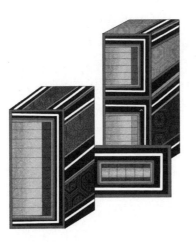

김성일

SF와 판타지를 주로 쓴다. 지은 책으로 『널 만나러 지구로 갈게』, 『메르시아의 별』, 『별들의 노래』가 있고, 단편집 『엔딩 보게 해주세요』에 「성전사 마리드의 슬픔」을, 『책에 갇히다』에 「붉은구두를 기다리다」를 수록했다. 2018년 「라만차의 기사」로 SF어워드 중·단편소설 부문 우수상을 받았다. 온라인 소설 플랫폼 브릿G에 『메르시아의 마법사』와 『올빼미의 화원』을 연재했다. 1997년부터 도서출판 초여명의 편집장으로 일하면서 『피아스코』를 비롯한 여러 TRPG 작품을 집필하고 번역했다.

교환학생으로 멕시코에 가기 전의 일이다. 2학년을 마치고 한 학기를 쉬며 학원에서 스페인어 회화를 다듬고 있었던 시절이다. 기숙사를 나왔지만 천안의 본가에 가기보다는 서울에 계속 있고 싶어서, 학원에 다녀야 한다는 핑계로 고모 댁에 신세를 지기로 했다.

사촌들이 모두 유학을 갔거나 결혼을 했기 때문에, 고모는 오래된 서른 평 아파트에 혼자 살고 있었다. 평소 별로 본 적도 없는 조카가 몇 달 지내겠다는 부탁을 흔쾌히도 들어준다 했더니 조건이 따라붙었다. 그중 하나가, 매일 아침 일찍 아파트 단지의 길고양이들에게 밥을 주라는 것이었다.

"고양이는 좀 무서운데요."

나는 금붕어도 키워본 적이 없었다. 고모가 콧방귀를 뀌었다.

"무섭다는 소릴 그리 쉽게 하면 멕시코는 어떻게 가려고 그래? 고양이 별로 볼 일도 없어. 정해진 장소에다가 밥공기 하나만큼 사료 부어놓고 오면 돼. 빈 페트병에 물 담아 가서 물그릇에 따라주고."

고모 댁에 온 바로 다음 날, 나는 아침 일곱 시 반에 일어났다. 집은 조용했고, 고모가 일어난 기색은 전혀 없었다. 말하자면 나는 고모에게 방세 대신 아침잠을 바치는 셈이었다. 씻기도 귀찮아 모자를 눌러쓰고 패딩을 걸쳤다.

부엌 식탁 위에는 고모가 전날 준비해 놓은 라벨 없는 작은 페트병과 밀폐 용기, 그리고 고양이 사료 캔이 하나 있었다. 패딩 주머니에 사료 캔을 쑤셔 넣고 병에 수돗물을 담았다.

현관의 20kg들이 포대는 반쯤 비어 있었다. 포대 속으로 손을 깊이 뻗어, 안에 있는 플라스틱 컵을 더듬어 잡고 건사료를 퍼서 밀폐 용기에 옮겨 담았다.

현관문을 나서자 아직 건물 안인데도 추웠다. 고모가 깰까 봐 문을 살살 닫았다.

고양이 밥을 주는 곳은 아파트 뒷산 산책로 가장자리, 비탈을 조금 올라간 곳에 있었다. 전날 저녁 고모와 왔을 때는 음침해 보였는데, 아침에 보니 꽤 번듯했다. 눈비가 들지 않도록 판자에 못질을 해서 지붕을 만들고, 날아가지 않게 빨간 벽돌로 눌러 놓은, 작은 개집 같은 급식소들이 몇 개 서 있었다. 안에는 각기 다르게 생긴 그릇이 하나씩 자리를 잡고 있다.

"어디 보자……."

패딩 주머니 속의 캔을 만지며 두리번거리다가. 파란 글씨로 '단동이'라고 쓰여 있는 급식소를 발견했다. 고모는 어젯밤, 캔 사료는 거기에만 줘야 한다고 당부했다.

"단동이가 이 동네 고양이 중에 으뜸이야. 건사료는 골고

루 나눠 주고, 캔은 단동이 그릇에 놓으면 돼."

고모는 날이 추워서 급식소 안에 고양이가 있을지도 모른
다고 덧붙였지만, 적어도 지금은 주변에 고양이는커녕 새 한
마리도 보이지 않았다. 나는 고양이가 나타나기 전에 재빨리
밥을 주고 가려는 심산으로 캔을 서둘러 꺼내 따려다가, 손이
차서 둔해졌는지 그만 미끄러뜨리고 말았다. 비탈을 굴러 내
려가는 고양이 캔을 허둥거리며 뒤쫓았다.

캔은 산책로 가장자리의 목책에 부딪쳐 멈췄다. 다가가서
주우려는데, 아까는 기척도 없던 수풀에서 야옹, 하는 울음이
들렸다. 나는 그 자리에 멈춰 섰다. 수풀을 헤치고 고양이 한
마리가 나왔다. 털은 파란 윤기가 도는 회색이었다. 살이 포
동포동 쪄 있지만 몸집이 작았다. 캔을 향해 걸어가면서도
보석 같은 녹색 눈을 내게서 떼지 않았다.

고양이는 나를 계속 쳐다보며 캔을 앞발로 툭툭 건드렸다.
마치 와서 캔을 따라는 것 같았다. 내가 감히 오도 가도 못하
고 있는 것을 알아챘는지, 고양이는 몇 발짝 뒷걸음질을 치더
니 마치 해태처럼 앞다리를 세우고 앉았다.

청회색 고양이가 다시 야옹 하는 소리를 냈다. 나는 주변을
둘러보았다. 다른 고양이는 보이지 않았지만, 언제 또 갑자기
수풀에서 나타날지 모를 일이다. 고양이는 그 자리에 앉아서

나를 물끄러미 보다가 앞발을 핥고 세수를 하더니 길 바깥 수풀 사이로 들어가 버렸다. 나는 잰 걸음으로 다가가 캔을 주워들고 패딩에 문질러 닦았다.

왔던 방향으로 몸을 돌리는데, 운동복 차림을 하고 안경을 쓴 백발의 남자 노인이 비탈 위에서 이쪽을 보고 있었다. 깜짝 놀라 하마터면 캔만이 아니라 건사료가 든 밀폐 용기까지 다시 떨어뜨릴 뻔했다. 저쪽도 내가 놀라는 것을 알아봤는지, 손을 흔들며 내려왔다.

"못 보던 젊은이네요. 고양이 밥 주러 왔어요?"

"네."

"아침에는 보통 저기 105동 박 교수님이 오시는데."

"저희 고모세요. 제가 오늘부터 대신 나와요."

"아, 조카시구나. 그럼 고모님은 앞으로 안 나오세요?"

"저 유학 갈 때까지는 아마 제가 계속……."

"그러시구나……. 방금 단동이 만났죠? 노샨 블루."

동네 두목이라기에 더 크고 험상궂은 놈을 상상했다. "아, 걔가 단동이군요." 하면서 고개를 꾸벅 숙이고 비탈을 오르는데, 노인이 자기 갈 길을 가지 않고 따라왔다. 꺼림칙해서 뒤를 흘끗흘끗 돌아보았는데도, 전혀 눈치를 못 챈 듯 급식소까지 따라와 고양이 밥을 주는 나를 쳐다보기 시작했다.

"여기 고양이들이 한 스무 마리 돼요."

"그렇게 많아요?"

"이렇게 야산이 있고 이 동네 사람들이 옛날부터 잘 보살펴주니까 그렇지. 단동이가 걔들 보스예요."

그저 고양이 얘기를 하고 싶었던 모양이다. 나는 아주 조금 안심했다.

"아까 보니까 몸집이 꽤 작던데요."

"걔가 되게 이쁘고 영특해요. 애교도 잘 부리고 하니까, 그 뭐야, 주민들하고 관계 유지, 관계 유지를 잘하는 거지. 지능형 카리스마 리더야, 단동이가요."

고양이들이 지능과 카리스마를 따져서 서열을 정한다는 말이 의심스러웠지만, 굳이 따졌다가는 대화가 공연히 길어질 것 같았다. 나는 캔을 따서 단동이의 그릇에 털어 넣었다. 생선 냄새가 풍겼다. 다음에는 건사료를 담은 밀폐 용기를 열고 다른 밥그릇들에 붓기 시작했다.

"아, 온다."

노인이 나지막이 중얼거리는 것을 듣고 나는 고개를 들어 수풀 쪽을 바라보았다. 어디 있었는지, 고양이 예닐곱 마리가 무리를 지어 천천히 걸어오고 있었다. 다른 고양이들은 나를 처음 보았기 때문인지 머뭇거리는 것 같았는데, 단동이는 한

숨 멈추지도 않고 종종걸음으로 다가왔다.

단동이가 내 바짓부리에 머리를 스치듯 부볐다. 나는 머리나 등을 쓰다듬어야 하는지, 아니면 가만히 있어야 하는지 판단이 서지 않아 손을 허리께에서 움찔거렸다. 단동이가 자기 이름이 쓰인 급식소에 들어가 캔을 먹는 동안, 다른 고양이들은 단동이로부터 몇 발짝 떨어진 곳에 각기 자리를 잡았다.

"얘들은 왜 안 먹어요?"

"단동이가 다 먹고 나면 그때 먹어요. 쟤들도 기특하다니까."

나는 반신반의하며 대기 중인 고양이들을 관찰했다. 노란색이 둘, 젖소 무늬가 하나, 흔히들 고등어 무늬라고 하는 놈이 둘 있었다. 단동이와 같은 색은 하나도 없다. 그중 노란 놈하나는 삶의 후손인가 싶을 정도로 덩치가 컸다.

"근데 이름이 특이하네요. 단동이."

"내가 지은 거예요. 꼬리가 짧아서 단동이."

나는 마침 밥을 먹고 나오는 단동이에게로 눈을 돌렸다. 정말로 꼬리 끝이 접혀서 짧아 보였다. 어쩌면 그 때문에 몸집이 더 작아 보였는지도 모른다. 노인은 이제야 밥을 먹으러 가는 다른 고양이들을 하나하나 손가락으로 가리키며 이름을 말했다.

"그리고 저어기 구석에 보이죠? 쟤가 세동이. 가느다래서 세동이."

노인이 가리킨 방향으로 눈을 돌렸다. 아침 햇살이 푸르스름하게 반사되는 것을 보고서야 비로소, 다른 고양이들과 한참 떨어진 그늘 가장자리에 도사린 고양이를 눈치챘다. 단동이와 똑같은 청회색이고, 눈도 같은 녹색이었다. 단지 몸이 마르고 길쭉한 데다가, 곳곳에 털이 지저분하게 뭉쳐 있었다. 마치 귀신 같은 모습이, 불쌍하다기보다는 섬뜩했다. 노인이 설명했다.

"단동이 엄마랑 남매예요. 단동이한테는 삼촌이지."

나는 고개를 끄덕였다.

"역시나 혈연이 있군요. 왜 혼자 떨어져서 저렇게 있나요?"

"다른 고양이들이 싫어해서 그렇지."

"왜요?"

"포악했거든. 막 싸움질 좋아하고. 결국 작년 봄에 단동이 엄마한테 대들었다가 크게 혼나고 그 뒤로 다른 고양이들도 멀리해요. 가까이 오면 왜 그, 캬악거리는 거 있잖아요. 그거 하고, 가끔 싸움도 나고요."

"단동이 엄마는요?"

노인이 표정을 굳히고 혀를 짧게 찼다.

"작년에 죽었어. 새로 온 경비 아저씨가 쥐약을 잘못 놓는 바람에. 그래도 삼촌이라는 걸 아는지, 단동이가 제 밥도 나눠 주고 그래요."

단동이는 급식소에서 약간 떨어져, 다른 고양이들이 밥을 먹는 모습을 지켜보고 있었다. 간혹 사람 쪽으로도 시선을 돌려 눈이 마주치기도 했다. 노인이 다가가 쪼그려 앉고 손을 뻗자 눈을 가늘게 뜨고 그 손에 머리를 부비더니 다른 급식소에 들어가 건사료를 먹었다. 식사를 마친 다른 고양이들이 나를 궁금하게 여겨 다가왔고, 나는 쭈뼛거리면서도 TV에서 본 대로 눈을 감았다 떴다 하는 고양이식 인사를 했다.

세동이가 그늘에서 나오려 할 때마다 다른 고양이들이 밥 먹기를 멈추는 것이 느껴졌다. 나마저도 그 마르고 긴 몸에서 맹수나 귀신을 연상해 신경이 곤두섰다. 덩치 큰 노란 고양이는 세동이와 급식소 사이를 어슬렁거리다가, 세동이가 움직인다 싶으면 꼬리를 부풀리고 귀를 뒤로 젖히며 경계했다.

세동이는 결국 식사를 포기하고 그늘에 머물렀다. 아마 사람과 고양이가 자리를 뜨면 나올 심산인 것 같았다. 나는 급식소 안의 밥그릇들을 확인했다. 단동이가 먹고 남은 캔 사료가 반쯤 남아 있을 뿐, 건사료는 이미 동이 나 있었다. 노인이 말했다.

"세동이는 이따가 단동이가 남긴 걸 먹을 거고, 오후에도 또 누가 올 거예요. 저녁에 오는 사람도 있고."

노인의 말에 따르면, 아파트 주민 열 명 정도가 단지의 고양이들에게 관심을 갖고 당번을 정해 보살핀다. 밥을 주는 것은 물론이고, 아프면 병원에 데려가기도 한다. 한 달에 한 번씩 모여 밥을 먹으며 고양이 이야기를 하는 것도 노년의 낙이라고 했다.

"상당히 조직적으로 하시네요."

"거의 다 은퇴한 늙은이들이니까 무료해서 그래요. 아마 학생 고모님이 제일 젊을걸."

노인은 자기를 103동 김 사장이라고 부르라 하고 산책로를 내려갔다.

집에 돌아오자 고모가 이를 닦는 소리가 들렸다. 아침밥을 챙기려고 냉장고를 열었다. 냉동 고등어를 구워 먹을까 생각하고 있는데, 고모가 부엌에 들어왔다.

"잘 주고 왔니?"

"네."

"단동이는 만났어?"

"봤어요. 예쁘더라고요. 근데 어제는 저한테 고양이 볼 일 없다고 하셨잖아요."

"야, 볼 일 없으면 밥을 왜 주겠니? 저기 토스터에 식빵 구워라. 계란 부쳐줄게."

뚜껑 달린 나무 상자에서 식빵을 꺼내, 4구짜리 토스터에 한 조각씩 집어넣고 전원을 올렸다. 고모는 계란 두 개를 한 손에 들고 하나씩 탁탁 깨서 프라이팬에 얹었다. 커피메이커 돌아가는 소리가 났다. 나는 고양이 밥을 주고 온 것이 대단한 일이라도 되는 것처럼 나른해져서 식탁에 엎드렸다. 고소한 식용유 냄새가 풍겼다.

"고모, 저기 세동이라는 애 있잖아요."

"있지."

"걔는 밥 좀 별도로 줘야 할 것 같던데요. 다른 애들이 있으면 사료를 먹으러 오질 않잖아요."

고모가 계란을 뒤집었다. 새롭게 지글거리는 소리가 났다.

"걔는 따로 챙겨 주면 안 돼."

그 말투가 너무 냉랭해서 나는 정신이 번쩍 들었다. 고개를 들고 고모의 등을 쳐다보았다. 고모는 이쪽으로 눈도 돌리지 않고 말을 계속했다.

"우리는 그냥 밥이나 주고 비 피할 자리나 마련해 주는 거지. 고양이들도 자기들 사정이 있을 거 아니야."

"미물이 사정은 무슨……."

고모가 못마땅한 듯 뒤집개로 프라이팬 가장자리를 탁 쳤다.

"말 못하는 짐승이라고 그렇게 무시하지 말어. 다 같은 동네 사는 이웃이야."

나는 말대꾸를 하지 않고 토스터를 바라보았다. 띵 하는 소리와 함께 식빵 네 조각이 튀어 올랐다. 내가 접시에 식빵을 옮겨 담고 커피메이커 주전자에서 커피를 따르자, 고모가 프라이팬을 들고 와서 계란을 양쪽에 나누어 얹었다.

"오늘부터 학원 나가니?"

"모레부터요."

"오늘도 그렇지만 앞으로 집에서 저녁 먹을 거면 문자 해라. 퇴근하면서 뭐든 사들고 올 테니까."

나는 토스트를 씹으며 고개를 끄덕였다.

고모가 출근을 한 뒤, 나는 소파에 뒹굴며 스마트폰을 잡고 놀았다. 휴학을 한 뒤로는 자연히 과 친구들과 거리가 생겨서, 안 읽은 메시지가 쌓인 단톡방을 읽을 마음조차 들지 않았다. 시시한 게임을 깨작깨작 하고 동영상을 들여다보다가, 불현듯 아침에 본 고양이들이 생각났다.

단동이는 인터넷에서 본 어지간한 고양이들보다 귀여웠다. 순전히 '인간관계'로 고양이들의 두목 노릇을 하고 있다는 노인—김 사장의 말이 사실일지도 모를 일이다. 김 사장이 지나가듯 언급한 '노샨 블루'가 뭔지 검색했지만 파란색 로션 통밖에 나오지 않았다. '블루 고양이'로 검색한 뒤에야 그것이 '러시안 블루'라는 것을 알았다. 단동이와 비슷한 색깔의 고양이들이 검색에 잔뜩 잡혔다.

하지만 세상의 그 많은 청회색 고양이들 중에, 세동이처럼 털이 꼬질꼬질하고 비쩍 마른 놈은 없었다.

세동이도 같은 혈통인데, 어쩌면 단동이랑 그렇게 달라 보일까? 나는 푹신한 소파에서 구르듯 일어나 부엌으로 갔다. 그리고 냉동실에서 고등어를 꺼내 그릇에 얹어 전자레인지에 넣고, 나갈 채비를 했다.

점심시간이 거의 다 된 때였다. 날도 맑고 아침보다 훨씬 따뜻한데, 산책로에는 사람이 없었다. 나는 고양이 급식소 앞에 서서, 고등어 접시를 덮은 랩을 벗기고 소리를 쳤다.

"세동아 —"

하긴 집에서 키우는 고양이도 아닌데, 이름을 부른다고 올 것 같지는 않았다. 길에서 벗어나 수풀로 들어갔다. 발밑의 흙이 얼어서 딱딱했다. 자칫하면 넘어질 것 같았다. 그릇을 들지 않은 손으로 나무를 짚으면서 한 걸음씩 밟아 나갔다.

"세동아 —"

데운 고등어가 아직도 식지 않아 김이 오르고 비린내가 났다. 고양이 울음소리가 들렸다. 고개를 돌리자 단동이가 다가오고 있었다. 다른 고양이들은 없었다. 단동이는 고등어가 자기 몫이라고 생각했는지, 앞에서 몇 번 야옹거리다가 내 다리에 머리를 부볐다.

고등어를 내려놓고 단동이가 먹는 모습을 바라보며 흐뭇해하고픈 마음이 세게 동했지만, 나는 단동이를 향해 말했다.

"안 돼. 이건 네 삼촌 줄 거야."

고양이보다는 나 자신을 설득하려는 소리였다. 단동이는 몇 차례 더 부드럽게 조르더니, 고개를 갸웃하고는 몸을 돌려 수풀 속으로 들어갔다.

"세동아 —"

십 분쯤 지났을까, 고등어 접시를 들고 아파트 뒷산을 돌아다니는 것도 바보 같다는 생각이 드디어 들던 참이었다. 어디서 컁, 하는 날카로운 소리가 들렸다. 누런 것이 내 다리를 번개처럼 스치고 지나갔다.

누런 번개는 아침에 밥을 먹으러 왔던 무리에 있었던 덩치 큰 줄무늬 고양이였다. 나를 지나친 뒤 곧 멈춰 서서 앞다리를 둘 다 들고 배를 핥기 시작했다. 다쳤나 싶어서 다가가려는데, 노란 고양이가 나를 홱 돌아봤다. 입가에 회색 털이 한 움큼 붙어 있었다. 가슴께에는 핏자국일지도 모를 얼룩이 있었다. 놀라서 잠깐 멈춘 사이, 고양이는 산책로를 향해 달려 내려갔다.

나는 노란 고양이가 튀어나온 방향을 향해 다가갔다. 오래지 않아 작은 관목 덤불 사이로 비어져 나온 회색 엉덩이가 보였다.

"세동아?"

얼굴을 최대한 뒤로 물리고 손끝으로 덤불을 젖혔다. 역시 세동이가 있었다. 나를 쳐다보더니 이빨을 드러내고 하악, 하는 소리를 냈다. 다쳤는지 알기가 어려웠다. 나는 고등어를 접시에서 미끄러뜨렸다. 세동이는 한 번 움찔했지만, 곧 고등어 냄새를 맡기 시작했다. 나는 혹시라도 다른 고양이들이 집적거릴까 두려워, 몇 발짝 떨어져서 세동이가 고등어를 먹는 것을 구경했다.

아침에 세동이를 감싸고 있던 초자연적인 음침함이 더는 느껴지지 않았다. 밥을 먹는 세동이의 귀 뒤에 피가 맺힌 것이 보였다. 당장 보이지 않을 뿐이지, 아까 같은 싸움이 드물지 않다면 몸 곳곳에 상처가 있을 터였다.

"야, 내가 오늘부터 너 밥 챙겨줄게. 매일 이 시간 즈음에."

세동이는 말을 알아듣는지 못 알아듣는지, 고등어에 박고 있던 코를 들어 나를 쳐다보았다. 고양이에 관해 잘 모르는 나도, 그 어두운 녹색 눈과 마주쳤을 때 뭔가 범상치 않다는 기분을 떨칠 수 없었다.

다음 날 아침에 밥을 주러 갔을 때는 세동이가 보이지 않았다. 처음 왔을 때처럼 단동이가 먼저 와서 나를 환영하고, 다른 고양이들이 그 뒤를 따랐다. 노란 덩치 고양이가 나를 유심히 쳐다보는 것 같았다. 단동이는 캔 사료를 먹고 건사료를 집적거리다가, 식사를 마친 무리와 함께 떠났다. 단동이의 자리에는 역시 먹을 것이 남아 있었다.

나는 집에 돌아가지 않고, 산책로 가장자리의 바위에 걸터앉아 기다렸다. 아니나 다를까, 세동이가 어디선가 어슬렁 나타났다. 나를 한 번 무심하게 쳐다보고는 단동이가 남긴 밥을 먹기 시작했다. 나는 그 모습을 끝까지 바라보았다.

오후에도 냉동실의 고등어를 녹여 들고 풀숲에 가서 세동이를 불렀다. 고모에게는 세동이에게 준다는 말을 하지 않고, 내가 배고플 때 꺼내 먹어도 된다는 허락을 얻었다. 원래는 고모가 체중을 관리하려고 준비한 식단의 일부였으나, 거의 매 끼니를 밖에서 먹다 보니 어차피 냉동실에서 자리만 차지하고 있는 물건이었다. 세동이는 또 덤불 속에 있다가, 이번에도 한참을 경계하더니 끝내는 고등어를 받아 게걸스럽게 먹었다.

그다음 날에는 학원에 나가야 했기 때문에, 산책로 수풀에도 두 시간 정도 일찍 나갔다가 고양이 급식소 앞에서 103동 김 사장과 마주쳤다. 며칠 전 아침과 달리, 김 사장은 모자와 안경을 쓰고 갈색 양복을 입고 있었다. 손에는 빈 밀폐 용기를 들고 있었다. 내가 먼저 보고 인사를 하니까, 김 사장도 안경을 고쳐 쓰는 시늉을 하더니 손을 들어 인사를 하고 다가왔다.

"어이구, 고등어를 다 가져 오셨네."

고모는 세동이에게 따로 밥을 주면 안 된다고 했는데, 김 사장도 그렇게 말할지 몰라 그냥 고개만 끄덕였다. 김 사장의 밀폐 용기는 비어 있었다.

"단동이가 마음에 많이 드셨나 봐요?"

고양이가 단동이밖에 없는 것도 아닌데 왜 내가 개 밥을 가져온 거라고 생각할까? 그러고 보니 고모도 제일 먼저 단동이를 봤느냐고 물었었다.

"네, 뭐."

"그렇게 착하고 예쁜 애가 없어요. 이제, 단동이는 우리가 캔을 주잖아요? 그걸 꼭 남겨요. 지 부하들 먹으라는 것도 아니고, 세동이 먹으라고요."

김 사장이 자리를 떠야 뒷산 수풀로 들어갈 수 있다. 김 사장은 단동이가 마치 자기 자식이라도 되는 양 자랑을 늘어놓

았지만, 나는 고등어 냄새가 신경 쓰여 말이 귀에 들어오지
않았다.

"…그러면 나는 내려가 볼게요."

"네, 들어가세요."

김 사장이 길모퉁이를 도는 것을 확인한 다음, 나는 길을
벗어나 수풀로 들어가려다가 아직 단동이의 그릇에 세동이
몫의 사료가 남아 있다는 것을 떠올렸다. 여기서 기다리고 있
으면 자연히 만나게 되어 있다. 나는 고등어를 단동이 그릇에
얹고, 바위에 앉아서 기다렸다.

한 십 분쯤 지났을까, 세동이가 길 저 위쪽에서 나타났다.
몇 차례 봤더니 익숙해졌는지, 나를 쳐다볼 뿐 별다른 경계를
하지 않았다. 그리고 단동이의 급식소에 들어갔다가 멈춰 서
서 나를 돌아보았다.

"네 몫이야. 다 먹어."

세동이는 급식소에 몸을 반쯤 집어넣고 밥을 먹었다. 짧은
털 너머로 갈비뼈가 보일 정도로 수척해져 있다. 밥이 모자란
것도 아닌데 왜 이런지 궁금해하고 있는데, 세동이가 빨리 나
왔다. 고등어는 하나도 건드리지 않고, 남은 캔 사료만 먹었다.

"사양 말고 먹어! 그것도 네 거야."

먹으라는 손짓이 너무 다급했는지, 세동이가 화들짝 놀라

서 뒤로 펄쩍 뛰더니 몸을 돌려 수풀 속으로 들어가 버렸다. 나는 단동이 그릇에 남은 고등어를 물끄러미 보다가, 주머니에 구겨 넣은 랩 조각을 고무장갑 삼아 접시에 도로 올렸다. 그리고 세동이가 전날 몸을 숨기고 있던 덤불을 찾아가 그 앞에 내려놓았다.

아침에는 급식소에 캔과 건사료를 놓고, 오후에 세동이 몫의 고등어를 가져다 준 뒤 스페인어 학원에 가는 것이 나의 주중 일과가 되었다. 고모는 고등어가 하루에 하나씩 규칙적으로 없어지는 것을 눈치 채지 못했는지 신경 쓰지 않았는지, 그에 관해 아무 말도 하지 않았다.

고등어가 일곱 접시째 되는 오후였다. 곧 봄이라는 게 실감 나도록 따뜻해서 패딩을 괜히 입었다 싶었지만, 그날은 산책로에 접어들자 비가 조금씩 내리기 시작했다. 오늘은 그냥 먹이만 내려놓고 와야겠다고 생각하고 수풀로 들어갔는데, 내 앞을 막아서는 회색 털 덩어리가 있었다. 단동이였다. 주변에 다른 고양이는 보이지 않았다.

단동이는 첫날 그랬던 것처럼, 다리에 몸을 부비며 야옹거렸다. 나는 또 생선을 달라고 하는 건가 싶어서 단호하게 말했다.

"이건 세동이 줄 거야."

그러자 단동이가 이번에는 바지 자락에 앞발톱을 걸었다.

"그렇게 먹고 싶으니?"

나는 랩으로 손끝을 감싸고 고등어 살점을 한 조각 떼어 바닥에 내려놓았다. 그러나 단동이는 거들떠보지도 않고, 마치 내 다리를 타고 올라오려는 것처럼 달라붙었다. 발톱이 피부를 가볍게 긁었다.

"아야!"

한 걸음 물러서자 단동이도 떨어져 나갔지만, 다시 내 앞을 막고 입을 크게 벌리며 울었다.

"혹시 이거 세동이 주지 말라고 그러는 거야?"

단동이가 다시 길게 야옹거렸다. 상상을 해버린 탓인지, 그것이 정말로 그런 뜻의 처연한 호소로 들렸다.

"네 핏줄이잖아."

나는 단동이를 비껴서 걸었다. 세동이는 그때 그 덤불에서 비를 피하고 있을지도 모른다. 등 뒤에서 단동이의 울음이 한 번 더 들렸다.

비가 오니 고등어를 내려놓고 그냥 와야겠다고 생각했는데, 마침 세동이가 덤불 안에서 혀로 몸을 씻고 있었다. 내가 들여다보는 것을 눈치 채고, 잠시 핥기를 멈췄다.

"여기 있다. 비 오니까 빨리 먹어."

세동이는 이제 고등어 살을 바르는 것이 아주 능숙했다. 나는 비에 젖는 것도 잊고 그 모습을 보았다. 아까 단동이를 떠올렸다. 세동이도 다른 고양이들과 함께 지내면서 눈치 안 보고 밥을 먹을 수 있으면 그만큼 예뻐질 텐데, 하는 생각이 들었다. 나도 모르게 오른손을 뻗어 세동이를 쓰다듬었다. 세동이는 아무 내색도 않고 생선을 먹었다.

깜짝 놀란 것은 세동이가 고등어를 다 먹고 덤불에 돌아가려 할 때였다. 갑자기 몸을 돌리는 바람에 쓰다듬던 손이 세동이의 옆구리 아래에 닿았는데, 그때 갑자기 비명 같은 '아울!' 소리가 난 것이다. 나는 그런 소리를 고양이에게서는커녕 어디서도 들어본 적이 없었다.

세동이는 덤불에 들어가지도 않고 그 자리에 주저앉아 옆구리를 계속 핥아댔다. 그리고 그제서야 나는 그 주변의 짧은 털 밑으로 나 있는 커다란 상처를 눈치챘다.

"어쩜 좋지, 어쩜 좋지."

당황해서 중얼거렸다. 나는 바로 패딩을 벗어서 세동이를 덮쳤다. 졸지에 보쌈을 당한 세동이는 마구 소리를 지르며 발악을 했지만, 나는 이미 패딩을 도둑처럼 짊어진 참이었다. 그 순간에 어쩌다가 그런 생각이 들었는지, 몸부림치는 세동이를 싸 짊어지고 산책로를 내려오면서도 스스로가 신기했다.

아파트 단지 뒤에 동물병원이 있는 것은 전에 봐서 알고 있었다. 거기까지 가는 얼마 되지 않는 거리 동안 세동이는 여러 차례 탈출을 시도했고, 나는 패딩의 어느 귀퉁이도 놓치지 않으려고 필사적으로 손아귀에 힘을 줬다.

수의사는 포니테일을 한 중년 남자였다. 길고양이가 다쳤다고 하니까 안경 너머로 나를 슬쩍 쳐다보았다.

"그 자루 안에 있어요?"

"이거 패딩인데요."

"이제부터는 아닐 것 같네요."

의사의 손짓을 따라 뒷방으로 들어가자, 동물장이 마치 사물함처럼 쌓여 있는 광경이 보였다. 한쪽에는 개들이, 다른 쪽에는 고양이들이 들어 있었다. 병원에 들어온 뒤로 비교적 얌전하던 세동이가 갑자기 꿈틀거리기 시작했다. 의사가 장 하나의 문을 열었다.

"패딩째로 집어넣으세요."

"저는 뭐 입고요?"

"어차피 적어도 오늘은 못 입어요."

패딩을 장에 밀어 넣자 세동이가 재빨리 고개를 내밀었지만, 의사가 그보다 빠르게 문을 닫은 뒤였다.

이제부터는 패딩이 아니라는 말이 무슨 뜻인지 이해가 갔다. 겁을 먹은 세동이는 온몸이 오물 범벅이 되어 있었다. 패딩도 마찬가지였을 뿐만 아니라, 세동이의 발톱에 안감의 올이 나가 속이 완연히 드러나 있었다. 냄새가 그제야 느껴졌다.

"러시안 블루네요. 나름 품종묘라 길고양이 중에는 드문데……. 일단 하루 여기 두고, 내일 오세요. 그때까지 급한 치료는 해놓을게요. 씻길 수 있으면 그것도 해보고."

나는 의사에게 고맙다고 인사를 하고 밖으로 나왔다. 비는 어느새 그쳐 있었다. 집에 돌아오고 나서야, 의사가 진료비 얘기를 안 했다는 사실과 동시에, 휴대폰과 신분증과 현금 등등이 모두 패딩에 들어 있었다는 것을 떠올렸다.

그날은 아무것도 손에 잡히지 않았다. 학원도 그냥 빠지고 거실 소파에 파묻혀, 평소 별로 오지도 않는 카톡을 궁금해하며 TV를 봤다.

다음 날 아침에 다른 고양이들의 밥을 주었다. 다들 평소처럼 먹었다. 단동이도 평소대로 애교를 떨었고, 노란색 덩치 고양이가 수풀 쪽을 쳐다보며 경계했다. 세동이가 아마 저 놈이랑 싸우다가 다쳤겠지, 하는 생각이 들자 공연히 얄미워졌다.

고양이들이 모두 돌아간 후, 나는 단동이의 급식소 안을 들여다보았다. 세동이가 병원에 간 것을 알고 있는지 그릇에는 아무것도 남아 있지 않았다.

집에 돌아와서, 서두르는 고모를 배웅하고 어제 학원을 빠진 부분을 벌충하려고 교재를 읽었다. 그리고 동물병원이 열었을 시간에 맞춰 코트를 챙겨 입고 나갔다.

"상처는 별거 아닌데요."

세동이는 많이 진정한 듯, 진료실 책상에 얌전히 앉아서 이쪽을 보고 있었다. 용케 목욕도 시킨 모양이라, 평소보다 털이 훨씬 깨끗하고 윤기가 났다. 상처에는 소독약이 발라져 있을 뿐, 붕대조차 감겨 있지 않았다. 나는 침을 삼켰다.

"네."

의사가 웃었다.

"패딩은 어떻게 구제가 안 될 것 같고요. 얘는 기생충이 있는 것 같아요. 저기 경회아파트 사시죠? 거기 주민분들이 길고양이 잘 보살핀다고 얘기가 자자하던데, 밥 잘 먹는 고양이가 이렇게 마를 수가 없어요."

의사가 고양이 비만에 관한 그림을 보여 주었다. 무슨 여왕개미처럼 생긴 놈에서부터 피골이 상접한 놈까지, 다양한 몸매의 고양이들과 그 건강 상태가 설명되어 있었다. 척 봐도 세동이는 최악보다 조금 나은 정도였다.

"좀 전에 일단 구충제를 먹였어요. 데려가서 키우실 건가요?"

고모 집에서 키울 수는 없다. 내가 뜸을 들이자, 의사가 대답을 기다리지 않고 말했다.

"오늘 아침에 먹인 건 1차 투여고 2~3주 후에 다시 해야 하는데, 먹이실 수 있겠어요?"

의사가 알약을 들어 보였다. 좀 익숙해졌다고는 하나, 길고 양이인 세동이를 붙잡아서 입을 벌리고 저것을 넣는 건 내게는 무리다.

"빻아서 밥에 섞어 줘도 되나요?"

"네, 근데 그래도 안 먹을 수 있어요."

의사가 세동이를 붙잡아 몸통을 겨드랑이에 끼우고 손으로 입을 벌려 약을 먹였다. 세동이는 형식적인 저항을 할 뿐, 비교적 얌전히 받아먹었다. 의사는 카운터에서 약을 받아가라고 하며 작은 플라스틱 트레이를 내밀었다. 휴대폰과 지갑이 있었다.

"패딩은 하도 엉망이라 일단 비닐봉지에 싸놨는데, 가져가실래요? 아니면 버려드릴까요?"

나는 한숨을 쉬고, 버려달라고 대답한 뒤 카운터에서 약을 받고 진료비를 계산했다. 옷을 망친 것까지 합치면 숨이 막히는 손실이다. 멕시코에서 밥 좀 덜 먹고 옷 좀 덜 사 입으면 되겠지, 하고서 체크카드를 긁었다.

의사가 빌려준 이동장은 패딩으로 급조한 보자기보다 훨씬 편했다. 세동이는 아까와 마찬가지로 별 저항이 없었다. 어쩌면 진정제라도 놓았을지 모르겠다고 생각했지만, 영수증은 버려달라고 했기 때문에 지금 와서 확인할 길이 없었다.

나는 세동이를 산책로 옆의 그 덤불로 데려가 이동장을 바닥에 놓고 문을 열었다. 세동이가 재빨리 튀어나와 덤불 속으로 사라졌다. 나는 착한 일을 했다는 뿌듯함에 젖어 비탈길을 내려왔다.

그 뒤로 세동이는 날이 갈수록 몸이 좋아졌다. 정말로 그동안은 기생충 때문에 그렇게 초췌했던 것인지? 고등어를 가지고 가서 세동이를 볼 때마다 바지 뒷주머니에 넣어둔 구충제를 떠올렸다. 동물병원에서 씻겨줘서 깨끗해진 털결은 곧 지저분해질 거라고 생각했는데, 전혀 그렇지 않았다. 오히려 나날이 더 윤기가 났다.

세동이가 건강을 되찾아가자 나까지 기분이 좋아졌다. 길고양이를 돌보는 아파트 주민들의 심정이 이해가 갔다. 학원 공부도 잘되고, 천안 집에도 더 자주 전화를 하게 되었다.

그로부터 3주쯤 된 날 아침이었다. 고양이들 밥을 주러 올라갔는데, 아침에는 거의 안 보였던 김 사장이 오늘따라 운동복을 입고 급식소 앞에 서 있었다. 나는 기분 좋게 소리쳐 불렀다.

"안녕하세요!"

김 사장이 뭔가 중얼거렸다. 나 들으라고 하는 말은 아니다. 좀 가까이 다가가자 비로소 김 사장의 목소리가 들리기 시작했다.

"이게 웬 일이야······. 이게 웬 일이야······."

어제 아침까지만 해도 단동이 옆을 지키고 있던 노랗고 덩치 큰 고양이가 미동도 하지 않고 쓰러져 있었다. 김 사장이 나를 보고 말했다.

"종냥이가 죽었어요."

나는 놀라서 노란 고양이를 보았다. 목 언저리의 흰 털이 온통 말라붙은 적갈색 피로 물들어 있었다. 허연 눈을 반쯤 뜨고 혀를 내밀고 있었다.

"아니, 어쩌다가요?"

"모르겠어요. 목을 뜯긴 것 같은데······. 이상하다. 이 근방에는 그럴 만한 개도 없는데······."

고양이끼리 서로 죽이는 일은 거의 없다고 들었다. 싸우다 다친 상처가 덧나서 죽는 일이 좀 있을 뿐이라고 한다. 하지만 나는 세동이 생각을 떨칠 수가 없었다.

"…이거 어떻게 해야 하죠?"

"구청에 전화해야죠……. 에구, 종냥아……."

김 사장은 반쯤 울먹거리는 목소리로 그렇게 말하고 휴대폰을 꺼냈다.

피가 엄청나게 났는데 바닥에는 거의 묻어 있지 않다. 나는 다른 고양이가 노란 고양이—종냥이를 수풀에서 습격해 목을 물어뜯어 죽이고, 마치 보란 듯이 급식소에 끌어다 놓는 모습을 상상하고 몸서리를 쳤다. 내 상상 속에서 그 다른 고양이는 세동이였다.

김 사장이 황망한 표정으로 급식소 앞 바위에 걸터앉았다.

"단톡방에도 얘기를 해야겠네."

김 사장이 그렇게 중얼거렸다.

"그러고 보니 다음 주 주말에 모이시죠?"

"학생도 그때 나와요. 그새 정들었을 텐데."

비탈을 내려가는 김 사장의 등이 마치 상이라도 당한 사람 같았다. 흉한 일이 있었어도 고양이들이 밥은 먹어야겠거니 싶어서, 나는 캔과 건사료를 평소대로 나누어 주었다. 종냥이의 늘어진 몸에서 애써 눈을 피하려 했지만 그것도 잘 되지 않았다. 이즈음이면 단동이를 필두로 고양이들이 와서 밥을 먹을 때인데, 오늘은 한 마리도 보이지 않았다.

구청 직원이 와서 종냥이의 시신을 검은 비닐봉지에 거둬 간 뒤에도 나는 마냥 앉아서 기다렸다. 그러나 기다림 끝에 정작 나타난 것은 단동이와 친구들이 아니라 세동이였다.

세동이는 거의 종냥이만큼 컸다. 청회색 털은 반들반들했고, 어깨는 떡 벌어졌다. 갈비뼈 선이 보이던 옆구리는 이제 근육으로 덮여 있었다. 작은 흑표범을 보는 것 같았다. 그 사이에 본디 갖춰야 할 모습을 찾은 것이다.

세동이는 나를 한 번 쳐다보더니 꼬리를 높이 세우고 급식소로 다가가, 바로 단동이의 칸에 들어가 방금 놓은 캔 사료를 먹었다. 세동이가 나온 자리에는 사료의 찌꺼기조차 남아 있지 않았다.

나는 집에 돌아와 바지에서 구충제를 꺼내 서랍 안에 넣었다. 낮에 고등어를 가져가지도 않고 집에 있다가 바로 학원에 나갔다.

그날 밤 늦게, 고모가 만두를 사 들고 집에 들어왔다. 고모는 현관에 들어서자마자 내게 물었다.

"너 오늘 아침에 단동이 봤니?"

"아니요."

고모는 식탁에 만두를 풀어놓으며, 조금 전 단톡방에서 들었다는 이야기를 해주었다. 같은 동에 사는 최 여사라는 사람이 저녁에 밥을 주러 갔을 때, 고양이들이 평소처럼 밥을 먹으러 왔는데 단동이가 없었다. 대신에 세동이가 선두에 섰는데, 좀 안 보는 사이에 엄청나게 덩치가 커졌다고 한다.

나는 아침에 세동이가 혼자 와서 밥을 먹은 이야기를 하지 않았다. 내가 뭔가 잘못을 한 건가 하는 생각이 들어버렸다.

"103동 김 사장님이 그러더라. 종냥이 죽었다며?"

"네. 구청에서 수습해 갔어요."

고모는 말없이 만두를 먹었다. 단동이의 보디가드 격인 종냥이를 죽인 것이 정말로 세동이였다면, 단동이도 이미 죽었을지 모른다. 나는 차마 먹지 못하고, 간장 종지에 젓가락만 깨작거렸다.

다음 날 아침에도 산책로에 밥을 주러 나갔지만, 단동이의 모습은 보이지 않았다. 급식소의 단동이 칸이 이제 세동이의 몫이 되었을 뿐, 다른 고양이들은 평소와 전혀 다를 것 없이 건사료를 먹었다. 쿠데타 이틀째 아침은 그렇게 평화로웠다.

머칠 후, 퇴근한 고모가 뒷산 기슭을 좀 내려간 큰길가에서 단동이가 목격되었다는 소식을 전했다. 봄비가 올까 말까 하는 다음 날 오후, 나는 다시 고등어를 녹여 들고 단동이를 찾아 집을 나섰다.

뒷산과 큰길을 나누는 담장을 오른쪽에 두고 걸었다. 솔직히 말해 만날 수 있을 것 같지 않았지만, 나가서 찾을 정도의 성의는 보여야 한다고 생각했다.

"단동아 —"

옆에서 택시가 휭 하고 지나갔다. 내가 외치는 소리는 자동차 소리에 덮였다. 계속 불렀다. 대답은 당연히 없고, 모습도 보이지 않았다.

"단동아 —"

큰길이 내리막이 되는 곳에서 아래를 내려다보았다. 흐린 하늘 아래 그늘 진 굴다리가 마치 짐승의 입처럼 보였다.

그리고 굴다리 안 깊은 곳에서, 나는 미동도 하지 않는 단동이를 발견했다. 동네에서 가장 사랑받던, 경회아파트 고양이들의 왕은 비닐 봉투 손잡이가 목에 걸린 채 굴다리 구석에 누워 있었다. 피가 흘러 입가를 빨갛게 물들이고 있었다.

비닐 봉투가 어떻게 목에 걸렸는지, 왜 입에서 피를 흘리고 있는지, 그때는 전혀 궁금하지 않았다. 나는 그 자리에 쪼그려 앉아서 손에 얼굴을 파묻고 한참을 울었다.

몸이 들썩거리지 않을 정도로 진정했을 때, 나는 단동이의 사진을 몇 장 찍고 구청에 전화를 한 뒤 집으로 돌아왔다. 그날도 학원에 가지 않고 조용히 집에서 지냈다.

그다음 주 토요일 낮에, 나는 고모와 함께 동네 카페에서 열리는 고양이 돌봄 모임에 갔다. 주인이 키우는 삼색 고양이가 한 마리, 카운터에 앉아 우리를 보고 길게 하품을 했다.

모임에는 나와 고모를 포함해서 일곱 명이 나왔다. 김 사장도 자리에 있었다. 새로 온 멤버인 나를 소개하며 서로 간단한 인사를 나누었지만 반갑다는 표정은 어디에도 없었다. 마치 나라 잃은 백성처럼, 우리는 목소리를 낮추어 고양이들의 이야기를 했다.

제일 큰 화제는 물론 단동이의 죽음이었다. 거의 속삭이는 것처럼 진행되던 대화 중에, 모르는 젊은 남자가 목소리를 높였다.

"어떻게 삼촌이 돼서 조카를 죽일 수 있어요?"

고모가 손짓을 해서 진정시켰다.

"고양이 세계에 사람 기준을 들이대면 안 되죠. 우리는 그냥 하던 대로 밥 주고, 고양이들이 편안하도록……."

"다들 아무 일도 없던 것처럼 세동이 그놈 뒤를 졸졸 따라다니는 게 눈꼴시단 말이에요."

고모가 한숨을 쉬고 말했다.

"그럼 어쩌시게요. 빠지시게요?"

남자가 턱을 치들고 말했다.

"네. 저는 이제 빠지렵니다."

그러더니 자리에서 일어나 버렸다. 다른 사람들이 카운터에서 계산을 하려고 기다리는 젊은 남자의 뒷모습을 쳐다보고 있는데, 김 사장만은 이맛살을 찌푸리고 커피잔을 노려보다가 내게 나지막이 말을 걸었다.

"학생, 학생."

"네?"

"단동이, 그 왜, 굴다리에서 말이에요. 사진 찍었다고 고모님이 그러시던데, 좀 보여줄 수 있어요?"

나는 잠시 당황했지만, 휴대폰을 꺼내 사진을 찾아 보여주었다. 김 사장을 안경을 고쳐 쓰고 유심히 사진들을 쳐다보았다.

"이상하다. 이거 분명 단동이 맞는데……. 이 접힌 꼬리만 봐도."

"왜 그러세요?"

"실은 어젯밤에 단동이를 본 것 같단 말이에요."

김 사장은 주변을 의식해서인지 목소리를 한층 낮춰 말했지만, 그 말이 떨어지자마자 고개들이 김 사장에게로 휙 돌아갔다. 심지어는 고양이 모임을 그만두겠다고 했던 남자도 테이블로 돌아왔다. 김 사장은 입맛을 다시며 설명했다.

"어젯밤에 말이에요. 밤 산책을 나갔어요. 이제는 베란다에서 피워도 뭐라고들 하잖아요."

김 사장은 손가락으로 담배 피우는 시늉을 해 보이고 말을 계속했다.

"고양이 급식소 옆을 지나는데, 단동이 생각이 나서… 종냥이도요. 그래서 거기 바위 있잖아요. 거기 앉아서 옛날 생각을 하고 있었어요. 근데 뭐가 다리에 와서 슬쩍 부비는 거야."

다양한 감탄사가 탁자에 퍼졌다. 김 사장은 이야기를 이었다.

"어두웠지만 그래도 단동이를 못 알아보겠어요, 내가? 그래서 쓰다듬으려고 했어요. 죽었다는 것도 잊고요."

나를 포함해서 모두가 몸을 앞으로 기울이고 김 사장의 이야기를 들었다. 김 사장은 단동이의 몸짓 하나하나, 소리 하나하나까지 설명했다. 단동이를 그리 많이 만나지 않은 나조차도 실감이 날 정도였고, 다른 사람들은 모두 고개를 연신 끄덕이며 몰입했다.

"그러더니 급식소 단동이 자리 있잖아요. 이제 세동이가 차지한 거기요. 거기로 또박또박 걸어갔어요. 꼬리를 한껏 치켜들고. 그리고 그 안에 들어갔는데, 나오질 않는 거예요. 들여다봤더니 없었어요."

아무도 헛것을 보았다거나 지어낸 이야기라거나 하지 않았다. 최 여사는 성호를 긋고 기도문 같은 말을 읊조렸다. 그것이 신호가 되었는지, 탁자에 잠시 침묵이 돌았다.

고모가 정적을 깼다.

"저도 보고 싶네요, 단동이."

고양이 밥 주기를 그만두겠다고 했던 남자도 자리에 도로 앉았고, 아무도 핀잔을 주거나 책망하지 않았다.

지금까지도, 나는 김 사장이 정말로 단동이를 보았는지 모른다. 단동이가 귀신이 되어 급식소에 나타났을 가능성이 있다는 게 아니라, 김 사장이 단동이를 그리워하는 마음에 어둠 속에서 그 모습을 상상했는지, 아니면 그때 그 젊은 남자가 모임을 나가는 것을 막으려고 지어낸 이야기인지 모른다는 뜻이다.

그러나 이미 모임 사람들은 고모를 포함해서 모두가 김 사장의 말을 액면 그대로 받아들이고 있었다. 내게는 그것을 비웃을 자격이 없었다.

*

시간이 흘렀다. 나는 아침마다 고양이들에게 밥을 주러 나갔다. 세동이는 단동이만큼 귀엽지는 않았지만 늠름했고, 영리하기로도 전혀 모자라지 않았다. 자기가 어떻게 생겼고 사람에게 어떤 인상을 주는지 잘 알고 그에 어울리게 행동했다. 단동이가 아이돌이었다면 세동이는 진짜 왕이었다. 하지만 급식소 한 칸에 적힌 단동이의 이름은 그대로였다.

단동이가 죽고 한 3주쯤 지났을까? 나는 아침에 나갔다가, 단동이의 급식소 자리 지붕에 이슬 맺힌 흰 장미꽃이 놓여 있는 것을 발견했다. 누가 놓았는지는 알 수 없었다. 이제는 나도 들어가 있는 고양이 단톡방에서 모임 사람들에게 물어봤지만, 아무도 알지 못했다. 내가 그 얘기를 꺼낸 다음 날부터 급식소에는 거의 매일 꽃이 놓였고, 세동이는 신경 쓰지 않고 그 밑에서 캔 사료를 먹었다.

달이 바뀌고, 나는 모임의 다른 사람과 교대했다. 더 이상 아침에 나가지 않아도 되었지만, 며칠에 한 번씩은 식사 시간에 맞추어 고양이들을 보러 급식소에 갔다. 세동이는 나를 기억했고, 매번 다가와서 그 큰 덩치로 나름대로의 애교를 떨었다.

초여름이 되자 새끼 고양이들이 나오기 시작했다. 딱히 관심이 없었는데, 세동이는 수컷이었던 모양이다. 세동이와 비슷한 색깔을 한 새끼들이 어미들을 따라다니는 모습이 단톡방에 잔뜩 올라왔다.

멕시코로 떠나는 날은 결국 찾아왔다. 떠나기 전날, 나는 근처 꽃집에서 장미 몇 송이를 사들고 급식소를 찾아가, 단동이 자리의 지붕 위에 곱게 올려놓았다.

출국한 뒤로 처음에는 고모와 자주 연락을 했지만, 시간이 지나고 현지 생활에 바빠지면서 한국의 모든 사람들과 대화가 점점 줄어갔다. 교환학생은 1년으로 끝났지만, 나는 현지에서 사귄 친구를 통해 일자리를 주선받아 어학연수라는 명목으로 1년 더 멕시코에 머물렀다.

꼬박 2년이 지나고 한국에 돌아왔을 무렵, 기숙사가 문을 열 때까지 기간이 한 달 정도 남아 있었다. 보름을 부모님 댁에서 보내고 나니 좀이 쑤셔서, 고모에게 인사를 한다는 핑계로 서울에 일찍 올라갔다.

"왜 이렇게 비쩍 말라서 왔어!"

2년 만에 본 고모는 아직도 아침마다 고양이들 밥을 주러 나간다고 했다. 그 사이에 고양이 돌봄 모임도 사람이 늘었다는 말을 들었다. 마침 고모가 저녁 당번이던 터라, 나는 고모 댁에서 지내는 동안 대신 밥을 주겠다고 자청했다.

짐을 푼 바로 다음 날 저녁, 나는 캔과 건사료를 챙겨 들고 산책로의 고양이 급식소를 찾아갔다.

고모가 아무 말도 해주지 않았기 때문에, 나는 새로 지어진 급식소를 보고 놀랐다. 판자로 대충 짓고 벽돌로 눌러 놓았던 그때의 그 급식소와는 완전히 달랐다. 튼튼한 나무로 만들고 금속 테를 두른, 깨끗하고 멋진 집들이었다. 지붕과 벽에는 고양이들이 올라가 쉬라고 만들어 놓은 듯한 선반들이 있었다. 제일 위의 선반에는 구청 마크가 붙은 '단동 고양이 급식소'라는 간판이 있었다. 코팅이 되어 간판 밑에 붙은 안내문을 보고 나는 긴 숨을 들이쉬었다.

〈헌화는 한 사람당 한 송이만 해주세요. 튤립/백합/국화 금지〉

나는 밥을 주고 세동이와 고양이들이 오기를 기다렸지만, 세동이는 보이지 않았다. 그러고 보니, 아직 살아 있는지조차 알 수 없다. 세동이의 병든 모습, 그리고 단동이와 종냥이의 죽음을 본 나는 길고양이의 삶이 거칠고 짧다는 것을 알고 있었다. 구충제는 아직 서랍 안에 있을까?

십여 분을 기다리자 청회색과 흰색이 섞인, 날씬하고도 큰 고양이가 무리를 이끌고 어슬렁거리며 다가왔다. 세동이가 아니었다. 고양이들은 내가 급식소에 방금 차려 놓은 밥을 먹었다. 집에 가면 세동이가 어떻게 되었는지 고모에게 물어 봐야겠다고 생각했다.

고양이들이 밥 먹는 모습을 보고 있는데, 산책로를 따라 중학생 정도로 보이는 교복 차림의 남자아이 두 명이 올라왔다. 둘은 거의 반사적으로 나를 향해 고개를 꾸벅 숙여 보였다. 둘의 손에는 장미가 한 송이씩 들려 있었다. 그중 한 아이는 주변을 계속 두리번거리는 모양새로 보아 이 동네에 익숙하지 않은 것 같았다.

"야, 근데 정말 이거 진짜야?"

"3반 동현이가 수학 만점 맞았잖아. 딴 데 가서 얘기하지 마. 원래 이 아파트 애들끼리만 아는 거야."

"사당이라더니 고양이 밥 주는 데잖아."

아마도 경회아파트 주민일 아이가 한숨을 쉬고 얘기했다.

"여기 단동 급식소라고 돼 있지? 단동이가 원래 여기 고양이 짱 이름이야. 귀엽게 생겨서 동네 아저씨 아줌마들한테 인기도 많았는데, 자기 삼촌한테 죽었어."

"고양이도 삼촌 조카가 있어? 삼촌이 조카를 왜 죽여?"

"지가 짱 먹으려고 그런 거지. 그래서 그 삼촌이 단동이 부하들도 다 죽였고……. 단동이는 비닐봉지 손잡이로 목을 매서 자살했대. 하도 억울하게 죽어서 귀신이 돼서 나온대."

"웃기시네. 말이 되는 소리를 해라."

"우리 할아버지가 진짜로 봤거든? 그 뒤로 떠돌지 말고 편히 쉬라고 동네 사람들이 꽃을 놓기 시작했는데, 누구든 꽃을 놓으면서 소원을 빌면 이루어진대."

"무슨 짝퉁 라이온 킹 같은 헛소리야."

두 아이는 그렇게 옥신각신했지만, 끝내는 둘 다 꽃을 급식소 지붕에 올린 뒤 눈을 감고 고개를 숙였다. 나는 그 모습을 홀린 것처럼 바라보았고, 고양이들은 아이들에게 아랑곳하지 않고 밥을 먹거나 급식소를 타고 놀았다. 둘은 다시 나를 향해 기계적으로 꼬박 인사를 하고 경사로를 내려갔다.

고양이들이 밥을 다 먹고 떠났다. 사람도 고양이도 남지 않은 급식소 앞에서, 나는 장미 두 송이가 놓인 자리를 향해 허리를 깊이, 한참 동안 숙였다. 그리고 산책로를 따라 집으로 돌아갔다.

播種船團

파종선단

이경희

SF 소설가. 죽음과 외로움, 서열과 권력에 대해 주로
이야기한다. 지은 책으로 장편소설 『테세우스의 배』,
『그날, 그곳에서』, 소설집 『너의 다정한 우주로부터』,
논픽션 『SF, 이 좋은 걸 이제 알았다니』 등이 있다.

一.

먼 옛날, 금강산 기슭 어느 마을에 나무꾼이 살았다.

긴긴 겨울이 가고 새봄이 찾아오면 나무꾼은 이른 아침부터 산에 올라 저녁까지 나무를 베었다. 매일 밤 조각조각 쪼갠 장작을 뒷마당에 그득 쌓아두고는 한 해 동안 햇볕에 바싹 말려 가을마다 내다 팔곤 했는데, 장사에 서툴렀던 탓에 매번 손해만 보기 일쑤였다. 아홉 달을 꼬박 쉬지 않고 일해 봐야 손에 남는 것이라곤 고작 겨울을 날 수 있을 정도의 쌀 몇 가마니가 전부였으니, 그나마 근근이 풀칠이라도 할 수 있었던 것은 워낙에 성실한 덕분이리라.

그러던 어느 날, 하루는 나무를 하는데 멀리서 사슴 한 마리가 헐떡이며 뛰어오는 모습이 보였다. 사슴은 화살에 맞아 뒷다리를 절뚝거리고 있었다. 어설픈 사냥꾼 하나가 실수로 사냥감을 놓친 모양이었다. 발굽까지 흘러내린 피가 뚝뚝 바위에 떨어졌다.

옳지. 오늘은 나무 대신 저 사슴을 잡아야 쓰겠구나. 나무꾼은 그리 생각하며 살금살금 사슴 쪽으로 다가갔다. 허나 눈치 빠른 사슴은 금세 인기척을 알아채고 헐떡이는 숨을 토하며 달아나기 시작했다. 나무꾼은 도끼를 움켜쥐고 허둥지둥 사슴의 뒤를 쫓았다. 하지만 사슴은 이내 수풀 속으로 쏙 사라지고 말았다.

드문드문 흩뿌려진 핏자국을 따라 한참을 걸었으나 사슴의 모습은 보이지 않았다. 이미 한참 멀리 달아나 버린 모양이었다. 허탈해진 나무꾼은 가까이 보이는 그루터기에 주저앉아 가빠진 숨을 가라앉혔다. 에이, 헛힘만 뺐구나. 그동안 나무를 베었으면 두 그루는 족히 베었을 것을. 그는 퉤, 하고 침을 뱉으며 다시 원래 있던 곳으로 되돌아가려 몸을 일으켰다.

그 순간, 하늘에서 굉음이 들렸다.

귀를 찢는 날카로운 바람 소리가 동에서 서로 휙 지나가더니, 잠시 잦아드는 듯하다 또 한번 큰 소리가 메아리치듯 울렸다. 이번엔 여인의 비명이었다. 그리고, 풍덩. 물기둥이 하늘 높이 솟아올랐다.

저쪽은 하늘 폭포가 있는 곳인데.

나무꾼은 도끼도 내버려 둔 채 폭포를 향해 달리기 시작했다. 짙은 수풀을 양손으로 헤치며 나아가자 폭포가 보였다. 폭포 아래 깊고 거대한 물웅덩이에 한 여인이 정신을 잃은 채 둥둥 떠다니고 있었다.

"이보시오!"

나무꾼은 여인을 구하기 위해 물에 뛰어들었다. 물에 빠진 여인을 향해 손을 뻗었더니 갑자기 따끔한 통증이 손을 찔렀다. 깜짝 놀란 나무꾼은 여인을 놓치고 말았다.

"아얏!"

이게 대체 무슨 일인가. 나무꾼은 다시 한번 조심스럽게 여인의 팔에 손끝을 가져갔다. 찌릿. 손가락이 아프고 저려와 도저히 몸을 건드릴 수가 없었다.

이대로 두었다간 익사하고 말 텐데. 나무꾼은 찬찬히 주위를 살펴보았다. 여기저기 부러진 나뭇가지가 눈에 띄었다. 기다란 나뭇가지로 여인을 건드려보니 이번엔 괜찮은 듯싶었다. 나무꾼은 얇은 나뭇가지를 밧줄처럼 꼬아 단단하게 만든 다음, 여인의 양쪽 겨드랑이에 끼고 겨우 뭍으로 끄집어냈다. 그러자 여인이 울컥 기침하며 물을 토해 냈다. 그제야 나무꾼은 숨을 헐떡이며 바닥에 주저앉았다.

하늘에서 여인이 떨어지다니.

생각할수록 기이한 일이었다. 호흡을 진정시킨 나무꾼은 조심스럽게 여인의 매무새를 살펴보았다. 생전 본 적도 없는 차림새였다. 비단처럼 윤기가 도는 회색 옷감은 물에 젖지도 않아 곳곳에 물방울이 고스란히 맺혀 있었고, 망측하게도 온

몸에 꼭 맞게 달라붙어 시선을 어디다 두어야 할지 어지러웠다. 게다가 대체 어떻게 입고 벗는 것인지 틈새는커녕 바느질 자국조차 찾을 수 없었다. 그제야 나무꾼은 여인의 정체를 어렴풋이 짐작할 수 있었다.

하늘의 옷감에는 꿰맨 흔적이 없다 하지 않던가. 이 여인은 하늘에서 내려온 선녀임이 분명하구나. 필경 신단수神壇樹 두레박을 타고 내려온 것일 테지. 나무꾼은 고개를 들어 위를 보았다. 그의 추측을 긍정하듯 하늘에서 내려온 새하얀 두레박이 어슴푸레한 저녁빛을 한껏 퍼 담아 다시금 위로 솟아오르고 있었다. 두레박은 금세 하늘 너머로 사라졌다.

어느새 해가 기울어 주위가 어둑해졌다. 여인을 옮길 도리가 없으니 어쩌면 이곳에서 밤을 지새워야 할지도 몰랐다. 나무꾼은 근처의 마른 나뭇가지를 모아 불을 피웠다. 여인이 요란하게 숲을 뒤흔든 탓에 사방에 태울 거리가 널려 있었다.

후끈 온기가 퍼지기 시작하자 여인의 입에서 신음이 흘렀다. 조금씩 정신이 돌아오는 모양이었다. 나무꾼은 말없이 모닥불에 장작을 집어넣었다.

"죽진 않았구나."

여인이 입을 열었다. 혼잣말하듯 무심코 뱉는 목소리였다. 나무꾼은 여인의 곁으로 다가가 안색을 살폈다. 여인은 눈을 뜨고 있었다.

"정신이 드시오?"

여인은 대답 대신 얕게 고개를 끄덕였다.

"당신이 저를 구했나요?"

이토록 아름다운 눈동자라니. 구슬처럼 또렷한 눈동자가 자신을 향하자 조금 쑥스러웠다. 여인과 이리 눈을 마주쳐본 것이 대체 몇 년 만인지 기억조차 나지 않았다. 나무꾼은 시선을 피하며 나지막이 대답했다.

"물에서 건져내느라 조금 애를 먹었소. 신묘한 힘 때문에 도무지 손을 댈 수가 없더이다."

"아……."

여인은 자신의 몸을 이리저리 살피듯 매만졌다.

"수… 옷감에 제 몸을 보호하는 주술이 작동하고 있었어요. 이젠 괜찮아요. 해제했으니까."

여인이 천천히 몸을 일으켰다. 나무꾼은 휘청이는 여인을 부축해 나무 그루터기에 기대어주었다. 여인은 말없이 꾸벅 고개를 숙이며 감사를 표했다.

"그나저나 참으로 요란하더이다."

"네?"

여인의 눈이 동그래졌다.

"선녀께서 신단수 두레박을 타고 내려오는 것을 보았소."

나무꾼은 그리 말하며 하늘을 가리켰다. 여인은 한참 동안이나 밤하늘을 올려다보았다. 마치 별을 하나하나 모조리 헤아리기라도 할 것처럼. 이윽고 깨달았다는 듯 그녀는 활짝 웃었다. 그 미소에 한층 마음이 아찔해졌다.

"하하, 선녀라. 그러네. 아주 틀린 말은 아니네."

"어인 일로 이곳까지 내려오셨소?"

"그게, 다른… 동료……."

푸핫. 우물쭈물하던 여인이 갑자기 영문 모를 웃음을 터뜨렸다. 한참 동안 깔깔거리며 웃은 뒤에야 여인은 말을 이어나갈 수 있었다.

"…다른 선녀들이랑 좀 다퉜거든요."

"언제 다시 돌아가실 예정이오? 다음 두레박은 아마 새벽녘에 내려올 터인데."

여인은 고개를 가로저었다.

"날개가 고장 났어요. 옷을 고치기 전엔 못 돌아가요."

"그럼 선녀께서는……."

푸핫. 여인은 또다시 웃음을 터뜨렸다.

"미안한데, 선녀란 말 좀 그만할래요? 정말 오글거려서 못 참겠거든요."

여인은 검지를 들어 자신을 가리켰다.

"저는 '환'이라고 해요."

독특한 이름이었다. 천계에서는 모두 그러한 이름을 쓰는 걸까.

"그럼 환께서는 앞으로 어찌하실 생각이시오?"

"그러게, 어떡하지."

여인은 스스럼없이 모닥불 곁으로 다가왔다. 아니, 나무꾼의 곁으로. 엉덩이와 엉덩이가 닿을 정도로. 어쩌면 어깨와 가슴이 닿을 정도로 가까워졌다. 싸늘한 숨결이 목젖에 닿자 소름이 돋았다. 당황한 나무꾼은 여인에게서 조금 물러나려 했다. 허둥거리는 발끝이 모닥불을 건드리자 화악 하고 불길이 솟아올라 그의 얼굴에 드리운 어둠을 날려버렸다.

"잠깐."

허나 여인은 그를 보내지 않았다. 오히려 거친 손길로 턱을 붙잡아 끌어당기는 것이었다.

"잠시만, 잠시만 가만 있어봐."

여인은 한참이나 그의 얼굴을 눈으로 훑었다. 턱을 붙잡은 손으로 이리저리 방향을 틀어가며 꼼꼼하게도 살펴보았다. 환은 여인의 손아귀를 벗어나려 했으나 소용없었다. 마치 소를 밀쳐 내기라도 하는 것처럼 묵직한 힘이었다.

선녀가 아니라 요괴였던 것일까. 어째 아름다운 모습으로 다가와 친절히 군다 싶더니, 나를 유혹해 뱃속에 집어삼킬 수작이었단 말인가. 온갖 불길한 생각이 머리를 헤집었으나, 나무꾼은 여인에게서 눈을 뗄 수 없었다. 구슬처럼 크고 동그란 눈동자에 시선이 붙박여 도무지 떨어지질 않았다. 나무꾼은 포기하는 심정으로 몸의 힘을 풀고 말았다.

"하하."

여인은 또 한번 웃었다. 이번엔 조금 무겁게. 하지만 조금 더 아름답게. 여인은 대뜸 이렇게 물었다.

"혼인은 했니?"

"그건 왜 물으시오?"

"했어?"

"…하지 않았소."

"하하하."

대체 무엇이 그리 우스운가. 이제는 심통이 날 지경이었다. 나무꾼은 그제야 팔을 휘둘러 여인의 손을 뿌리칠 수 있었다. 그러자 여인의 얼굴이 한층 가까이 다가왔다. 여인의 두 눈은 여전히 웃고 있었다. 아니, 어쩌면 울고 있었을지도.

"그럼 나랑 할래?"

입술이 짧게 닿았다 떨어졌다. 얼굴이 홍감처럼 붉게 익었으리라. 살폿이 미소 짓는 여인의 얼굴을 빤히 바라보며, 젖은 물이 말라붙은 머리칼을 혼란스럽게 쓸어넘기는 모양새를 헤아리며, 나무꾼은 세상 이보다 아름다운 것을 다시는 마주하지 못하리라 생각했다.

허나 한편으로는, 이보다 어둡고 추한 표정을 다시는 알지 못하리라는 생각도 함께 들었다.

*

어째서일까.

물흐르듯 자연스레 혼례가 치러졌다. 마을 사람 모두가 나무꾼의 집에 모여 부부의 탄생을 축하했다. 평생 홀아비로 늙을 줄로만 알았더니 역시나 짚신에 짝이 있는 법이라며, 순진한 것이 저리도 대단한 짝을 찾을 줄 누가 알았겠느냐며 아낙네들이 나무꾼을 향해 수군거렸다. 또한 남정네들은 하나같이 매서운 눈빛으로 그를 쏘아보았다. 분수에 맞지 않는 부인을 들였다고, 세상 다시없을 미인이라고, 부러움과 질투를 담아 큰 소리로 투덜거렸다. 정신을 차려보니 여인은 어느새 부인이 되어 있었다.

혼례를 마친 두 사람은 뒷산에 올라 조상신의 무덤에 제를 올렸다. 나무꾼의 부모도, 그 부모도, 그 부모의 부모도, 마을 모든 사람들의 조상께서 함께 잠든 무덤이었다. 나무꾼은 조촐한 술상을 차려놓고 절을 올리며 조상들께 혼례에 대한 허락과 축복을 구했다.

문득 이상한 느낌이 들어 고개를 들었다. 여인이 절하는 것도 잊은 채 멍하니 무덤을 내려다보고 있었다. 가만히 선 채로 아주 깊은 생각에 잠긴 듯했다. 스산한 바람이 등 뒤에서 불어와 여인의 뺨을 스치고 머리칼을 휘날렸다. 마치 그 바람을 타고 머나먼 세상으로 떠나버릴 것만 같은 모습이었다.

어째서일까.

또렷한 눈동자에서 한 방울 눈물이 떨어졌다.

여인은 옷소매로 쓱쓱 눈가를 훔치며 말없이 나무꾼의 손을 당겼다. 부부는 천천히 산을 내려왔다. 집에 도착할 때까지 여인은 꼬옥 붙잡은 손을 놓지 않았다. 어느새 여인의 입가엔 평소의 미소가 돌아왔다.

나무꾼은 눈물에 대해 묻지 않았다. 다만 홀로 생각할 따름이었다.

어째서일까.

"아가, 이리 오렴."

첫 침소에 들자마자 여인이 그의 옷깃을 끌어당겼다. 내심 기분 좋은 마음이 들다가도, 나무꾼은 조금 심통을 부렸다.

"부인, 어찌 나를 아가라 부르시오?"

"그거야, 내가 너보다 훨씬 누나니까 그러지."

"많으면 몇 살이나 많다고 그러오."

"글쎄. 네 손가락과 발가락을 모두 합친 것보다는 많지 않을까?"

나무꾼은 그보다 큰 수를 잘 헤아리지 못했다. 아무렇지 않게 아픈 곳을 찌르다니 역시나 마귀임이 분명하구나. 나무꾼은 투덜거리면서도 여인의 품으로 쏙 파고들었다. 아찔한 첫 밤을 지새우는 동안에도 그는 여전히 마음속으로 생각했다.

어째서일까.

여인은 순순히 나무꾼을 따르는 성격은 아니었다. 외려 그를 휘어잡고 무엇이든 자신의 직성대로 해야만 분이 풀리는 모양이었다. 하늘에서 내려온 이에게 어찌 남편을 하늘로 섬기라 말할 수 있을까. 실은 여인이야말로 하늘이며, 자신은 땅에 눌러 붙은 잡초에 불과한 것을. 나무꾼은 무엇이든 여인이 하자는 대로 따랐다. 누우라면 누웠고 서라면 섰으며, 아이를 갖자 말하면 아이를 갖기로 했다.

그렇게 여인은 아이를 가졌다. 해가 바뀌자 첫째가 태어났고, 두 해를 더 넘기자 둘째도 태어났다. 여인은 셋까지만 아이를 갖겠노라 그에게 선언했다. 상관없었다. 더는 아이를 갖지 않는대도 상관없었다. 곁에 있어주는 것만으로도 너무나 고맙고 사랑스러운 일이었으므로. 하지만 그는 여전히 똑같은 생각을 품고 있었다.

어째서일까.

여인은 어째서 나를 택했단 말인가. 해가 바뀌고 아이가 늘어도 도무지 이해되지 않았다. 숫자도 멀쩡히 헤아리지 못하는 내가 무엇이 마음에 든단 말인가. 할 줄 아는 것이라곤 나무를 베는 것밖에 없는 나를 어찌 남편으로 받아들였단 말인가. 어느새 고마움은 잊히고 어두운 의심만 늘어날 뿐이었다.

꿍꿍이가 있을 것이다. 꿍꿍이가 있는 것이다. 매섭게 의심하기 시작하자 끝이 없었다. 여인이 언젠가 자신을 떠나 하늘로 돌아가리라는 생각이 도무지 지워지질 않았다.

그런 나무꾼의 마음을 헤아려준 것일까. 한날은 여인이 그를 불러다 앉혀 놓고 날개옷을 건네는 것이었다.

"어떻게든 고쳐보려 했는데 안 되더라. 보이지 않는 곳에 감춰줘. 내가 더는 희망을 갖지 않게."

여인은 그리 말하며 날개옷을 내밀었다. 날개옷의 허리끈에는 처참하게 찌그러진 금속 상자가 매달려 있었다. 추락할 당시 어딘가에 부딪쳐 망가져 버린 모양이었다.

"벌써 삼 년이야. 참성기가 끝난 지도 일 년이 흘렀어. 수미가 날 찾지 않는 걸 보면 파종선은 이미 떠난 거겠지."

무슨 뜻인지 알 수 없었다.

"하하. 나는 버려진 거야."

"부인……."

"괜찮아."

괜찮지 않아 보였다. 나무꾼은 부인의 곁으로 위치를 옮겨 어깨를 감싸 안았다. 온몸이 흐느끼듯 떨리었으나. 여인은 웃고 있었다.

"하늘의 영광도, 상제의 명도 모두 잃고, 이제 오직 남은 것은 네 입술뿐이로구나."

여인이 말했다. 두 사람은 입을 맞추었다.

＊

여인은 마을 사람들과 쉬이 어우러지지 못했다. 본디 자유로운 하늘의 존재였던 탓에, 지상의 법도를 잘 받아들이지 못한 탓이었다. 옷매무새가 단정치 못하다며, 머리를 바르게 땋지 않는다며, 혹은 아무에게나 헤프게 미소를 흘린다며 여기저기서 속된 트집을 잡아댔다. 나쁜 말을 전해 들을 때마다 나무꾼은 화를 내며 여인을 감쌌지만, 그럴수록 마을 사람들과 거리만 생길 뿐이었다.

사실 그런 소문이 도는 이유야 뻔했다. 마을의 남정네들이 너 나 할 것 없이 여인에게 홀려 있었기 때문이었다. 여인이 거리를 지날 때면 마을 남자들은 마치 시간이라도 멈춘 양제자리에 멈춰 서서 여인을 바라보았다. 부인을 바로 곁에 둔남편들조차 헤벌쭉 입가가 벌어질 정도였다. 부인들은 여인에게 남편을 빼앗겼다 생각해 분노했고, 남편들은 여인이 자신의 부인이 아니라는 사실에 비뚤어진 원망을 쏟아냈다.

결국 부부는 점차 마을 사람들과 거리를 두기 시작했다. 누구도 부부에게 말을 걸지 않았고, 부부도 사람들을 무시했다. 외따로 떨어진 산속 초가집에서 아이들과 조용히 지낼 따름이었다.

아이들이 어느 정도 자라자, 여인은 가끔 몇 주씩 집을 비우곤 했다. 어디로 가는지, 무엇을 하는지 말해 주지 않았으나, 나무꾼은 크게 걱정하지 않았다. 어차피 하늘로 돌아갈 길은 막혔으므로. 고장 난 날개옷은 옷장 가장 깊은 곳에 감추어 두었으므로. 답답한 지상 생활에 가끔 숨통을 틔우려는 마음이야 충분히 이해할 수 있는 일이었다.

허나 마을 사람들은 그렇지 않았다. 여인이 자취를 감출 때마다 소문은 점점 추하고 지독하게 변해 갔다. 여인이 마을의 온갖 남정네들을 유혹하고 다닌다는 이야기가 파다하게 퍼졌고, 아이부터 어른까지 여인의 희롱에 놀아나지 않은 남자가 없다는 말까지 들려왔다. 마을 사람들은 자신의 집안에서 일어난 크고 작은 불화를 모두 여인의 탓으로 돌려댔다. 선녀였던 여인은 어느샌가 저주를 불러온 요괴가 되었다.

나무꾼은 그런 못된 말을 들을 때마다 화가 났다. 죄다 헛소문일 것이 분명하다. 설령 소문이 사실이라 하더라도 나쁜 것은 남의 부인과 놀아난 남정네들 쪽이 아닌가. 어찌 여인만을 두고 이리도 가혹하게 욕한단 말인가. 그렇게 따져 몰아붙이며 주먹을 휘두른 적도 많았다. 하지만 그럴수록 더 심한 소문이 마을을 휩쓸 뿐이었다.

하지만 가장 슬픈 것은 어느새 자신의 마음속에도 의심이 싹트기 시작했다는 점이리라. 소문을 전할 때마다 여인은 말없이 웃어넘길 뿐으로, 대체 어디서 무얼 하는지 속 시원히 밝히지 않는 것이 못내 께름직했다. 께름직한 마음은 어느새

서운함으로, 서운함은 의심으로 점점 자라나 몇 년이 지나자 스스로도 감당할 수 없는 어두운 마음이 되고 말았다. 나무꾼은 여인의 행실 하나, 말투 하나에 집착하며 잘못된 상상에 잠기곤 했다.

결국 한 날은 나무를 하다 말고 분통을 터뜨리고 말았다. 분노로 가득 차 쉬지 않고 도끼를 휘두른 탓에 어깨가 빠질 것만 같았다. 저릴 듯한 가슴의 통증은 그보다도 몇 배는 고통스러웠다. 의심병에 사로잡힌 그는 산이 떠나가도록 괴성을 질렀다.

어쩌면 정말로 여인이 누군가와 놀아나고 있는 것은 아닐까. 한번 의심이 들기 시작하자 도무지 견딜 수가 없었다. 일할 맛이 사라진 나무꾼은 도끼를 집어들고 집으로 돌아왔다. 그런데 눈으로 보고도 믿을 수 없는 놀라운 일이 벌어지고 있었다.

이불 속에 다리가 넷이나 있는 것이 아닌가.

화가 머리끝까지 치솟은 나무꾼은 들썩이는 이불 위로 도끼를 내려쳤다. 도끼가 깊게 박힌 이불이 붉은 피로 물들며 풀썩 옆으로 뒤집어지자 그의 눈앞에 여인의 연옥빛 나신이 드러났다. 흥분한 나무꾼은 비명에 가까운 목소리로 소리 질렀다.

"어찌… 어찌 당신이 이럴 수가 있단 말인가!"

허나 여인은 조용히 비틀린 미소를 흘릴 뿐이었다. 이쯤은 별것 아니라는 듯이. 천상에서 이런 것은 흔해 빠진 일에 불과하다는 듯이. 또렷한 눈동자로 당당히 그를 노려볼 뿐이었다.

"아비가 누구요?"

"무슨 말이야?"

"우리 아이들… 아비가 누구냐 말이오."

"지금 제일 먼저 생각한 게 그거야? 질린다. 전부. 진짜 질린다, 너희들."

여인은 옷을 입지도 않고 밖으로 나가려 했다. 이대로 보내면 이제는 마을에 또 무슨 소문이 날까. 두려워진 나무꾼은 여인을 가로막고 손바닥을 치켜들었다. 하지만 소용없었다.

여인이 그의 손목을 붙잡아 비틀자 잔가지를 꺾는 것보다 손쉽게 뼈가 부러졌다. 나무꾼은 바닥에 쓰러져 다친 팔을 부여잡았다.

"이건 다시 가져갈게."

언제부터 알고 있었던 걸까. 여인은 옷장 깊숙이 숨겨둔 날개옷을 꺼내 들었다. 나무꾼이 알지 못하는 방법으로 옷감을 한 번 쓰다듬자 날개옷은 마치 살아 있는 생물처럼 꿈틀대며 여인의 몸에 달라붙었다.

"부디 잘 지내렴, 아가."

여인은 곧장 집을 떠났다.

뒤늦게 정신을 차린 나무꾼은 여인의 뒤를 쫓아 마을 곳곳을 내달렸으나, 어디에서도 흔적을 찾을 수가 없었다.

*

그 후로 열 달이 흘렀다.

나무꾼은 다시 예전의 삶으로 되돌아갔다. 여인이 없던 때로. 이른 새벽부터 산에 올라 저녁까지 나무만 베면 그만이었던 때로. 달라진 점이 있다면 매일 밤 술에 절어야 잠들 수 있다는 점 정도일까.

그는 누구보다 열렬히 여인을 욕하는 사람이 되었다. 반쯤은 진심이었고, 반쯤은 살아남기 위해서였다. 마을사람 모두가 한마음으로 여인을 요괴라 욕하고 있었다. 마을에 일어난 모든 불화를 여인의 탓으로 돌리는 것이야말로 가장 수월한 해결책이었다.

나무꾼은 다시 마을의 일원이 되었고, 여인에 관한 일들은 서서히 잊혀 갔다.

그러던 어느 날, 하루는 일을 마치고 집으로 돌아오는데 어디선가 갓난아이의 울음소리가 들려왔다. 나무꾼은 등짐을 내려놓고 울음소리를 따라 홀린 듯 걸음을 옮겼다. 조상신의 무덤이 있는 뒷산 방향이었다.

울음소리가 점점 가까워졌다. 마음속에 예감이 스쳤다. 환이, 여인이 그곳에 있으리라. 턱 끝까지 숨을 헐떡이면서도 걸음이 점점 빨라졌다. 다시 얼굴을 보고 싶었다. 그렇게나 모질게 욕하고 원망했으면서도 어째서인지 그리움을 참을 수가 없었다. 나무꾼은 온 힘을 다해 산을 뛰어올랐다.

그곳에 여인이 있었다.

"아가… 우리 아가……."

여인은 기기괴괴한 웃음을 흘리며 맨손으로 조상신의 무덤을 파헤치고 있었다. 이해할 수 없는 광경을 마주하자 나무꾼은 공포에 사로잡혔다. 그는 쥐고 있던 도끼를 떨구고 소리 질렀다.

"이, 이게 대체 무슨 짓인가!"

여인은 대답이 없었다. 대신 깍지 낀 양손을 높이 들었다가 석판을 향해 내려쳤다. 쩍 하고 돌무덤이 갈라지며 옛 무덤이 와르르 무너졌다. 어지러운 파편 속에서 여인은 작은 상자 하나를 끄집어냈다.

여인이 고개를 돌려 그를 바라보았다.

"아가, 왔니?"

"무슨 짓이냐 물었다!"

나무꾼은 의미 없는 외침을 반복했다. 하지만 여인은 그의 물음에 답하지 않았다. 표정 없는 얼굴로 그저 이렇게 말할 뿐이었다.

"시시한 사람."

여인은 허리끈의 망가진 상자를 뜯어내고 무덤에서 꺼낸 새로운 상자를 끼워 넣었다. 그러자 형형색색의 빛이 주위를 감싸며 새하얗고 어슴푸레한 얇은 천과 같은 것이 확 펼쳐졌다. 길게 펼쳐진 천은 서서히 원을 그리며 여인의 주위를 회전하기 시작했다.

여인은 서서히 하늘로 날아올랐다.

나무꾼은 목이 빠지도록 고개를 치켜들었다. 달빛을 잔뜩 머금은 밤하늘의 저편 끝에서 신단수 두레박이 내려오고 있었다. 여인은 점점 속도를 높이며 두레박을 향해 날아갔다. 두레박은 여인을 가로채듯 휙 스치며 그녀를 태우곤 다시 하늘 높은 곳으로 사라져 갔다. 나무꾼은 망연한 표정으로 텅 빈 하늘만을 바라보았다.

으앙.

어디선가 아기 울음소리가 들렸다. 깜짝 놀란 나무꾼은 서둘러 주위를 살폈다. 환이 떠난 자리에 보드라운 천에 감싸인 갓난아이가 놓여 있었다. 나무꾼은 아기를 안아들었다. 집으로 돌아와 천을 펼쳐보니 아기의 품에 작은 편지가 안겨 있었다. 글을 깨치지 못한 나무꾼은 그 내용을 읽을 방도가 없었으나, 훗날을 위해 옷장 깊은 곳에 소중히 보관해 두기로 마음먹었다.

그 편지의 내용은 이러했다.

二.

아가, 차라리 널 만나지 않았더라면 좋았을 텐데.

내가 아무리 말을 다듬어 쉽게 설명한다 해도 널 이해시킬 수는 없겠지. 신단수 두레박이 실은 궤도 엘리베이터의 말단에 설치된 스카이훅*이라는 사실도, 스페이스 수트가 너희 조상신의 무덤에 묻혀 있었던 이유도, 파종선단이 인류의 유전적 징검다리를 완성하려 하는 이유도. 어쩌면 내가 너의 머나면 조상일지 모른다는 사실도.

아가, 하지만 언젠가는 너희가 나를 이해할 수 있게 되는 날이 오겠지. 그날에 대한 희망을 품고서 이렇게 편지로나마 진심을 전하려고 해.

은하연대는 쇠락하고 있어. 은하계 구석까지 퍼져나간 인류는 더 가혹한 환경에서 살아남기 위해 스스로의 유전자를 인위적으로 개조해야 했고, 그 결과 하나둘 유전적 연결고리가 끊어지고 있어. 더는 인간을 하나의 종으로 분류할 수조차 없게 되어가고 있어. 머지않아 인류는 서로 생식이 불가능한 수십 개의 근연종으로 쪼개져 버릴지도 몰라.

인간이 얼마나 사소한 이유로 공감을 지울 수 있는지 아니? 그저 피부색이 다르다는 이유로, 숭배하는 신이 다르다는 이유로, 성별이 다르다는 이유로, 출신과 혈통이 다르다는 이유만으로 인간은 손쉽게 상대의 감정을 무시할 수 있어. 생김새가 서로 다른 이들이 마주칠 때마다 인간은 전쟁이라는 이름으로 무수한 살인을 저질렀어. 승자는 패자를 노예로 삼았

---

* Skyhook. 위성 궤도에서 대관람차처럼 회전하며 낮은 고도의 물체를 붙잡아 높은 고도로 상승시키는 시설물.

고, 심지어 물건이나 장난감처럼 취급하며 상상할 수 없이 끔찍한 일들을 저질러왔어. 아무런 죄책감 없이. 상대가 인간이라는 인식조차 없이.

하물며 인간이 서로 다른 종으로 분화된다면 어떤 일이 벌어질까? 자신만이 진짜 인간이라는 오만 아래 서로를 가짜라 비난하기 시작한다면, 서로를 외계인이라 부르며 동물처럼 취급하기 시작한다면 어떤 일이 벌어질까? 인간은 자신과 비슷한 아종들을 용납하지 못해. 먼 옛날 네안데르탈이 오스트랄로피테쿠스를 멸종시킨 것처럼. 호모 사피엔스가 데니소바와 네안데르탈을 멸종시킨 것처럼. 다시 야만의 시대가 찾아오겠지.

은하연대 미래학자들의 계산이 맞는다면 너희의 주관 시간 기준으로 3만 년 내에 거대한 전쟁이 일어날 가능성이 높아. 그 결과 27종의 인류가 멸종하고, 97%의 인구가 소멸할 거고.

알아. 너희에게 3만 년은 너무 머나먼 미래지. 하지만 우주에서 3만 년은 정말 짧은 시간이란다. 한 번의 초광속 비행이 우리에게 얼마나 많은 시간 빛을 지우는지, 상대론적 효과가 시간의 흐름을 얼마나 빠르게 가속시키는지 너희는 상상조차 못하겠지. 대멸종의 위기는 코앞까지 다가온 거나 마찬가지야.

그래서 은하연대는 한 가지 방안을 생각해 냈어. 우리가 계속해서 하나의 종으로 남아 있기 위한 유일한 방안. 생식이 불가능해진 두 인간종 사이에 미싱 링크를 인위적으로 삽입해 다시금 생명의 고리를 복원하는 것. 우리는 이 프로젝트를 '유전자 징검다리'라 이름 붙였어.

내가 파종선단播種船團에서 하고 있는 일이 바로 그거야. 훗날 징검다리가 되어줄 생명의 씨앗을 별들 사이에 흩뿌리는 일.

최초의 파종은 1만 8천 년 전에 이루어졌어. 연대는 수십 척의 파종선을 은하계 곳곳으로 파견했고, 내가 타고 있는 파종선도 그중 한 척이었지. 우리가 담당한 구역은 은하계 7분면 32구역에 위치한 일곱 개의 태양계, 열두 개의 행성이었어. 테라포밍 담당자인 수미가 행성의 환경을 조정하면 유전자 디자이너인 내가 생명의 씨앗을 뿌렸지. 너희가 첫 번째 행성이었어. 본래라면 수십만 년이 걸릴 진화를 일만 년으로 단축하기 위해 너희의 유전자는 아주 빨리 성장과 변이를 일으키도록 조작되었어.

그렇게 씨앗을 뿌리고, 다음 행성으로 이동하고, 또 씨앗을 뿌리고. 파종선이 초광속 비행으로 다음 행성까지 이동하는 수개월 동안 상대론적 효과가 수백 년의 시간 지연을 일으켰어. 행성의 생태계는 금세 생명으로 번성했지.

열두 행성에 모두 씨앗을 뿌리고 다시 첫 행성으로 돌아왔을 때, 너희는 원시 부족사회를 이룰 정도로 발전해 있었어. 거기서 우리는 첫 참성기塹星期를 가지기로 했지. 별의 구덩이, 중력의 우물 아래로 내려와 직접 생태계를 관찰하는 기간. 나는 12년 동안 지상에 내려와 스스로 만들어낸 피조물들을 두 눈으로 지켜보았어.

그리고 후회할 짓을 하고 말았지.

그저 변덕으로, 그저 재미로. 나는 자신만의 완벽한 단짝을 디자인했어. 단지 열두 해를 무료하게 보내지 않으려는 단순한 장난이었지.

프린트 프로틴으로 찍어낸 사람 모양의 장난감. 곰을 닮은 그 남자는 나의 완벽한 이상형이었어. 내가 사랑하는 모든 요소를 조합해 완성한 육체는 물론 사소한 성격까지 하나하나 직접 디자인했으니까. 게다가 오직 나만을 사랑하고 내게 중독될 수밖에 없도록 취향까지 교묘히 새겨 넣었지. 모든 면에서 완벽에 이른 나만의 반려자였어. 그래. 나는 어찌할 수 없이 그 남자에게 빠져들고 말았어.

그에게 이름도 붙여주었어. 이제는 쓰이지 않는 고대의 문자를 따서 '웅雄'이라 지었지. 우리는 서로를 열렬히 사랑했어. 숨 쉴 때를 제외하곤 언제나 입술이 붙어 있을 정도로, 하루 종일 살갗이 떨어지는 때가 없을 정도로. 이처럼 꼭 맞는 단짝은 은하계 어디에서도 찾아볼 수 없었어.

곰처럼 담대한 웅의 모습이 내 눈에만 완벽해 보였던 건 아니었나봐. 그는 금세 부족 모두의 사랑을 받았어. 얼마 후엔 족장으로도 추대되었지. 웅은 지나치게 책임감이 강했어. 내가 그렇게 설계했거든. 실수였어. 오직 내게만 책임감을 갖도록 만들었어야 했는데. 우람한 팔뚝만큼이나 두꺼운 웅의 책임감은 부족 모두를 향했어. 전쟁이 일어날 때마다 웅은 언제나 맨앞에 서서 적들에 맞서 싸웠어. 그리고 결국 죽어버렸지.

웅의 시신을 고인돌 아래 묻던 날, 내 뱃속엔 이미 그의 아이가 자라고 있었어. 내가 어떻게 그를 거부할 수 있었겠니? 가만히 놔두기에는 그가 너무나도 사랑스러웠는데. 현지의 인간종과 교미를 금하는 은하연대의 최우선 명령조차 내 욕망을 멈춰 세울 순 없었어.

실은 조금 방심했어. 내 몸이 아이를 가질 수 있으리라곤 꿈에도 생각하지 못했거든. 수만 년 전부터 우리는 체내에 아이를 잉태하지 않았어. 이렇게 원시적이고 야만적인 생식 기능은 벌써 오래전에 퇴화했으리라 생각했는데, 그렇지 않았던 거야.

나는 연대의 눈을 피해 아이를 낳아야 했어. 존재를 들켰다간 유전자 오염을 이유로 그들이 아이를 폐기할 테니까. 체세포 배양 탱크는 물론이고 표준 진단 키트조차 사용하지 못하는 깜깜한 상태로 뱃속에서 열 달을 키우는 수밖에 없었지. 그게 얼마나 끔찍한 고통인지 너는 모를 거야. 나는 매 순간 기형이 발생할 가능성을 걱정했고, 계류유산과 난관 파열의 공포와 싸워야 했어. 유전자 형식이 다른 너희와 나 사이에서 무사히 아이가 태어날 수 있을지 확신할 수 없었어. 그에 비하면 출산의 통증은 모든 것이 끝났음을 알리는 축복이나 다름없었지.

다행히도 아이는 건강하게 태어났어. 나는 아이에게 '단檀'이라는 이름을 붙였어. 단은 웅의 뒤를 이어 부족의 지도자가 되었지. 나는 단에게 '왕王'이라는 단어를 알려주었어. 아이는 왕이 되었어. 내가 알려준 옛 문자의 힘으로.

내가 너희에게 문자를 알려준 이유는 단 하나였어. 다시 돌아왔을 때 아이가 어떻게 되었는지 기록을 찾기 위해서. 최대한 많은 정보가 후대로 전해지길 소망하며, 나는 갖가지 뜻글자와 소리글자를 뒤섞어 너희들 사이에 널리 퍼뜨렸어. 아이가 어떤 삶을 살다 어떻게 생을 마무리했는지 알고 싶어서. 그래. 나는 떠나야 했어. 12년의 참성기가 끝나고 있었거든.

아마도 단은 너희보다 훨씬 오래 살았을 거야. 모든 자기 파괴 요인을 제거한 내 유전자를 물려받았다면 노화나 질병 없이 영원한 삶을 살 수 있었을 테니까. 어쩌면 다시 돌아와 아이를 만날지도 모른단 기대도 잠시 가졌었지. 그래서 아이에게 스페이스 수트를 남겨주기도 했어. 혹시나 지상이 싫어진다면 하늘로 찾아오라고. 스카이훅에 신단수 두레박이라는 이름을 붙인 것도 나였어.

실제로 아이가 어떤 삶을 살았던 것인지는 모르겠어. 단에 대한 이야기는 흐릿한 신화처럼 구전으로 전해질 뿐이니까. 많은 기록이 잊혔고, 내가 아는 건 단이 너희의 조상들이 잠든 무덤 속에 함께 묻혀 있었다는 것뿐이야. 적어도 미움받는 왕은 아니었던 모양이지.

우리는, 파종선은 또다시 행성들을 순례했어. 씨앗을 뿌린 행성마다 12년의 참성기를 가질 계획이었지만 그럴 필요는 없었어. 열두 행성 중 생명이 자리 잡은 곳은 단 둘뿐이었으니까. 우리는 두 행성을 오가며 너희를 꾸준히 관찰했어.

지상으로 내려가고 싶었지만 그럴 수 없었어. 은하연대가 너희와 접촉을 금하는 최우선 명령을 내렸거든. 파종선의 설비를 사적으로 유용한 사람이 나 하나만은 아니었던 모양이지. 현지인을 장난감처럼 활용한 사례가 여기저기서 적발되면서, 연대는 우리가 지상에 내려가지 못하도록 금지했어. 나는 마음을 비우고 관찰자로서의 책무에 충실히 임했어. 그렇게 오백 년이, 또 오백 년이, 파종선이 두 행성 사이를 오갈 때마다 책장이 접히는 것처럼 시간은 뭉텅뭉텅 잘려 사라졌어. 다시 아이와 만날 수 있으리라는 희망도 함께 접혀 사라졌고.

내가 잃어버린 바로 그 시간 속에서 너희는 빠르게 진화했어. 하지만 우리가 의도했던 방향과는 많이 달랐지.

무엇이 문제였을까. 애초에 내가 유전자를 잘못 설계했던 걸까? 아니면 돌연변이를 촉진하기 위해 자기장을 약화시킨 것이 문제였을까? 너희의 유전자는 우리가 계획했던 모습과는 너무나 다른 형태가 되어 있었어. 옥색 피부는 과하게 푸르렀고, 골격 강도와 근력도 현저하게 떨어졌지. 뇌의 용적률도 줄어들어 걱정스러웠어.

은하연대의 인공지능이 우려를 표했어. 본래 너희들은 은련 공화국과 적성 연합 왕국 사이를 이을 징검다리였어. 공화국의 옥색 피부와 연합 왕국의 푸른 혈액이 뒤섞인 것도 그래서였지. 하지만 유전 변이가 지나치게 많이 일어났어. 너희는 공화국의 인간들과도, 연합 왕국의 인간들과도 멀어지고 있었어. 현생 인류와 접해 후손을 남길 가능성도 함께 떨어져 갔어.

유전자 변이가 계속되자 은하연대 인공지능이 우리에게 경고했어. 이대로 변이가 계속된다면 더는 너희를 인간종으로 분류하지 않겠다고. 우리 파종선의 임무는 종결될 거라고. 인간과 다른 종으로 분화되어 가는 너희를 두고 우리는 격렬하게 토론했어. 보호할 것인가, 포기할 것인가. 솔직히 포기하자는 의견이 절대적이었어. 이미 수천만 명으로 수가 불어난 너희의 유전자를 일일이 교정할 방법은 존재하지 않았으니까.

　나는 너희를 보호하기 위해 필사적이었어. 어떻게든 생식이 가능하다는 증거를 찾기 위해 시뮬레이션을 돌리고 또 돌렸어. 하지만 결과는 언제나 부정적이었지. 나는 시뮬레이션 결과를 전부 삭제해 버리고 너희와 생식이 가능하다는 증거를 조작해 반대파들에게 내밀었어. 하루도 지나지 않아 들통날 거짓이었지. 내 어리석은 짓거리 때문에 여론은 더 나빠졌어. 끝까지 내 편을 들어주었던 수미마저 결국 돌아서고 말았지. 너희가 인간이라 믿는, 너희를 지키고자 노력하는 사람은 오직 나뿐이었어.

　하지만 나는 너희를 포기할 수 없었어. 우리가 너희를 다른 종으로 분류하고 내버려 둔다면 진화를 위해 인위적으로 설정된 생태계가 금세 허물어지고 행성의 생명들은 수천 년 내로 멸종하고 말테니까. 웅이, 단이 지키고자 했던 너희를 나도 지켜주고 싶었어.

그래서 마지막 제안을 했어. 내가 직접 지상에 내려가 그들과 나 사이에 아이가 생길 수 있음을 실증하겠다고. 나 또한 은런 공화국 출신이었으니까. 내가 몸으로 직접 증명해 보인다면 누구도 반박할 수 없는 셈이니까.

어린아이의 투정에 가까운 발악이었지만, 사람들은 내 의지를 존중해 주었어. 지난한 회의 끝에 은하연대는 내게 특별 임무를 부여했어. 지상으로 내려가 처음 마주치는 사내 다섯과 아이를 갖기로. 하지만 은하연대의 신성한 최우선 명령에 따라 접촉은 최소화되어야 하며, 접촉하더라도 사적인 욕망이나 판단은 배제되어야 한다고.

나는 그들의 조건에 동의할 수밖에 없었어. 너희를 살릴 방법은 그것뿐이었으니까. 수미가 눈물로 나를 붙잡았지만, 그럼에도 나는 너희를 택했어. 지상에 내려가기 직전, 그들은 내 머릿속에 은하연대의 서약 회로를 삽입했어. 만약 내가 서약을 하나라도 어길 경우 회로가 뇌를 파괴해 10초 내로 죽음에 이르게 된다고 말하면서.

그렇게 나는 지상으로 내려왔어. 그리고 널 만났지.

대체 우리는 얼마나 끔찍한 운명으로 묶여 있는 걸까? 모닥불 곁에서 네 얼굴을 처음 보았을 때, 나는 절망했어. 네 뭉툭한 콧잔등에서, 불룩하게 솟은 목젖에서, 남들보다 몇 배는 단단한 전완근의 힘줄에서 나는 너무나 익숙한 유전 형질을 발견했어. 어찌 잊을 수가 있겠니. 그 모든 세부사항을 디자인한 사람이 바로 나였는데.

그래. 너는 웅의 핏줄을 이어받았어. 그리고 나의 핏줄도.

그럼에도 나는 너와 아이를 가질 수밖에 없었어. 은하연대 인공지능은 세 개의 수정체 샘플이면 된다고 했지만, 지상으로 내려오는 도중에 일어난 사고 때문에 세포를 채취할 진단 시약과 세포 배양 키트가 전부 파괴되고 말았으니까. 너희를 살리려면 직접 내 몸으로 아이를 잉태해 증명하는 수밖에 없었어.

게다가 나를 바라보는 너의 모습은, 여전히 나의 취향이 곳곳에 묻어 있는 네 얼굴은 결코 저항할 수 없을 정도로 강렬히 나를 매혹하고 있었어. 아마 너 역시 그러했겠지. 아가, 우리는 모두 유전자의 노예일 뿐이란다.

오해하진 말아줘. 너와 교접하는 일이 근친의 금기를 어기는 일이라 생각하진 않았어. 나는 유전자 디자이너야. 내가 하고 있는 일이 무엇인지 명확히 알고 있었지. 이미 수천 년에 걸쳐 유전자는 희석되었고, 너와 나 사이의 유전적 연관성은 수미와 나 사이의 연관성만큼이나 희박해. 오직 원시적인 감정이, 비이성적인 죄의식이 우리 사이를 가로막고 있을 뿐이었지.

나는 너를 안았어. 너를 살리기 위해. 그리고 기적처럼 첫째가 생겼어. 너와 나는 여전히 같은 종이었던 거야. 기뻤어. 서서히 불러오는 배를 쓰다듬으며 나는 한없는 기쁨을 느꼈어. 그렇게 우리의 첫 아이가 태어났지.

그러나 첫째의 얼굴을 확인한 순간 기쁨은 깨끗이 사라졌어. 단의 얼굴을 쏙 닮은 두 눈동자를 보자마자 나는 무너지고 말았어. 더는 너와 아이를 갖고 싶지 않았어.

맞아. 네 의심대로야. 나는 다른 남자들을 끌어들였어. 연대와의 서약에 따라 처음 만난 네 명의 사내들과 정을 나누었어. 유혹하는 일은 어렵지 않았어. 이 땅의 많은 생명들은 내게 매혹되도록 설계되어 있었으니까. 그건 그들의 죄가 아니었지.

하지만 쉬운 일은 아니었어. 순진한 너를 속이는 일은 내게도 엄청난 죄책감을 불러왔으니까. 네가 내 편을 들 때마다, 마을사람들에게 주먹을 휘두를 때마다 나는 견딜 수 없이 괴로웠어.

어쩌면 일부러였는지도 몰라. 네게 비밀을 들키기를 바라고 있었던 건지도 모르겠어. 벗은 몸으로 너와 눈이 마주친 순간 나도 모르게 미소가 번질 정도였으니. 알 수 없는 해방 감에 기쁨이 솟을 정도였으니까. 그래, 나는 기뻤어. 이제야 모든 걸 끝낼 수 있다는 사실에 안도했어.

너를 떠나 산으로 향했어. 버려진 동굴의 입구를 무너뜨리고 그 안에서 웅크린 채 죽어버릴 셈이었어. 그랬는데… 그랬는데… 대체 너희와 나는 얼마나 짓궂은 운명으로 이어져 있는 걸까. 하필 그날 내 뱃속에 아이가 들어섰어. 셋째가. 은하 연대 인공지능과 약속한 마지막 샘플이 자라고 있었던 거야.

나는 열 달 동안 동굴에 틀어박혀 버티기로 마음먹었어. 혹여 너와 다시 마주쳤다간 모든 걸 포기하고 말 것 같았으니까. 유전자에 새겨진 명령에 따라 너는 또다시 나를 받아들일 테고, 그걸 알면서도 나는 전부 포기한 채 너와 단둘이 살아가는 길을 택하고 말 테니까.

스페이스 수트에 저장된 에너지만으로도 충분히 생존이 가능했어. 외로움이 끊임없이 괴롭혔지만 참아낼 수 있었어. 그렇게 열 달이 흘렀어. 어두운 굴속에서 나는 홀로 아이를 낳았고, 아이의 배냇머리에서 마지막 샘플을 채취했어.

아가, 나는 이제 떠날 거야.

혼례를 마치고 처음 조상신의 묘를 찾던 날, 나는 그 안에 묻힌 스페이스 수트의 신호를 수신했어. 아마도 단에게 물려주었던 수트가 매장되어 있는 것이겠지. 그걸 이용한다면 다시 하늘로 돌아갈 수도 있을 거야.

무사히 하늘로 돌아가기만 한다면, 궤도 엘리베이터의 통신 설비로 실험 결과를 전하기만 한다면 은하연대는 너희를 버리지 않을 거야. 너희가 누구건, 어떤 죄를 지었건 인류 최후의 요람인 연대가 너희를 안전하게 지켜줄 거야. 그렇게 너희는 계속 생존을 이어갈 수 있을 거야.

하지만 내가 이 땅으로 돌아오는 일은 없겠지. 은하연대의 최우선 명령이 나와 너희의 접촉을 철저하게 금지할 테니까. 너희가 스스로의 힘으로 두레박에 오르기 전까지 우리에겐 어떠한 접촉도 허락되지 않을 거야. 그리고 그날이 오면 너는 이미 오래전에 죽고 없는 사람이겠지.

너를 두고 떠나려니 가슴이 아프구나. 하지만 이젠 정말 떠나야 하겠지. 이 편지가 부디 네게 전해지기를. 너희에게 내 진심이 닿기를.

부디 행복하렴, 나의 사랑스러운 아이들아.

三.

"각 지방에 구전으로 전해지는 설화와 왕실 도서관에 남아 있는 사료들을 교차 분석한 결과, 우리는 이 편지가 꽤나 신빙성 있는 자료라는 결론을 내렸어요."

윤희가 말했다.

"그래서요?"

폰 하우저 박사가 코웃음 치며 빈정거렸다. 그럴 만했다. 의자에 몸을 결박당한 채로, 그것도 자신을 묶은 사람에게 갑자기 이런 이야기를 듣는다면 얼마나 황당할까.

"신단수 두레박이라는 건 일종의 관문이에요. 우주로 향하는. 고도 1만 킬로미터 정지 궤도에서 빙글빙글 돌고 있는 거대한 국자 같은 거죠. 그 국자의 끝에 어떻게든 물건을 싣기만 하면 국자는 물건을 대기권 바깥까지 끌어올려줘요. 계산만 잘하면 특별한 동력 없이도 30만 킬로미터를 날아 일곱 번째 달까지 도달할 수 있죠. 뭐, 자세한 원리는 당신이 더 전문가겠지만."

"…그래서요?"

대답이 조금 늦었다. 솔깃한 모양이군. 윤희는 손가락에 걸린 열쇠고리를 빙글빙글 돌리며 박사가 계속해서 신단수 두레박을 떠올리도록 유도했다.

"파종선은 대략 500년을 주기로 두 행성을 오가고 있어요. 편지가 발견된 무덤의 부장품들의 탄소 연대를 측정한 결과가 정확하다면 지금 저 위쪽엔 은하연대의 파종선이 정박 중일 가능성이 높아요."

박사는 말없이 열쇠고리만 쳐다보고 있었다. 이미 우주에 대한 상상으로 머릿속이 가득 찬 모양이었다. 과학자들이란. 윤희는 회전하던 열쇠고리를 턱 움켜쥐며 본론을 꺼내들었다.

"곧 전쟁이 날 거예요."

그녀가 말했다.

"게르솜 공화국은 내일이라도 침공을 시작할 겁니다. 자국 내에서 생산된 물자를 소화할 길이 없으니, 경제 공황을 막으려면 이웃 나라를 침략하는 길뿐이죠."

"맞소. 바로 당신네 왕국이지요. 내가 적국의 스파이에게 협력할 거라 믿는다면 오산……."

윤희는 의자를 걷어찼다. 의자가 기울어 바닥에 쓰러지기 직전, 등받이를 붙잡아 박사를 다시 일으켜 세웠다.

"응? 뭐라고요?"

박사는 입을 다물었다. 안 그래도 붉은색인 그의 피부가 더욱 붉게 달아올랐다. 윤희는 생글생글 미소를 지었다. 그녀는 의자를 가져와 등받이를 앞쪽으로 한 채 턱을 괴고 앉았다.

"일단 오해부터 바로잡아 볼까요?"

윤희는 중지를 들어보였다.

"첫째. 나는 왕국의 스파이가 맞아요."

이번엔 검지를.

"둘째. 내 임무는 당신을 암살하는 거예요. 대화가 아니라. 하지만 난 그러지 않을 거예요. 일이 잘 풀린다면."

암살이라는 표현에 박사는 잠시 눈가를 찌푸렸다. 하지만 윤희는 못 본 척 말을 이어가며 약지를 폈다.

"셋째. 우리가 전쟁을 막을 수 있어요."

박사는 한숨을 쉬었다.

"왜 전쟁을 막으려는 겁니까? 당신도 군인이면서."

"박사. 우리가 이렇게 피부색은 다르지만 그래도 분명 같은 인간이에요. 보다시피 무슨 뿔이 달려 있지도 않고, 늑대처럼 송곳니가 자라지도 않아요. 우리도 당신들과 똑같은 음식을 먹고, 슬프면 울고, 총에 맞으면 똑같이 푸른 피를 흘려요. 당신하고 다른 건 이 옥색의 피부뿐이죠."

"......"

"박사도 원치 않잖아요. 당신의 발명품이 그런 일에 쓰이는 거."

"그럼 대체 나더러 어쩌란 말입니까? 이따위 종이 쪼가리만 믿고 공화국의 최첨단 무기를 적국의 스파이에게 넘기란 말입니까? 진짜인지 가짜인지도 모를 당신네 전래동화를 믿으라고?"

박사의 언성이 높아졌다. 윤희는 그를 진정시키려 일부러 천천히, 목소리의 톤을 세심하게 조절하며 말했다.

"넘길 필요는 없어요. 여기서 쏘면 되니까. 미사일에 결함이 발견돼서 추가 실험이 필요하다고 하세요."

"어디로 쏘라는 겁니까?"

윤희는 주머니에서 쪽지를 꺼냈다.

"당신이 원래 목표했던 곳으로. 궤도 계산 결과는 여기 있어요. 우리가 빼낸 설계도에 따르면 미사일의 최대 고도가 두레박의 최저점에 아슬아슬하게 접근하더군요. 당신이 설계대로 미사일을 완성한 게 맞다면."

"내 실력은 틀림없소."

"그럼 맞겠죠."

윤희는 박사의 양복 앞주머니에 쪽지를 집어넣고 손등으로 톡톡 두드렸다.

"시험용 미사일의 탄두엔 폭약 대신 커다란 납이 들어가죠? 그걸 떼고 의자를 달아주세요. 제가 직접 탈 거예요."

"발사가 실패하면?"

"저는 죽겠죠."

"내가 당신을 속이면?"

"더 고통스럽게 죽겠죠."

"그런데도 하겠다고요?"

"혹시 알아요? 성공할지."

"성공하면요?"

"은하연대와 파종선단에 보호를 요청할 겁니다. 정말 그런 게 존재한다면요. 이따위 무익한 전쟁이 일어나지 않게 해달라고 조상님께 절이라도 올려야죠."

"저 위에 도착한들 아무도 없을 수도 있어요. 당신의 계산이 틀렸을지도 모릅니다."

"그때는 뭐······."

윤희는 조금 슬픈 표정을 지었다.

"날개옷이라도 찾아봐야죠."

*

    일주일 뒤, 윤희는 다시 박사와 만났다. 박사는 말없이 손가락으로 탄두를 가리켰다. 납을 제거한 텅 빈 탄두 속에 약속대로 의자가 설치되어 있었다. 윤희가 의자에 앉아 안전벨트를 채우자 박사는 바깥에서 탄두의 출입문을 닫았다.

    통통통. 박사가 탄두를 두드렸다. 모스 부호였다. 미사일이 목표한 고도에 도달하면 레버를 당겨요. 그럼 의자가 사출될 겁니다. 타이밍은······.

    폰 하우저 이 씹새끼. 바깥이 보이지도 않는데 뭘 어떻게 하라고? 윤희는 쓴웃음을 지었다. 전적으로 박사의 계산을 믿는 수밖에 없었다. 정확한 타이밍에 의자가 사출되기를 바랄 수밖에. 갑자기 탄두가 값비싼 관짝처럼 느껴지기 시작했다.

    주변이 휘청거렸다. 탄두를 미사일로 옮기는 모양이었다. 얼마 뒤 큰 충격과 함께 고요한 침묵이 찾아왔다. 윤희는 크게 숨을 들이마셨다.

    두레박에 안전히 도달하기엔 아직 한참 이른 기술이었다. 하지만 더 기다려줄 여유는 없었다. 첫 번째 전쟁의 피해를 복구하는 데만 삼십 년이 걸렸다. 두 번째 전쟁이 우리를 어디까지 퇴보시킬지, 세상이 끝날 때까지 원자핵분열을 반복한다는 신형 폭탄이 왕국과 공화국을 얼마나 망가뜨릴지 그 누구도 예측할 수 없었다. 다시는 두레박에 도달할 기회가 찾아오지 않을지도 몰랐다. 윤희는 차라리 희박한 확률에 목숨을 걸기로 했다. 전쟁으로 죽는 것보단 하늘의 별이 되는 편이 낫잖아.

멀리서 카운트다운 소리가 들리는 듯했다. 그리고,

압도적인 중력이 윤희를 아래로 끌어당겼다. 너희는 결코 지상을 벗어날 수 없다고 경고하는 듯이, 로켓 엔진이 내뿜는 끔찍한 굉음이 거대한 압력이 되어 그녀의 몸을 찌부러뜨렸다. 온몸의 혈액이 아래로 쏠리는 기분이었다.

몇 번이나 정신을 놓칠 뻔했다. 몽롱해져 가는 희미한 시야 한구석에서 붉은 전구가 번쩍였다. 목표 고도에 도달한 모양이었다. 기절하기 직전 윤희는 레버를 당겼다.

그다음 기억은 어딘가에 부딪치는 통증이었다. 한쪽 어깨가 통째로 으스러지는 듯한 소리가 났다. 윤희는 비명을 지를 새도 없이 숨을 삼키며 수십 번 바닥을 굴렀다. 목구멍에서 쇠 맛이 느껴졌다.

통증 덕분이었는지 정신을 잃지는 않았다. 하지만 꼼짝도 할 수 없었다. 망할 놈의 폰 하우저. 안전벨트를 왜 이렇게 꽁

꽁 묶어놓은 거야. 설마 지난번 복수인가? 윤희는 떨리는 손
으로 발목에 숨겨둔 전술 단검을 꺼내들었다.

벨트를 잘라버리자 둥실 몸이 떠올랐다. 중력이 없었다. 그
렇다는 것은…….

윤희는 고개를 들어 위를 보았다. 컴컴한 터널 끝은 어둠뿐
이었다. 힘겹게 몸을 비틀어 반대쪽을 보았다. 대지가. 짙고
푸른 행성이 내려다보였다.

도착했어. 두레박 안이야.

윤희는 의자를 걷어차 두레박 내벽 쪽으로 날아갔다. 바닥
에 발이 닿는 순간 몸이 미끄러지며 바닥에 충돌했다. 묵직한
중력이 느껴졌다. 원리를 알 수 없는 인공 중력이 몸을 아래
로 끌어당기는 모양이었다. 윤희는 비틀거리며 일어나 바닥
에 뚫린 원형의 통로로 향했다. 궤도 엘리베이터로 이어지는
원기둥의 내부였다. 그 속에 몸을 던지자 알 수 없는 힘이 그
녀를 빨아들이듯 위쪽으로 끌어당겼다.

아래로 아래로 내리쬐는 천상의 빛을 마주하며, 윤희는 한
없이 위로 위로 하늘을 향해 날아올랐다. 빛이 점점 강해져
앞을 보기 힘들 정도였다. 윤희는 손바닥으로 눈앞을 가렸다.
하지만 빛은 손가락 사이를 뚫고 그녀의 눈을 찔렀다.

빛 속에서 목소리가 들려왔다.

"기다리고 있었단다, 아가."

매구
호텔

소렐

단 한 사람에게 선물하려고 사랑 이야기를 쓰기 시작
했다. 이제는 단 한 명에게라도 사랑받으면 그 이야기
는 완전하다고 믿는다. 로맨스라는 장르를 통해 시대
를 넘나들며, 뒤틀린 감정과 본질적 불안 속에서 기어
코 사랑을 찾아내는 사람들 이야기를 쓰고 있다. 칼끝
에서 끊어질 듯 끊어지지 않으며 이어지는 감자 껍질
처럼, 연약하고도 질긴 마음이란 것을 헤아리고 싶다.
대표작으로는 중세 북유럽 문화를 차용한 로맨스판타
지 소설 『금빛 매는 솔프리드를 붙잡았다』, 20세기 이
탈리아 마피아를 배경으로 한 로맨스 소설 『벨벳 일
기』가 있다.

"오라버니세요?"

나는 두려움과 기쁨이 뒤섞여 떨리는 목소리로 문틈에 대고 속삭였다.

부끄러울 일이었다. 호텔의 어엿한 마담이라면 이처럼 손님을 당황케 해선 아니 될 일이다. 허나 내게 이 비 내리는 밤은 그리운 이가 있어 늦도록 잠을 설치던 밤. 짐승도 제 굴에 틀어박힐 장대비를 뚫고 와 호텔의 문을 애타게 두드리는 이란 누구일지. 어찌할 수 없는 기대감이 시린 등골을 짜르르 훑어 내렸다.

용기 낸 알은체에 답은 돌아오지 않았다. 우레 같은 빗소리만 로비로 흘러들었다. 식은땀 밴 손으로 문고리만 잡고서 이러지도 저러지도 못하던 그때. 문 너머로 속삭임이 흘러들었다.

로라.

내가 꿈에도 잊지 못한 깊고 부드러운 음성으로 부르는 두 음절, '로라'.

그 순간, 야릇한 해방감에 벅차오른 나는 빗방울이 내 온몸을 적시도록 문을 활짝 열고, 그의 이름을 황홀히 부를 수밖에 없었다.

"아돌프."

나의 아돌프.

나의 동혁 오라버니.

*

10년 전.

러시아 공사관에서 돌아온 왕이 황제로 즉위했던 해에 어느 독일계 영국인인 부부가 정동 거리에 호텔을 열었다. 흙먼지가 날리는 초가집 거리에 처음 선 날부터 콘크리트 바닥 위로 허물리는 마지막 날까지, 호텔은 별천지였다. 비취빛 잔디 보료를 깔고 뽕나무를 심은 정원은 황궁의 비원만큼 아름다웠다. 선홍빛 벽돌로 지어올린 서양식 건물에는 영사와 고관대작, 저명한 여행가에 유학파까지 모여 커피와 양주를 마시고 당구를 쳤다.

세상이 얼마나 혼란한지, 고향은 또 얼마나 먼지, 호텔에서만은 다들 잊었다. 밤늦도록 웃고 즐기고 춤을 출 뿐이었다. 홀에서, 마호가니 바에서, 나선형 계단에서. 나른한 꿈결 같은 매일이 먼 곳에서 온 사람들의 향수를 자극하던 그 호텔의 이름은 주인 부부의 성씨를 따서 '맥심 호텔'이었다.

개업한 해에 맥심 부부는 조선인 고아 소년 소녀를 입양했다. 조선의 이웃들에게 기독교인의 자비란 걸 보여준 선행이었다. 맥심가에 들어온 열일곱 살 소년은 '아돌프', 열두 살 소녀는 '로라'라는 이름을 새로 받았다. 아이들은 서양인들처럼 입고 먹고 배우며 자랐고, 갖은 모임에 얼굴을 비추며 두 세계의 화합을 선전했다.

그게 나와 동혁 오라버니다.

우리 위로 맥심 부부의 친자인 아들이 두 명 있었다. 그들은 피부색이 다른 수양동생들을 좋아하지 않았다. 부부에게 귀여움받는 날 못마땅해했고, 동혁 오라버니는 더욱 멸시하고 견제했다. 옹졸한 태도를 꾸짖는 부모와도 사이가 틀어지던 맥심 형제는 재작년, 끝내 출가했다. 가엾은 동혁 오라버니가 집을 떠나 자취를 감춘 것은 그들보다 훨씬 일찍, 5년 전이다.

아들들은 하나둘 전부 울타리를 떠났는데, 수양딸인 나만 계속 호텔에 남아 아버지의 임종을 지켰다. 황손의 생일을 축하하는 파티가 끝난 어느 새벽, 맥심 씨는 쓰러져서 다신 일어나지 못했다. 사인은 급성 간경변이었다.

혼란한 시절이었다. 전에 없는 폭음을 하시는 모습이 이전에도 몇 번인가 목격되긴 했다. 정동의 외국인 거리에도 그늘이 드리워지고, 거주민들을 위협하는 괴담이 끓어올랐다. 장례식 이후 달포를 상심 속에서 살던 맥심 부인은 결국, 우환으로 남편을 뒤따르기 전에 안정을 위해 유럽으로 돌아갔다.

그럼에도 용기를 갖고 홀로 서보겠다는 딸에게 어머니는 유산을 남기고 가셨다. 호텔과 하인들. 약간의 금품. 귀향 소식을 들은 오라버니들이 돌아오면 남매끼리 도우며 살라고 내게 일러두시는 편지.

나의 오라버니들.

맥심 부인이 내게 남긴 편지로 비로소 알게 되었기로, 숨은 붙었는지 안부만 주고받던 장남과 차남은 연해주의 블라디보스토크에서 숙박업자로 살고 있었다. 비보가 갑작스러워 장례식은 참석치 못했으나, 호텔만은 지키고자 고된 육로를 달려오고 있을 터였다. 늦어도 보름, 이르면 열흘 안에 형제들을 로비에서 맞이하게 되겠지.

비록 당신은 조선을 떠나도 맥심의 아이들은 과거를 잊고서 함께 뭉치길 바란다고, 편지 위의 맥심 부인은 고하셨다. 허나 동혁 오라버니는 여전히 언급조차 없었다. 형님들에게 시달리던 끝에 '과분한 신세를 입었다'며 독립해, 우리의 세상에서 홀연히 사라진 아돌프. 가엾은 막내 오라버니에게는 끝내 연락이 닿지 못했나 싶었다.

탕아들이 귀환하기 전에 호텔을 단장하는 일은 영 느리게

만 진행되었다. 조경수 하나 식재시킬 때도 영 마뜩찮은 낯으로 투덜거리는 하인들을 마주하기 십상이었다.

"앞뜰로 옮기시라고 한 뽕나무가 올해는 왠지 시들시들합니다. 전하께서 하사하신 귀한 나무인데 경을 치는 것 아닐는지……."

"가을이니 자연히 나무가 시들어 있죠. 일이 생기더라도 지배인인 제가 책임질 터이니 걱정 말고 진행하세요. 해가 지기 전까지 끝내세요."

내가 시킨 일을 두고 두 번, 세 번 묻는 하인들의 속내야 뻔했다. '진짜' 주인이 돌아와 보았을 때 호텔이 맘에 차지 않는 모양새가 될까 걱정하는 것이다.

지배인의 역할에 충실한 나를 두고 하인들이 뭐라고 입방아를 찧을지도 짐작 간다. 코르셋을 조이고 서양 분을 바르며 살더니 정말 양인이 된 줄 알고는 동포를 깔아보고 부려먹는다고 나를 증오할 것이다.

동시에 맥심가 형제들을, 어쩌면 나마저도 조금은 동정할 수도 있다. 속 시커먼 외인들의 집합소인 이 영빈관을 저 어린 계집이 얼마나 잘 운영하겠나. 금방 꼬리 말지 않겠나.

맥심 일족도 우리네와 다를 바 없이 후회와 고생이 막심, 또 막심이로고.

불안과 고독을 홀로 견디는 나날이 하루, 이틀, 사흘, 나흘 쌓여 아흐레째 되던 날.

27살의 동혁 오라버니가, 내 앞에 나타났다. 그분이 떠났을 적 나이인 22살이 된 나의 앞에, 5년 만이었다.

밤비에 폭 젖은 몰골로 호텔에 도착한 동혁 오라버니를 나는 크게 반겨드렸다. 반색하는 목소리도, 기뻐서 환한 낯빛도 절로 우러나왔다. 호텔을 두고 남매끼리 싸우는 비극이 코앞인 상황에도 나의 아돌프에게는 가능했다.

동혁 오라버니를 얼른 벽난로가 타오르는 응접실로 안내해 드렸다. 젖은 외투를 벗고 가운을 걸치고서 소파에 파묻히듯 앉은 동혁 오라버니는 어둡고 피로한 낯으로 한참을 조용히 있었다. 바에서 브랜디를 찾아와 한 잔 따라드리면서 안부를 물어보았다.

"가는 날이 장날이라고 갑자기 쏟아졌네요. 오는 길이 많이 고되셨죠?"

동혁 오라버니는 대꾸 없이 불길만 응시했다. 오라버니의 얼굴은 불그스름한 불빛에 물들고서도 노곤히 풀리는 기색이라곤 없이 딱딱하기만 했다.

이유야 짐작 갔다. '어디 계시다 이제 오셨느냐.' 하고 내가 울먹였을 때, 비틀비틀한 걸음으로 나를 스쳐지나가 로비로 들어선 동혁 오라버니는 지명을 하나 중얼거리셨다.

'운산.'

평안도 운산은 황제에게 채굴권을 양도받은 미국인들이 금광 회사를 차린 곳이다. 많은 조선인들이 고용되어 금을 캤고, 동혁 오라버니도 그중 한 명이었다. 맥심가의 도련님이 다시금 밑바닥으로 내려가 험한 일을 하며 살아야 했다니, 믿기지 않는 사실이었다. 얼마나 고단했을까. 맥심 호텔만큼 아늑한 처소가 운산에 있을 리도 만무했다.

동혁 오라버니는 온기를 쬐면서도 오한이 드는지 계속 몸을 떨었다. 갱도에서의 춥고 어두운 기억에 아직 사로잡혀 계신 건지도 모르겠다. 어찌나 딱한 광경인지, 내 불안한 처지도 잊고 동혁 오라버니를 향한 연민만 한없이 솟구쳤다. 차가운 손을 포개 잡는 내 목소리가 오라버니의 어깨 못지않게 떨렸다.

"그 험한 광산에서 목숨 건사하신 것만으로도 다행인 줄을 알지만……. 오라버니… 정말 다시 뵙고 싶었어요. 아버지도 어머니도 이제 안 계시는데, 오라버니와도 남남이 되어 평생 다시 못 볼 줄 알았어요……."

그쯤 되어서야 동혁 오라버니가 반응을 보였다. 내 손아귀로부터 천천히 손을 비틀어 빼내고는 쉰 목소리로 채근했다.

"부모님께서 안 계시다고?"

역시, 동혁 오라버니는 아버지께서 돌아가신 것도 모르고 온 모양이었다. 나는 또 한번 짠해지는 가슴을 다독이고 그간의 일을 설명했다. 이야기가 끝나고서도 동혁 오라버니는 한참 침묵했다. 충격을 삭이듯 손마디가 희게 질리도록 제 무릎만 잡아 뜯던 오라버니가 문득 술잔을 들어올렸다. 단숨에 바닥까지 비운 후, 당신의 이야기를 시작하셨다.

"…운산도 곧 떠날 생각이었어. 이 나라를 떠나 돈을 벌 수 있는 곳이면 어디든 가려고 했지."

듣는 나로선 섭섭하지만 동혁 오라버니라면 필시 이루실 계획이었다. 내가 아는 동혁 오라버니라면 가능했다. 허나 지금 내 눈에 보이는 건 훌쩍 떠나기엔 너무도 쇠약해 보이는 청년이다. 상대와 시선을 마주치지 않고 젖은 머리칼만 비틀어 짜면서 중얼거리는 모습은 음산하기까지 했다.

"그러다 지지난달에 편지를 하나 받았다. 아버지께서, 어찌 나를 찾으시곤 언제든 돌아오라는 편지를 보내신 거다. 맥심 일족이라면 무슨 난관도 헤쳐 나가리란 의지와 신뢰가 글줄마다 여전해서, 못난 자식 주제에 눈물이 났다. 정동을 한번 들리긴 들러야겠다 결심이 섰지. 헌데, 그로부터 한 철도 지나기 전에 이런… 참극이. 아찔하고… 괴이하구나."

"…괴이해요?"

"아버지께서 얼마나 건실한 분이셨는지는 너도 기억하잖니. 그런 분이 뜬금없는 술병이라니… 믿기지가 않는다. 내가 없는 동안 대체 무슨 일이 있던 거니, 로라?"

불길 속에서 장작이 부러지는 비명만 간헐적으로 들리는 침묵이 길었다. 한참 감정을 다스린 후에야 대답할 수 있었다.

"…어수선한 세상입니다. 배움과 뜻이 깊은 이들도 마음이 꺾여 주색에 침식됐다는 소식이 흔해요. 존경하는 저희 아버지, 맥심 씨께서도 그 어둠에 당하고 마신 것이죠."

말하는 내내 고개를 아래로 떨구었다. 오라버니의 메마른 시선이 느껴지는데 얼굴을 마주 볼 수 없었다.

괴로웠다. 속에 피멍이 맺히는 기분이었다. 차분하고 담담한 말투라도 내 어찌 모를까.

내가 사랑한 단 한 명의 오라버니마저도 나를 문초하는 것이다.

가슴에 배신감이 사무치다가 텅 비어버렸다. 동혁 오라버니는 그래도 다를 거라 기대한 내 순진함에 대한 자조가 그 자리를 채웠다. 내 입 밖으로 나오는 목소리마저 무미건조하기 짝이 없었다.

"아니면, 다른 명백한 원인이 있다고 믿으시는 건가요? 부모님을 제대로 모시지 못한… 저라든가요? 맥심 호텔이 정당하고 훌륭한 지배인을 잃은 데 제… 영향이 있었다고요?"

첫째 오라버니와 둘째 오라버니는 제 출신을 경멸하셨죠. 천하고 탐욕스러운 근본을 못 숨긴다던 제가, 기어코 양부모님까지 해친 거라고 생각하시나요? 호텔이라고 해봤자 미개한 나라의 여인숙일 뿐이라며 미련도 없이 떠나신 친아들들 대신, 끝까지 그분들 곁에 남았던 제가요.

원망하는 말을 삼키고 고개를 들었을 때, 동혁 오라버니와 시선이 마주쳤다. 젖은 머리를 빗겨 넘긴 오라버니는 얼굴이 환히 드러나 있었다.

창백한 뺨. 그늘 짙은 눈 밑. 허나 눈동자만은 여전히 아름다웠다. 깊고 검푸른 바탕에 총총한 빛을 내던 오라버니의 눈이, 지금은 서글픈 빛을 품고서 내게 사과를 했다.

"내 실언을 용서해다오, 로라. 무어라 말하기 힘든 일이나 도움받고픈 일이 없는지, 살펴 묻는 것이었는데… 긴 길을 오며 피로해진 탓에 말이 헛나갔구나."

그러곤 동혁 오라버니는 다른 이야기를 시작하셨다. 날 누그러뜨리려는 변명이라기엔 좀 이상한 이야기였다.

"그래, 호텔로 오면서 참 이상한 일이 있었어. 정동 밤거리에서… 짐승을 보았다."

산에서 호랑이가 내려와 가축이며 사람을 물어간다는 이야기에 기겁하는 서양인들은 많았다. 하지만 조선인으로 나고 산 적 있는 나나 동혁 오라버니가 호들갑 떨 화제는 아니었다. 잔뜩 떨리는 목소리로 털어놓는 오라버니의 경험담이야말로 몹시 기괴하고 을씨년스러웠다.

"골목에… 누가 쓰러진 줄 알았는데, 아니었어. 어둠 속에서 빛나는 눈동자는 짐승의 것이었다. 안광을 빛내던 그 금수도 곧 나를 알아채고, 쳐다보더군. 도망가거나 달려들지 않고 그저 한참을… 그뿐인데도, 고양이 앞의 쥐처럼 꼼짝할 수 없었는데… 한순간에 사라져 버리더구나. 그냥 사라졌어. 연기나 허깨비처럼."

당신이 목격한 걸 서술하시는 오라버니의 두 눈에는 점점 더 기이한 빛이 감돌았다. 두려움보다는 황홀함이 읽히는 이채였다. 몸은 분명 여기 계시는데도, 혼은 이미 그 밤거리에서 짐승에게 물려 가신 것만 같았다.

"그 눈빛에 내가 아직 홀려 있는 듯해……."

그게 끝이었다. 오라버니는 기력을 죄 소진한 듯 침묵에 빠져들었다. 이내 자리에서 일어난 우리는 각자의 침실로 올라갔다. 층계참에서 헤어질 참에 내가 먼저 입을 열었다. 내 기분이 어떻든 나는 투숙객을 돌볼 의무가 있는 마담이니까. 여독으로 혼이 나간 객을 상대로는 더욱 그러했다.

"밤에는 절대 호텔 밖에 나가지 마세요. 보셨다는 요물 따위야 허깨비겠지만, 지주를 잃은 후로 정동에 흉흉한 사건이 많은 건 참이거든요. 새벽이 밝으면 송장 하나 발견하기가 예삿일이고, 그 송장이 오장육부 멀쩡하기는 드물답니다."

다소 섬뜩했을 주의 사항에도 동요 하나 없이 멀어지는 오라버니의 등에 마지막으로, 밤 인사를 고했다.

"돌아오셔서 정말 기뻐요, 오라버니."

내 목소리에 풀 죽은 기색만은 지울 수 없었다. 몹시 쓸쓸했으므로.

이날 밤 나는 선잠을 잤다. 꿈결인지 생시인지 모를 감각 속에서 짐승의 울음소리를 들었다. 젊은 여자의 실성한 곡소리 같기도, 다친 아기의 울음 같기도 하지만. 어떤 짐승이 내는 소리인지 나는 안다.

호걸이 자취 감춘 자리를 어슬렁거린다는 간악한 짐승이고, 날 낳은 어머니처럼 섬뜩하니 아름다운 짐승의 울음소리다. 아버지가 돌아가신 후로 내 악몽에 줄곧 나오는 그 짐승은 바로, 여우다.

동혁 오라버니가 돌아온 이 밤에 꾼 악몽에도 어김없이 여우가 나왔다.

허나 여태와는 조금 달랐다. 지금까지는 피투성이 주둥이로 킬킬거리는 짐승을 보고 겁에 질리곤 했는데, 이번엔 내가 여우가 되어 있었다. 쏟아지는 빗속에서 동혁 오라버니를 보던 그 짐승이 나였다.

굵은 빗줄기 너머에 선 청년이 나를 묘한 시선으로 하염없이 본다. 파리한 입술이 달싹이며 나오는 기이한 목소리가 나를 매도한다.

'여우의 딸은 여우지.'

꿈에서의 나는 몸도 마음도 짐승이라, 원초적이고 해묵은 욕망에 사로잡혀 긴 주둥이를 벌리고 할딱일 따름이었다. 깨어나서도 꿈속의 감각에 한참을 사로잡혔다.

끔찍하게 허기졌다.

*

맥심가에 입양되기 전 내 삶에 대한 기억은 안개에 숨은 산처럼 아득하다.

나의 생모는 첩이었다. 생부는 생모를 기생집에서 사와 본가 별채에 앉혔고, 나도 그곳에서 나고 자랐다. 나름 점잖은 사대부이던 생부가 제 치마폭만 찾게 만든 생모의 재색을 두고 다들 '사람이 아니라 여우다' 수군거렸다. 영감과 금슬 좋게도 한날한시 같은 병으로 죽은 마지막마저 사람들의 혐오를 샀다.

부모 잃은 첩의 딸이란 본가에 있어 얼른 치우고 잊어버리고픈 물건이다. 다만 갑오년부터 조혼이 금해지고 반상도 사라진 새 시대를 맞아, 그 집 식구들은 조금 독특한 상대에게 나를 팔았다. 입양할 조선인 여자애를 찾는 맥심 부부에게 부모 잃은 먼 친척이라고 속여 보낸 것이다.

호텔에 도착한 한여름 날 한성은 지독히 더웠다. 부부가 미리 보내준 서양 옷은 몸에 맞지 않았다. 구두를 처음 신은 발엔 물집이 잡혔다. 맥심 부인이 나를 환영한다며 사탕을 한 움큼 쥐여줬지만, 알록달록한 색이 거북살스러워 먹지 못해 담아둔 주머니 속에서 녹아버렸다.

나도 엉뚱한 곳에서 녹아내린 사탕처럼 볼품없기만 했다. 어쩔 줄 모르고 우두커니 서 있던 그때. 그토록 초조하고 쓸쓸한 순간에 동혁 오라버니를 처음 만났다.

오드콜로뉴 향기가 나는 그는 이국의 신사숙녀들이 노니는 로비의 풍경 속에 자연스레 녹아 있었다. 그럼에도 분명 호텔에서 나와 함께 단 둘뿐인 조선인이었다. 그 사실이 그에게도 큰 의미라는 걸 눈을 마주친 순간 알 수 있었다. 나를 향해 살며시 미소 짓던 그때, 동혁 오라버니의 얼굴은 달빛을 맞은 배꽃처럼 희고 맑았다.

그는 보육원에서 자란 고아였다. 나와 달리 어머니도 아버지도 완벽하게 몰랐다. 푸른빛이 튀는 눈동자를 보아 '완전한' 조선인인지도 의문이었다. 맥심가에 입양되기 전엔 호텔에서 벨보이로 일하고 있었다. 훤칠하고 잘생긴 '뽀이'를 보러 맥심 호텔을 찾는 여자 손님들이 많았다고 한다. 맥심 부부는 저희가 아끼는 성실한 청년의 어려운 상황을 연민해, 자선을 베풀고자 그를 입양했다. 이참에 조선인 딸도 하나 생기면 보기 좋겠다는 부부의 판단에 나도 맥심가에 들어서게 됐으니, 내 인생은 어찌 보면 동혁 오라버니에게 빚을 진 셈이다.

허나 맥심 형제는 아우가 한때 자신들을 시중드는 계층이었다는 걸 결코 잊지 않았다. 그들을 타이르던 맥심 부부마저도 내심 그러했다. 대등한 구성원으로 인정받지 못하는 설움은 동혁 오라버니의 속에 쌓이고 쌓이다 터져, 호텔을 제 발로 떠나게 했으리라.

하지만 나는 동혁 오라버니야말로 구라파의 귀공자를 닮았다고 생각했다. 부유하고 고귀한 이국인들을 조선팔도에서 나보다 많이 접해 본 이는 없다. 허나 누구도 동혁 오라버니만 하지 못했다. 설령 평생 닿지 못할 이상향을 향해 애처로운 몸부림이며 실패한 짝사랑이었더라도, '아돌프 맥심'은 빛나는 이였다. 언제나 자세가 곧고, 부드럽게 말하고, 별처럼 반짝이는 눈으로 먼 곳을 보는 청년이었다.

*

이튿날 일정으로는 맥심 호텔의 친구들과 어울리는 만찬이 예정되어 있었다. 그 자리엔 동혁 오라버니도 함께했다.

우리가 서로 보기 불편하더라도 뻔히 호텔에 있는 사람을 무시하면 안 될 일이니, 벨보이를 통해 초대장을 보냈다. 간밤의 일을 고려할 때 대답도 없이 거절할 줄 알았건만, 놀랍게도 동혁 오라버니는 말쑥한 모습으로 식당에 나타났다. 그를 그리며 내가 채워놓았던 장롱 속의 옷으로 차려입고, 내가 골라둔 향수를 뿌리고서, 고분고분하게 식탁에 앉았다.

맥심 호텔의 10주년을 기념하며 모인 이들은 정작 우리 남매와는 데면데면했던 이들이었다. 형식적인 인사가 오간 후엔 각자 친밀한 이들과 뭉쳐 잡다한 수다를 떨었다.

잔끼리 부딪치고 식기가 달그락거리는 소음 사이사이로 자극적인 화제들이 던져졌다.

"요새 떠들썩하던 연쇄살인 사건이요, 열흘 전 세 번째 희생자가 마지막이었죠? 무슈 리의 연회에 구걸을 와서 쫓아냈다던 부랑자더라고요."

"끝났다고 방심할 순 없죠. 사람의 간을 빼갔다니, 괴물이 아니면 광인의 소행이잖아요. 희생자가 더 나오기 전에 떠난 맥심 부인이 부러워요. 다음 영국행 배는 언제 온담……."

"조선인들은 이양인들의 소행이라고 떠들어대요. 문호를 열고서도 이 나라는 여전히 미신투성이예요. 소름끼쳐라."

"이해 못 할 심정은 아닌 듯합니다. 프로이트라는 의사가 인간의 정신에 대해서 참 흥미로운 이론을 내놓았는데……."

"부인께선 당신이 똑똑히 보았다고 하시지만 신경증 증세예요……."

"대사님이 귀국하신다면 약혼녀인 A 양도 함께 가시는 건지……."

나와 오라버니 사이엔 침묵뿐이다. 소금 통 한 번 오가지를 않는다.

나는 식사에나 집중하려 애썼다. 쉬운 일이 아니었다. 통조

림에서 꺼내 조리한 푸아그라는 촉촉하고 기름진 생물에 비하면 형편없이 질기고 비렸다. 와인과 함께 삼켜야 겨우 목구멍을 넘어갔다. 퀼런 연기로 공기가 매캐하고, 축음기가 연주하는 바그너는 무도하리만치 웅장한 음색으로 사람들의 말소리를 짓뭉갰다.

질식할 것 같은 권태감 속에서 내게 선명한 감각은, 잔뜩 먹고 마셨음에도 도무지 가시질 않는 기괴한 허기.

그리고 오드콜로뉴의 흰 무명천을 닮은 엷고 서늘한 향기다.

지루해진 사람들이 하나둘씩 일찍 자리를 뜨기 시작했다. 삽시간에 오라버니와 단둘이 남을 상황이 두려워진 나는 급기야 어리석은 짓을 저질렀다. 마지막 접시가 치워지는 순간, 와인 기운을 빌어서 해맑게도 외쳤다.

"아, 저희 좀 제대로 즐겨보아요. 홀을 비우고 춤을 춰요! 거기 당신, 새 음악을 틀어줘요……."

한 명쯤은 내가 창피를 당하지 않도록 에스코트에 나서 줬다. 만찬의 손님 중 그나마 눈에 익은 얼굴, 무슈 리다. 그는 근래 유리한 정세를 타고 상당한 부와 권력을 얻은 유학파 신사다. 나에게, 적어도 내가 버티고 서려는 이 호텔에 매력을 느낄 만한 이다.

샹들리에 아래에서 무슈 리와 함께 춤을 추며 보는 풍경은 식탁에 앉았을 때보다 훨씬 근사했다. 박자에 맞춰 한 바퀴 돌 때마다 호텔은 한층 더 아름다워 보이고, 나 자신이 퍽 자랑스럽기까지 했다. 눈에 들어오는 흐리멍덩한 얼굴들과 흐느적대는 몸짓도 제각각 만족해 나른해진 것이라 믿을 수 있었다.

동혁 오라버니가 어디서 어떤 눈으로 날 보고 있든 신경 쓰이지 않았다. 다른 숙녀들처럼 근심 한 점 없이 카랑카랑 웃어 보일 수도 있었다. 그대로 이 밤을 만족스레 마무리 지을 수도 있을 것 같았다.

분명 그랬을 것이다.

창밖에서 번득이는 한 쌍의 눈동자를 보지만 않았더라면.

'그것'과 눈 마주치지만 않았다면.

내게 들킨 즉시, 그 눈동자는 사라졌다. 허깨비처럼.

불길함이 엄습했다. 창문을 가리키기도 두려웠다. 스텝이 멈춰 당황하는 무슈 리에게 멍하니 중얼거리는 것이 고작이었다.

"밖에……."

허나 뭐라 설명해 보기도 전에, '그 소리'가 들렸다.

지금은 악몽 속이 아니라 현실인데도. 듣고 말았다.

멀리서 들려오듯 아득했던 울음소리는 순식간에 크고 무

시무시해졌다. 창밖의 어둠 속을 기어 다니며 울부짖는 듯이.

살인마. 괴물. 무엇이든지 간에 정동 거리를 떠돌던 '그것'이 호텔에까지 왔다. 그 사실을 깨닫자 온몸에 핏기가 가셨다. 등골에 소름이 돋고 덜덜 떨렸다.

아무리 둘러보아도 동혁 오라버니는 보이질 않았다. 다른 인간들은 술을 홀짝이고 춤을 추는 데 정신이 팔렸을 뿐이었다. 설마. 내게만 들리는 건가. 분노와 고통에 몸부림치는 게 분명한, 저 끔찍한 울부짖음이……

결국 모두의 귀에 비명이 닿기는 했다.

내 목구멍을 찢고 바깥세상으로까지 쏟아져 나왔으므로.

공포에 사로잡혀 울부짖는 나로부터 무슈 리는 기겁하며 떨어져 나갔다. 바닥으로 무너지는 나를 다른 누군가가 붙잡아 주었다. 이목 따위 신경 쓸 겨를 없이 그 품에 파고들자 사내의 체향이 훅 끼쳐들었다.

체온이 더해지고 땀 내음이 섞이고서도 청신한 오드콜로뉴의 향기… 분명 동혁이었다.

아, 나의 아돌프는 이번엔 너무 늦지 않게 돌아와 주었다. 나를 단단하게 안고 도닥여주는 팔에 나는 꼭 아이처럼 매달려서 마구 흐느꼈다. 날 용서해 줘요……. 애원하고 또 애원했다.

의식을 잠식하는 어둠, 그 평온한 정적에 나 자신을 온전히 내맡기기 직전까지.

*

맥심가의 일원이 된 지 한 해가 다 되어도, 나는 사는 게 버겁기만 했다. 입고 먹고 말하는 모든 걸 바꾸는 데 적응하지 못하고 허덕였다.

식생활은 특히 힘겨웠다. 핏물 흐르는 스테이크며 우유 따위를 남들 따라 태연히 먹어보려다 배앓이만 연신 하니 몸이 마르고 허약해졌다. 서구 문물이 한성을 달구는 유행이고 내 새 가족들은 아예 서구인들이건만. 혼자 구식 티를 못 벗는 스스로가 창피해서 혼자 앓고 괴로워했다. 때로는 서녀로 얹혀 살 때처럼 서럽고 외로웠다.

그러다 어느 날, 내 방 문고리에 곶감과 정과가 담긴 작은 보퉁이가 매달렸다. 호텔에서 찾기 어려웠던 조선식 주전부리는 그 후로도 가끔 내 방 앞에 놓였다. 어떨 때는 아침 이슬이 맺힌 오랑캐꽃이 함께 들어 있었다. 정원에서 그 꽃들이 무리 지어 피는 뽕나무 그늘 아래를 찾아가 보니 동혁 오라버니가 앉아 있었다. 짐짓 놀란 척 눈을 치뜨는 장난도 잠깐, 금방 맑은 미소를 지어주었다. 첫날 나를 반겨주었을 때처럼.

그해 봄 우리는 자주 나무 아래 앉아 정과를 나눠 먹으며 시간을 보냈다. 오라버니는 내 영어 공부를 도와주고 나는 오라버니의 데생 모델이 되어줬다.

오랑캐꽃을 쥐고 앉은 내 모습을 그리던 어느 오후, 나는 오라버니에게 내 조선 이름을 가르쳐 주었다. 그에 동혁 오라버니의 반응은 퍽 당황스러웠다.

"'호정'이라. 너에게는 로라가 더 잘 어울려."

오라버니는 심지어 내 손목을 그러잡았다. 내 손바닥을 활짝 편 뒤, 그 위에다 데생 목탄으로 내 이름을, 그 옆에는 자신의 이름을 써주었다. 언문으로 쓴 '호정'과 '동혁'. 따뜻하고 촉촉한 살갗 위에 쓴 우리의 낡은 이름들은 풀꽃 내음과 함께 번져들었다.

허나 우리의 지나치게 정답고 행복한 모습은 훼방꾼을 불러왔다. 맥심 부부의 차남, 필립이 우리를 발견하고 정원을 가로질러 왔다. 무릎이 붙을 만큼 가까이 앉아 손까지 잡고 있는 우리 모습을 보자마자 필립은 낯짝을 찌푸리고 언성을 높였다. 드디어 현장을 잡아냈다는 의기양양한 기색이 느껴졌다.

"둘이서 대체 뭘 하고 있는 거야?"

험악하게 구는 필립 앞에서 동혁 오라버니가 재빨리 일어섰다. 얼버무리거나 도망치기 위해서가 아니라 나를 보호하기 위해서였다. 흰 셔츠가 팽팽히 당겨든 너른 등을 올려다보자 내 몸속에서 나비 떼가 날아오르는 것 같던 그 순간은 내 평생의 보물이요, 비밀이었다.

그 기세에 필립은 잠시 주춤거리는 듯했으나, 그에게는 비열한 무기가 있었다.

"네가 로라한테 흙탕물을 튀길까 봐 부모님도 끔찍해하셔. 알아?"

맥심 형제는 존재 자체가 자신들의 기독교적 윤리관에 반하는 나를 경멸하면서도, 더욱 혐오스런 남동생을 공격할 때는 날 이용했다. 동혁 오라버니가 얼어붙은 틈을 타서 필립은 잽싸게 물러났다. 나더러 당장 따라오라는 투로 손짓했지만, 하녀 부르듯 하는 필립의 손짓 따위에 난 꼼짝하지 않았다. 정작 움직인 건 동혁 오라버니였다. 구부정하니 침울한 등만 내게 한참 보이다가 터벅터벅 걸어가 멀어졌다.

"오라버니, 동혁 오라버니."

내가 아무리 애타게 불러도 그는 멈추지도, 돌아보지도 않았다. 이때로부터 4년 뒤, 함께 가고 싶다던 나의 간청에 대답하지 않고 대문을 나섰을 때와 마찬가지로.

슬프지만 진실로, '아돌프'와 '로라'는 입장이 달랐다.

맥심 부부는 양자와 양녀 각각에 다른 의미를 두었다. '아돌프'한테는 불우한 고아를 신사로 교화시키는 보람을 추구했다면, '로라'한테는 조선에 오기 전 죽은 친딸을 투영했다. '로라'라는 이름부터가 그 죽은 아이의 이름이었다. 허니 양녀는 양자와 다르게 저희들처럼 괜찮은 집안의 아이여야 한다는 생각에, 조선의 상류 계층인 양반 사이에서 아이를 구했던 것이다. 그리 들인 '로라'야말로 창기의 딸이었으니, 얄궂은 노릇이다.

그래봤자 동혁 오라버니에게는 내가 다른 맥심 일족과 똑같이 멀게만 느껴졌을 수도 있다. 내가 아무리 동혁 오라버니를 연모하고, 늘 함께하고파 안달 냈어도, 나날이 서럽고 괴로웠을 오라버니. 그에겐 같은 수양 자식이어도 예쁨받는 나의 존재 자체가 가증했을는지도.

그래도 우리 사이에 분명 존재했던 안온한 나날들.

그때의 마음들은 이제 다 어디에 있는지. 가슴속에 먼지 쌓인 상자를 열면 거기 아직 있을는지. 아니면 북쪽의 갱도에 파묻혔는지.

*

정신을 차렸을 때, 가물가물한 시야에 제일 먼저 보인 건 흰 셔츠를 입은 청년의 등이었다.

나는 이마에 물수건을 얹고서 응접실 소파에 모로 누워 있었다. 오라버니는 내 시선이 닿는 저편에 서서, 축음기의 음반을 갈고 있었다. '월광'의 서정적인 선율이 응접실 안을 채웠다. 밤은 깊었고 응접실엔 나와 오라버니, 음악뿐이었다.

환자를 진정시킬 음악을 튼 오라버니가 내게로 걸어왔다. 당황해서 얼른 눈을 감고 계속 누워 있는데 뺨에 보드랍고 촉촉한 천이 닿았다. 물수건으로 내 얼굴을 닦아주는 모양이었다. 세심히 쓸어주는 손끝을 따라 살갗 아래 깊숙한 안쪽부터 온기가 돌았다. 그러다 또 삽시간에 공허해졌다.

놀라웠다. 누군가와 이토록 가까이 있어도 그 사람이 그리울 수 있다니. 마구 몰아치는 감정의 파도에 속절없이 휩쓸려서, 나는 결국 입을 열었다.

"…죄송해요."

동혁 오라버니는 대꾸 없이 내 곁에 계속 있었다. 손길은 멈췄다. 지금을 놓치면 다시는 이야기하기 좋은 때가 오지 않으리란 걸 알 수 있었다. 그러니 용기를 끌어 모아서, 나는 더듬더듬 고해했다.

"호텔이 이렇게 된 건… 저 때문이에요. 제 잘못이 맞아요. 제가… 아버지께 술을 드렸어요."

경영 악화로 맥심 씨가 신경쇠약 증세를 보일 때마다 술을 드렸다. 이래선 위험하다고 맥심 부인이 금주를 명했을 때도, 내가 몰래 맥심 씨의 호소를 들어드렸다.

겉이 단단한 사람일수록 속은 끔찍하게 문드러진다. 양아버지가 딸에게 위로를 바라며 어두운 감정을 쏟아낼 때 나는 무력하기만 했다. 고통을 끝낼 수 없다면 잠시라도 멈추고 싶었다. 허나 내가 한 일은 무지한 만행일 뿐이었다. 돌이킬 수 없는 결과만 낳았다.

맥심 부인 또한 내가 한 일을 알았다.

배신감과 두려움이 사무쳤을 부인이 친아들들에게 상경을 종용하며 보내놓았을 편지가 내게 이로운 내용일 리는 없겠다. '배은망덕한 여우 년' 같을 내게 장남과 차남이 어떤 복수를 할지 차마 상상도 할 수 없었다. 나는 이미 죄책감에 미쳐서 헛것을 보고 들을 지경이라고 호소해도 연민을 베풀 리 만무했다.

동혁 오라버니도 이젠 다른 가족들과 같은 심정일 테지. 양

아버지를 존경했고, 나 따위야 진작 혐오하고 있었을 테니까.

그래도 나를 벌줄 이가 다른 누구 아닌 동혁 오라버니라면, 다행이다 못해 기꺼운 일이었다.

허나 동혁 오라버니는 잠잠했다. 떨리는 심정으로 눈을 살짝 떠서 살펴보았다. 그는 소파 앞에 꿇어앉은 채 심각한 표정으로 나를 바라보고 있었다. 숨 막히게 강렬한 눈빛. 하지만 나를 꺼리거나 어찌하려는 조짐은 느껴지지 않았다. 일어나려는 나를 부축까지 해줬다.

첫발부터 삐끗해 쓰러질 뻔한 나를 오라버니가 받아냈다. 균형을 잡으려고 몸을 뒤채다가, 오라버니 품 안에서 한 바퀴 돌고 말았다. 춤이라도 추는 것처럼.

종처럼 부풀었다 빙그르르 돌며 가라앉는 드레스 자락이 오라버니의 단단한 다리 안쪽을 스쳤다. 간질간질한 감촉에 쑥스런 웃음소리를 낸 건 내가 아니었다. 동혁 오라버니였다.

웃음기가 잔잔히 남은 깊고 푸른 눈을 마주 본 순간.

나는 내 처지를 잊어버렸다. 잠깐의 실수로 터져 나온 웃음소리에 어쩌면 기적이 숨어 있을지 모른다고 정신이 나갔다.

단단한 어깨 위로 나의 손을 올렸다. 오라버니가 미소를 거두려는 찰나, 나는 몹시 엉뚱하고 뻔뻔한 청을 하나 입에 담았다. 사형수가 마지막 만찬을 청하는 마음으로.

"아까 제대로 못 한 걸… 마저 끝내고 싶어요."

그리고, 기적이 일어났다.

내 허리께에 크고 따스한 손이 얹혔다.

잔잔한 음악에 맞춰 우리는 왈츠를 추기 시작했다.

왈츠에는 '물결'이라는 뜻이 있다고 한다. 그 의미를 나는 이 순간 깊이 체감했다. 바람 없이 일렁이는 물결처럼 우리 몸이 스텝을 따라서 잔잔히 오르내렸다. 나를 껴안는 오라버니의 품마저도 물에 안기는 듯 포근했다. 경이로울 지경이었다.

이 사람도, 이 사람이야말로 내가 미울 텐데. 내게 맞추는 호흡이 자연스럽고 손길은 부드러웠다. 그리고 눈빛은… 귀에 닿는 나직한 속삭임만 아니었다면 아직 꿈인가 보다 믿었을 것이다.

"널 원망하지 않아."

내가 꿈에서도 감히 상상 못할 말들을 오라버니가 속삭여주고 있으므로, 분명 현실이었다.

"형들은 내가 미쳤다 할지 모르지만, 나는 그렇다. 내가 아는 너는 다감하기 그지없고, 너 자신을 깎아서라도 자랑스러운 맥심이 되려고 노력하는 아이였어. 아버지 일도, 뭐라도 해야 한다는 마음에 몰렸던 거겠지."

"……."

"그 마음을 터놓을 수 있는 다른 누가 옆에 있었어? 네겐 아무도 없었어······. 홀로 다른 형제들 몫까지 하려 애썼던 너를··· 난 도저히 비난할 수 없어. 그저 지금까지 버티고 살아남아 준 것에 감사할 뿐이야."

아, 내가 눈물을 참아낸 것도 기적이었다.

날 꺼리지 않는단 걸 증명해 달라고 애먼 춤을 조른 게 후회되었다. 이토록 바짝 붙은 자세에서는 벌처럼 뛰는 내 심장소리가 오라버니에게도 느껴질 테니까. 열이 올라 발그레해지는 뺨이라도 숨기고자 얼굴을 돌리고 이것저것 주절거렸다.

"오라버니 중에서 동혁 오라버니가 제일 먼저 도착해서 기뻐요. 호텔 경영권을 다른 사람한테 내주긴 싫은데··· 든든한 누군가한테 어리광은 부리고 싶었거든요."

"하긴, 넌 나한테만은 응석이 많았어. 내가 여간 만만했어야지."

오라버니의 능청에 그만 키득키득 웃음이 나왔다.

신경을 곤두세우고 있던 만찬 중엔 상상일랑 못 했을 만큼 상냥한 밤이다. 하지만 나는 여전히 욕심 많고 충동적인 계집이었다. 딱 하나만 더, 동혁 오라버니한테서 확실하게 알아내고 싶은 게 있었다. 그래도 이미 너무 많은 일이 일어난 하루니까, 나는 참으려 했는데. 동혁 오라버니가 자꾸 달콤한 말을 멈추질 않아서.

"그래, 내 앞에선 힘을 좀 풀렴. 어차피 호텔은 로라, 네 것이니까. 형님들도 결국 인정할 테고……."

결국 캐묻고야 말았다.

"오라버니도요?"

오라버니도 내 거예요?

그 질문엔 동혁 오라버니가 대답하지 않았다. 대신 내 등을 가만히 쓸어주었다. 길고 단단한 팔 안에 가둬지는 느낌이 너무 좋았다.

음반이 멈춘 지는 오래였다. 서로에게 기대 선 우리의 잔잔한 숨소리만 들릴 뿐, 우릴 방해할 기척을 내는 사람도 짐승도 없었다. 침묵은 완전하고 우리는 평온했다. 유리구슬 속에 가둔 풍경처럼.

가슴속에 먼지 쌓인 보물 상자가 열린다. 그 안에 든 행복한 기억 하나가 흘러나온다.

'동혁 오라버… 아돌프.'

응접실의 테라스 문을 활짝 열면 뽕나무에 붉은 꽃이 피고 초목이 푸르른 봄날의 정원이 환히 보인다. 테라스에 내놓은 긴 의자에 앉아 신문을 읽는 청년에게 세일러 원피스 차림 여자애가 흰 리본을 나풀거리며 다가선다. 당장 옆에 있고 싶다는 듯 응접실을 가로질러온 서슬에 비하면 소심하게 말을 건다.

'필립이 내가 잘 때 콧구멍에 흰 쥐가 들락거리는 것을 보았대. 전에 살던 집에서 들었던 건데, 처녀가 그러다간 매구 요괴가 된대요. 간 뜯어 먹고 처녀로 둔갑하는 여우 귀신이요.'

'맥심가 아가씨가 미신 따위를 믿니, 로라.'

헛소리 말라는 일축에 여자애가 풀 죽어서 서 있자 청년, 동혁은 제 누이를 돌아본다. 너무 매몰차게 군 게 멋쩍었는지 금방 다감해진다. 근심이 다 날아가도록 희게 웃는다.

'걱정 마. 우리 누이에게 혼쥐가 있어도 내가 잡아주지.'

그날 나는 오라버니의 무릎을 베고 낮잠을 잤다. 참인지 아닌지 지켜보시라는 내 고집을 오라버니가 들어줬다.

깨어나려던 찰나, 동혁이 내게 손을 댔다.

그도 그러려고 한 것은 아니었다. 그저 잠든 내 눈썹을 덧그려보려 했을 뿐이다. 그러다 손끝이 잠깐, 아주 얕게 내 살갗을 스친 것이 전부다. 그때 그의 손길은 아주 느리고, 부드럽고, 벌써 죄를 지은 사람처럼 떨고 있었다.

실제로는 일어나지 않았던 일을 꿈에서 해보려고 했다. 그때 오라버니가 어떤 얼굴로 나를 내려다보고 있었는지, 혹시 언젠가의 나와 닮았는지 알아보려고 했다.

앞이 보이지 않는 햇빛 속에서 눈을 뜬 순간, 나는 꿈에서
깼다.

열린 창문 사이로 새벽바람이 들어와 어둠 속에서도 희뿌
연 커튼을 흔들었다.

바람이 내게 전해다 주기를, 여우는 여전히 울고 있었다.
더는 꿈에 없고 현실에 존재했다. 나의 호텔 안에.

짐승의 울음이 더는 두렵지 않았다. 하지만 그대로 놔둔다
면 내 모든 걸 파괴할 걸 알았다.

이제 나는 침대에서 내려와 어둠 속을 걷기 시작한다.

여우가 아직도 배고파하는 것을 주기 위해서 떠난다.

＊

동혁은 찢어지는 울음소리에 눈을 떴다.

잠을 깨운 괴성은 꼬리를 끌며 멀어진 후 두 번 다시 들리
지 않았다. 그럼에도 동혁은 베개 밑에 숨겨둔 권총을 꺼내

들고서 복도로 나섰다.

객실 문이 굳게 잠긴 복도를 지나 아래로 내려갔다. 로비와 응접실, 식당과 홀을 전부 살폈다. 어느 곳이나 호텔은 평온히 잠들어 있었다.

이변을 찾아낸 곳은 부엌 옆 창고였다. 쥐가 드나들지 않도록 굳게 닫혀 있어야 할 창고의 문이 열려 있었다. 지하로 향하는 와인 저장고도 마찬가지로 문이 위로 들려 있었다.

램프를 찾아 밝혀 든 동혁은 열린 문 아래를 비춰 보았다. 계단이 끝도 안 보이게 뻗어내려 갔다. 들어가는 것도 나오는 것도 쉽지 않아 보였다.

동굴처럼 공기를 빨아들이는 지하로부터 소리가 들려왔다. 아이의 울음 같기도 하고, 고문을 당하는 고통에 찬 비명 같기도 한… 여우 울음소리가.

동혁은 램프의 불빛에 의지해 길고 좁은 계단을 내려갔다. 깊이, 한참을 내려가서야 비로소 바닥에 발이 닿았다.

빛이 닿지 않는 어둠 속에서 무엇인가 움직이고 있었다. 눈에 보이지 않아도 섬뜩한 소리가 들렸다.

서걱, 서걱. 날붙이가 고기를 써는 소리. 우둑… 우두둑… 뚜둑. 길고 가느다란 뼈를 부러뜨리는 소리. 그리고 진동하는 피비린내.

동혁은 떨리는 손으로 램프를 더 높이 들어올렸다.

불빛 속에는 호정이 있었다.

정숙해야 할 맥심가의 딸이 웬 남자를 깔고 앉아 있었다. 칼날 같은 손톱이 돋아난 맨손으로 사내의 배를 가르면서.

호정이 천천히 동혁을 돌아보았다. 이토록 무시무시한 짓을 하는 호정의 얼굴은 냉혈하기 짝이 없었고 입가는 피투성이였다. 갈구하는 부위를 제대로 발라내기 전에 한 점 허겁지겁 뜯어 허기를 달랜 흔적이었다.

짐승처럼 동공이 좁고 홍채가 샛노란 눈이 동혁을 노려보았다. 충격으로 두 눈이 휘둥그레진 동혁의 얼굴로, 이어서는 그의 손에 들린 권총으로 호정의 시선이 향했다.

다음 순간, 동혁의 세상이 뒤집혔다.

동혁에게 달려든 호정이 인간일 수 없는 악력으로 그를 찍어 눌렀다. 손톱이 동혁의 어깨를 고통스럽게 파고들었다. 아―아―카―하―악. 피투성이 이빨을 드러내며 호정이 내지르는 포효가 동혁의 신음을 압살했다. 누이가 오라비의 목을 물어뜯으려는 순간.

동혁이 나지막이 속삭였다.

"나는 네 편이야, 로라."

목숨을 구걸해 보려고 꺼낼 만한 말이었다. 허나 동혁의 어조와 표정은 기괴할 정도로 침착했으며 단호하기까지 했다.

놀랍게도, 그 말에 호정이 공격을 멈췄다. 대신 동혁의 귀를 멀게 할 기세로 짖어대고 이를 바득바득 갈았다. 동혁을 부정하는 말까지 그르렁거렸다.

"아니…… 그렇지 않아. 당신은 그럴 수 없어……."

그래도 호정은 동혁을 풀어주었다. 그의 반대쪽으로 네 발 짐승처럼 기어가 구석에 몸을 기댔다. 그륵, 그르륵……. 식식대고, 쿨럭대고, 흐느끼며 몸을 둥그렇게 말았다.

분노, 굶주림, 자기혐오, 무엇보다 사무치는 고독에 괴로워하는 몸부림이었다.

호정은 길고 비통하게 울었다. 밤마다 호텔을 뒤흔든 여우 울음소리를 냈다. 동혁은 호정에게 다가가 가만히 안아주었다. 두려움도 거리낌도 없었다. 흐느끼는 호정의 머리를 제 어깨에 기대게 하고서 속삭였다.

"첫 번째 희생자는 아버지의 장례식 다음 날 호텔 근처 도랑에서 발견되었다지. 그때부터 시작됐니?"

호정은 체념한 듯 끄덕였다. 울음이 잦아들었다.

"어머니는, 범인이 너란 걸 알고 마셨던 거지. 그래서 도망가신 거야. 아들들한테 전부 떠넘기고 말이야. 그러면서 네 앞의 편지엔 오누이가 정답기를 바란단 개소릴 잘도 쓰시고.

뻔뻔하고 어리석으셔라……."

"……."

"로라. 호정아. 내 가엾은 누이야."

애탄 부름에도 호정은 열에 들떠 색색대기만 했다. 축 늘
어진 누이를 끌어안은 채로 동혁은 고개를 돌려, 제가 방해한
호정의 '식사'를 살펴보았다.

그는 나라 파는 줄에 서더니 호텔도 노리는 도적놈, 무슈
리였다. 희다 못해 파랗게 질리고도 무슈 리의 숨은 아직 붙
어 있었다. 배에 구멍이 났지만 당장 봉합하면 아마 살아날
것이다. 그런 상태의 무슈 리보다 호정을 한참 측은히 내려다
본 후, 동혁은 결정을 내렸다.

시간이 얼마나 지나선가.

호정은 눈을 떴다.

동혁은 호정 앞에 꿇어앉아 있었다. 소매를 걷어붙인 두 손
에는 무슈 리의 간이 들려 있었다. 방금 적출해 낸 검붉은 장
기는 푹 젖어 촉촉했고 김이 모락모락 올랐다.

동혁이 입 바로 앞까지 간을 대줘도 호정은 꼼짝하지 않았
다. 아직 경계를 풀지 못하는 여우누이에게 오라버니가 선을
보였다. 제가 먼저 한 점 베어 먹었다. 감촉을 즐기듯 천천히
씹어 삼켰다. 아주 좋아하는 음식을 먹는 듯 만족스러운 미소

가 동혁의 만면에 피어났다.

다시 한번 간을 내밀었을 때, 모든 걸 깨달은 호정은 더는 사양 않았다. 손 위의 간을 호정이 아구아구 뜯어먹는 동안 동혁은 흐뭇한 미소로 누이를 내려다보았다.

이성과 기력을 되찾은 호정은 동혁과 와인 셀러에 기대 앉아 대화를 나눴다. 오래전 뽕나무 아래에서처럼 오붓한 시간이었다.

"매구는 세상에 나뿐인 줄 알았어요. 맥심 부인이 분명 아들들에게 내 정체를 일러바쳤을 텐데, 나 혼자라도 처치해야겠다 싶었죠. 게다가 저에 대한 소문이 도니 사냥을 잠시 멈췄다가, 한계에 달했을 때……."

"내가 나타나 버렸구나."

"하지만 오라버니한테는 겁먹을 필요가 없었네요, 역시."

"우리 동포는 네 생각보다 많아, 로라. 이 땅에 만연한 고통 속에서 매구의 씨앗이 점점 더 많이 깨어나고 있지. 내가 깨어났던 운산에서도 한 명 만나 많이 배웠어. 너도 이미 파악했을 거야. 인간들 사이에서 태어나고 깨어나 그들의 간을 취하며 사는 대신, 우리가 얼마나 놀라운 일들을 할 수 있는지……."

매구의 경이 중 하나가 마주 보는 서로의 눈에 비친다. 이토록 생기 넘치고 아름다운 모습으로 저희는 오래도록 살 것이었다. 힘들었던 세월에 비하면 흡족한 보상이었다.

호정은, 한때는 자신도 언젠가 무리에 녹아들 거라 믿었다. 이뤄지지 못할 꿈이었다. 남들과는 다른 것, 누구에게도 허락되지 않는 것이 필요했다. 누구에게도 이해받지 못할 허기를 안고 살 여생이 아뜩했는데. 여우누이에게도 짝은 있었다. 그것도 오래도록 몰래 마음에 품었던 이라.

아, 행복해라.

허나 호정은 세상의 진리를 잘 알았다. 정인이 아무리 사랑스럽고 든든해도 간이며 쓸개를 다 내주어선 안 된다는 걸. 입가엔 미소를 띠어도 눈빛은 싸늘하게 갈고서 날카로운 질문을 던졌다.

"우리가 다시 만났을 때, 난 상상도 못 했지만 오라버니는 아니었을 것 같아요. 내 정체를 알아봤으면서 모른 척하신 거 아니에요? 맥심 형제가 날 해치우길 기다리려고요."

"우리가 동족인 건 어제 안 것이 맞다. 늘 그리워만 했던 네 향기가 바로 매구의 체취라는 걸 깨달았거든. 다시 만나서는 훨씬 더 짙어졌더라."

동혁의 대답에 되려 한 방 당한 꼴이 된 호정의 얼굴이 붉어졌다. 자신이 늘 기분 좋게 느끼던 동혁의 오드콜로뉴 향기가 사실 매구의 체취라는 것에 가까운지, 문득 궁금해졌다. 자신은 그가 동족인 것을 본능적으로 알고 이끌렸던 것일까. 허나 곧 어느 쪽이든 상관없어졌다.

"비열한 인간들 사이에 너를 오래도록 쓸쓸하게 놔둔 나를 용서해다오, 로라. 진실을 알자마자 바로 고하지 못한 것 또한 용서해. 하지만, 인간을 향한 증오는 우리를 더욱 아름답고 강하게 만들어줘. 네가 진정 매구라면 네 도전자들에게 응당한 대가를 치르게 할 거라고 믿었지. 그때 네가 너답게 피어날 모습을 보고도 싶었단다……."

용서해 달라면서 눈을 살짝 접고 샐샐 웃는 낯짝. 허나 그조차도 호정의 눈엔 꼭 교태 부리듯이 고왔다. 이 정도라면야, 저를 잠깐 기만한 죄를 평생 갚게 하며 함께 살겠다. 근사하리라.

호정이 사랑하던 눈. 깊고 푸른 동혁의 눈이 천천히 누르스름해지고 있었다. 달빛처럼, 짐승처럼, 품 안의 여우누이처럼.

당연히, 그 눈이야말로 호정이 열렬히 사모하는 눈이다.

환희에 찬 여우 남매는 서로를 한참 동안 끌어안고 째지게 웃는다. 땅 아래 저희들의 굴에서 킬킬대는 두 여우의 머리 저 위쪽, 지평선에 동이 트며 해가 호텔의 외벽을 붉게 물들이고 있었다.

*

　로비의 문이 열린다. 밀려드는 선득한 바람 속에서 동혁이 내 손을 잡아준다.

　내가 누이 곁에 있어. 그리 속삭이며 시선을 마주칠 적, 그의 눈동자에는 내게만 보이는 노란빛이 섬뜩인다.

　헌데, 매구에게 신의란 덕목이 정녕 어울리는지는 모르겠다.

　맥심 형제들의 처리를 의논할 때, 동혁은 호텔을 더욱 크게 키우고픈 바람을 비쳤다. 글쎄. 과연 무슈 리 같은 인간들은 점점 더 늘어날 거고, 이곳은 그네들이 모여 작당을 할 소굴로 적격일 테다. 하지만, 고작 구린내 나는 인간들의 간으로 우리가 만족스러울까? 나는 역시, 우리 '동포'들을 위한 공간으로 만들고 싶은데…….

　아, 아직도 배가 너무나도 고프다.

　일단 가족끼리 함께 식탁에 둘러앉고 나서 생각해 보자. 분명 잊을 수 없을 정도로 멋질 저녁 식사를 하고 나서…….

여
우

구
슬

송경아

연세대학교 전산학과를 졸업하고 동 대학원 국어국문학과 박사 과정을 수료했다. 1994년부터 「청소년 가출 협회」를 발표하며 작품 활동을 시작했다. 지은 책으로 『백귀야행』,『성교가 두 인간의 관계에 미치는 영향에 대한 문학적 고찰 중 사례 연구 부분 인용』,『누나가 사랑했든 내가 사랑했든』,『우모리 하늘신발』,『테러리스트』,『책』,『엘리베이터』 등이 있고 『성, 스러운 그녀』,『잃어버린 개념을 찾아서』 등의 앤솔러지에 참여했다.

"실제로 경험해 봐야만 아는 것도 있지 않을까?"

무심코 건넨 그의 말이 다른 그의 심기를 건드린 것 같았다. 그는 화가 난 듯이 대답했다.

"체험에 비이성적으로 숭고한 가치를 부여할 필요가 있어? 우리는 지구인의 생태를 이해하기만 하면 돼. 그게 꼭 체험일 필요는 없다고."

"그래? 그러면 체험 말고 어떻게 알 수 있어?"

"과학자들이 무수히 행해 온 방식이 있잖아. 실험이라고."

길모퉁이 서점에서, 서점 주인 두 사람 사이에 작은 말다툼이 벌어졌을 뿐이다. 그러나 이 작은 말다툼이 무역회사 H 상사 김명식 대리에게 일생에 한 번 있을까 말까 한 커다란 파란을 불러왔다.

*

H 상사의 총무팀 김명식 대리(33)는 신입 여사원이 자꾸 신경에 거슬렸다. 늘 거래하던 인력 회사에서 데려온 계약직 여사원일 뿐이었다. 키가 좀 큰 편이지만 딱히 외모나 몸매가

뛰어난 것도 아니었다. 물론 봉긋한 가슴이나 윤기 나는 앞머리 아래의 촉촉한 눈매에 조금, 아주 조금 시선이 머무를 때도 있지만, 그거야 볼 만한 어린 여사원이 들어오면 남사원들 사이에 흔히 있는 일이었다. 하물며 김 대리는 그 여사원과 눈도 마주친 적이 없으니, 그쪽에서는 김명식 대리가 자신을 불편해하고 있다는 사실을 모를 것이다.

김명식 대리는 평소에 기氣를 느낀다든가 귀신을 본다든가 하는 체질과는 거리가 멀었다. 하지만 사람들이 모인 곳의 분위기를 읽는 데는 일가견이 있다고 자부했다. 중고등학교 때는 오락부장을 맡았고, 대학교 때부터는 각종 모임 사회자 역할과 회식으로 단련된 몸이었다. 분위기가 좀 가라앉아 있다 싶으면 슬쩍 띄우고, 너무 과열됐다 싶을 때 '자, 자, 교수님(과장님) 앞이니 진정들 하시고…….' 하면서 살그머니 찬물을 뿌려 가라앉히려면, 사회자는 자기가 띄우는 분위기에 휩쓸리지 않고 모인 사람들의 온도를 읽어야 했다. 눈치, 한마디로 김명식 대리는 눈치가 빠른 사람이었다.

분명 첫날부터 이렇지는 않았다. 보름 전, 입사 첫날 신입 사원 박영지(26)는 전형적인 계약직 여사원의 모습 그대로였다. 낯선 분위기에 쭈뼛거리고, 공간 배치를 몰라 일처리가 서투르고, 상사와 팀원들 이름/얼굴을 외고 맞춰보느라 바빴다. 그날은 김명식 대리도 신입사원의 얼굴과 이름만 보고 의례적인 인사를 나눈 후 잡무를 처리하느라 정신이 없었다. 퇴근 시간이 되자 팀장이 '신입사원도 들어왔으니 회식하자'고 제의했지만, 하필 김명식 대리는 그날 고등학교 동문 모임이 있었다.

"팀장님, 저는 오늘 좀 일이 있어서……. 먼저 가보겠습니다."

"어 그래? 그럼 나랑 황연석 씨랑 여직원들 같이 가나?"

"팀장님, 오늘은 저도 좀……. 어머니가 아프셔서 일찍 가봐야 하겠습니다."

"뭐야, 그럼 나 혼자 여사원들이랑 같이 가라고? 에이… 남자들 가득한 엘리베이터에 여자 혼자는 타도, 여자들 가득한 엘리베이터에 남자 혼자는 못 들어간다고. 그냥 회식을 다른 날 잡지."

30대 후반의 팀장은 평소에도 붉은 기가 도는 얼굴에 더 붉은 기를 띠며 말했다. 설마 부끄러움을 타는 건 아닐 테고, 딴에는 재치 있는 농담을 했다고 생각하며 웃음을 참는 모양이었다. 김명식 대리는 적당히 장단 맞춰 웃으며 그러자고 얼버무리려고 했다. 그때 넉살 좋은 고참 여사원 강혜영이 끼어들었다.

"그래요? 그럼 팀장님 법인카드 저 주세요. 안 그래도 여자들끼리 단합 대회 한번 하려고 그랬거든요. 신입이랑 인사도 하고 사내 분위기 교육도 시키고, 겸사겸사 단합도 하고 올 테니 오늘은 여자들의 자리로 내주시라 이거죠."

'구박이나 하지 말지.'

지난번에 나간 여사원이 강혜영에게 무엇을 밉보였는지, 총무팀 분위기가 몇 달 동안 싸했던 것은 둔한 팀장까지도 눈치 챘던 일이었다. 김명식 대리도 탕비실에서 그 여사원이 숨죽여 우는 모습을 본 적이 있었다. 그러다 결국 견디지 못하고 제 발로 회사에서 나갔던 것이다. 그날도 강혜영은 단합대회 핑계로 신입사원을 어르고 눙치며 제 입맛에 맞는지 아닌지 간을 보려는 것 같았다. 강혜영에게 밉보이느냐 잘 보이느냐로 계약 기간 동안 신입사원의 심간이 편할지 바늘방석에 앉은 꼴이 될지 결정 날 판이었다. 거기까지 생각하고 김명식 대리는 관심을 거뒀다. 어차피 여사원들끼리의 일이었고, 강혜영은 연차도 오래되었거니와 육아 휴가가 끝나고도 회사에 복귀해 일하고 있는 독종이었다. 그만큼 일 처리도 잘해서, 합만 맞으면 같이 일하기 편한 사람이었다. 오늘 저녁 회식 자리에서 신입사원이 밉보인다 해도 다 제 운수였다. 김명식 대리가 해줄 수 있는 일은 없었다.

"그래? 그러든가. 일도 잘 가르쳐주고, 우리 회사 좋은 점도 홍보 좀 하라고."

팀장은 흔쾌히 법인 카드를 내밀었다. 여사원들은 꺄아꺄아 소리를 지르며 양쪽에서 신입사원의 팔짱을 끼었고, 신입사원은 애매한 표정으로 선배들을 따라갔다.

분위기가 이상해지기 시작한 것은 그다음 날부터였다. 처음 며칠 동안은 김명식 대리도 눈치 채지 못했지만, 묘하게 여사원들이 신입사원과 붙어 다니기 시작했다. 박영지가 무슨 일을 하려고 일어서면 옆에 앉아 있던 오은희가 '어머 영지야, 같이 가.' 하며 박영지 옆에 찰싹 붙었다. 오은희가 옆에 없을 때는 강혜영이 다가가 말을 걸었다. 신입이 딱히 살갑게 구는 것 같지 않은데도 그랬다.

첫 주에는 '단합 대회 분위기가 좋았나 보지.' 하고 무심코 넘겼지만, 확실히 이상한 일이 맞았다. 여사원들이 술자리에서 딱히 무엇을 붙잡고 가르쳤을 리가 없는데 박영지의 일솜씨가 확 는 것이 그랬고, 꿀을 뚝뚝 떨어뜨릴 듯한 눈으로 박영지를 바라보는 여사원들도 그랬다. 직장 후배가 아니라 아이돌을 바라보는 눈빛 같았다.

그러더니 이제는 황연석이었다. 다만 여자들과는 달리 황연석은 박영지 쪽을 볼 때마다 영 불편한 듯이 움찔거리고,

어쩌다 눈이라도 마주치면 벌겋게 얼굴을 달구며 고개를 떨궜다. 어쩐지 김명식 대리는 예전 여사원 이혜미가 갑질을 당할 때보다 지금 이 분위기가 더 어색했다. 하지만 이런 분위기를 벗어나기 위해 할 수 있는 일도 없었다. 그래서 박영지가 "대리님, 혹시 오늘 저녁 같이 하실래요?" 하고 물었을 때 김명식 대리는 호기심 반 경계심 반으로 응했다.

저녁 식사는 생각보다 유쾌했다. 키가 커서 대가 셀 것 같던 첫인상과 달리 박영지는 그의 이야기를 잘 듣고 잘 웃었다. 밥을 먹고 난 다음에 둘은 같이 맥주를 마셨고, 잠깐 화장실에 다녀오던 김명식 대리를 박영지가 자기 옆자리에 끌어앉혔다.

"대리님, 잠시만 여기 앉아 보실래요?"

술시戌時에 이성과 함께 술을 마시면 이성이 더 예쁘고 멋있게 보인다고 했던가. 술기운이 돌아 약간 상기된 박영지의 얼굴이 유난히 화사해 보였다. 김명식 대리가 싫지 않은 마음으로 옆자리에 엉거주춤 엉덩이를 붙이는 순간, 박영지의 입술이 그의 입술을 덮쳤다. 김명식 대리는 놀라 숨을 들이켰다. 그러자 불덩이처럼 뜨거운 입김이 그의 입안으로 밀려들어 왔다. 눈 안쪽으로 빛이 번쩍이는 듯하더니 머릿속이 하얘졌다.

그다음 기억은 낡은 사진처럼 희미하게 번져 읽기 어려웠다. 두어 번 키스가 더 오간 것, 박영지가 형용하기 어려운 표정으로 그를 바라보더니 활짝 웃으며 '이제 나가요.' 하고 말한 것, 가슴이 두근거린 것⋯⋯. 겨우 두어 잔 마신 맥주 기운이 확 올라온 듯이 어질어질하고 꿈같았다. 김명식 대리는 어떻게 집으로 돌아왔는지 제대로 알지도 못한 채 겨우 침대에 몸을 뉘었다.

김명식 대리는 이후 4개월이 어떻게 흘러갔는지 기억나지 않았다. 꿈을 꾸는 듯 몽롱한 기분에 휩싸여 박영지와 몇 번 데이트를 하다가 그녀에게 청혼을 했고, 승낙을 받고 결혼을 했다. 대체 자기가 무슨 정신으로 청혼을 했는지도 알 수 없었다. 누군가가 조종하는 듯이 모든 일이 척척 흘러갔다. 옛날에 김명식 대리는 알콩달콩하고 스릴 있는 사내연애를 상상해 본 적이 있었다. 점심을 먹고 커피 맛이 뛰어나기로 인근에 소문이 자자한 1층 테이크아웃 커피 전문점에서 여럿이 커피를 마시고 떠들며 감정을 숨긴 은밀한 눈빛을 주고받는 연애. 일 이야기에 슬쩍 섞어서 밀회 약속을 잡고 건물 옥상에서 담배를 피울 때 상대가 잠시 짬을 내어 옥상으로 올라오는 연애. 그러나 현실의 사내연애는 그와 거리가 멀었다. 박영지는 자기는 커피를 안 마신다고 딱 잘라 말했고, 옥상에 올라오는 일도 없었다. 그런데도 김명식 대리는 행복했다. 행복한 것 같았다. 하루하루가 어질어질하고 달콤하게 스쳐 갔다. 김명식 대리는 대체로 '나는 영지를 사랑한다'고 생각하고 구름을 밟고 다니는 듯한 이 기분을 사랑 탓으로 돌렸지만, 마음속에서 슬그머니 '정말?' 하는 목소리가 치솟아오를 때도 있었다.

상견례 때 박영지는 혼자 나왔다. 어리둥절한 김명식 대리와 부모님 앞에서 박영지는 어려서 부모님을 여의었다고 털어놓았다. 김명식 대리는 자기가 무슨 말을 하기도 전에 보수적인 지방에서 평생 사신 부모님이 펄쩍 뛰실 거라고 생각했다. 마음 한편에서는 두 분이 펄쩍 뛰고 결혼을 반대하셨으면 좋겠다는 기묘한 생각마저 들었다. 그러나 이상하게도 두 분다 담담하게 박영지의 말을 받아들이셨다.

"부모님이 먼저 돌아가신 게 아가씨 탓은 아니지."

"그럼 그럼. 다른 게 무슨 필요 있겠나. 우리 명식이랑 둘이 행복하게 잘 살면 되는 게야."

김명식 대리는 순간 부모님이 귀신에 씌었나 하고 생각했다. 김명식 대리가 아는 아버지의 성질은 불같았고, 어머니도 그런 아버지와 대거리를 하며 살아와서인지 괄괄하기로는 누구 못지않은 사람이었다. 그런 만큼 남에게 얕잡혀 보인다든가 체면에 흠이 가는 일이 생기면 얼굴을 붉히며 요란하게 화를 냈다. 이렇게 몽롱한 눈으로 부드럽게 예비 며느리를 바라보며 자분자분 말하는 부모님은 자신이 알지 못하는 낯선 사람들 같았다. 심지어 며느리가 소외감을 느끼면 안 된다며 친지와 회사 사람들 정도만 부르고 스몰웨딩을 하자는 말씀까지 아버지 입에서 나왔다. 삼 년 전 형이 결혼할 때 '그동안 축의금 뿌린 걸 받아야 한다'며 친척과 지인들에게 청첩장을 몇백 장 돌리던 모습을 생각하면 희한한 일이었다. 얼떨떨한 김명식 대리의 눈앞에서 박영지는 차분히 앉아 미소 짓고 있었다.

결혼식은 착착 진행되었다. 사정이 그러다보니 양가 간에 오갈 예물이 생략되었고, 박영지가 결혼사진과 비디오를 거창하게 찍기 싫다고 해서 드레스와 메이크업만 예약했다. 아버지 어머니는 가까운 친지들에게만 청첩장을 돌렸다. 이 모든 일이 그렇게 흘러가는 것을 김명식 대리는 마치 꿈속에서 벌어지는 일을 구경하듯이 바라보았다. 자신이 곧 유부남이 된다는 것도, 박영지가 자신의 아내라는 것도 실감이 나지 않았다. 시간이 가면 갈수록 마음속에서 경보음이 계속 울리는 것 같았지만, 이미 액자처럼 꽉 짜인 일정과 무슨 일이든 '그럼 그렇게 한다고 알고 있는' 부모님 사이에서 손 하나 까딱할 수가 없었다. 오월 화창한 날, 겨우 스무 명 남짓 모인 하객들 앞에서 주례가 성혼선언문을 읽고, 하객들이 사진도 제대로 찍지 않고 식당으로 흩어지는 것을 지켜보면서도 '무슨 결혼식이 이러냐' 하는 항의 한마디 할 수 없었다. 자신의 결혼식인데도.

그 전에 섹스를 해보지 않은 것은 아니었지만, 박영지와 보낸 첫날밤은 김명식 대리에게 충격과 공포, 트라우마를 선사했다. 이국의 호텔 방에서 샤워를 마친 후, 침대에 누운 신부를 안으려던 김명식 대리는 어깨를 휘감아오는 박영지의 두 팔에 이끌려 먼저 키스부터 했다.

"아……."

그러고 보니 김명식 대리는 보통의 열정적인 연인들이라면 결혼식 전에 이미 저질렀을 법한 혼전섹스도 하지 않았다. 참은 것이 아니라 아예 섹스 생각도 나지 않았다. 그동안 박영지와 주고받은 것은 몇 번의 포옹과 키스뿐이었다. 왜 그랬을까. 그 생각을 하자 아랫도리에 뜨거운 힘이 불끈 들어갔다. 여느 때보다 더 진하게 감겨오는 키스에 자신도 모르게 신음을 흘리는 순간, 갑자기 시야가 빙글 뒤바뀌었다.

박영지를 내려다보고 있던 김명식 대리의 시점이 엉거주춤 위에서 몸을 숙이고 있는 남자를 쳐다보는 여자의 시점으로 변했다. 김명식 대리는 놀라 비명을 지르려고 했으나, 그

소리는 남자의 두툼한 입술에 먹혀 버렸다. 크고 거친 손이 그의 엉덩이와 가슴을 거머쥐었다. 가슴… 가슴? 가슴이 달려 있을 리가 없잖아. 김명식 대리는 자신이 미쳤거나 꿈을 꾸고 있다고 생각했다. 꿈이 아니고서야 이런 일이 있을 수 있겠는가. 너무나 익숙한 김명식 대리의 손가락과 혀가 너무나 낯설게 김명식 대리의 몸을 애무하고 있었다. 김명석 대리는 뺨을, 아니면 아쉬운 대로 허벅지라도 꼬집어보고 싶었지만, 80킬로그램이 넘는 자신의 몸에 짓눌려 팔도 꼼짝하지 못했다. 무겁게 실려 오는 몸뚱이를 당장에라도 밀쳐내고 싶었으나 혼이 나갔는지 힘이 쭉 빠져 몸이 마음대로 움직이지 않았다. 정열에 들뜬 듯이 거친 손길이 가슴과 엉덩이, 다리 사이를 애무한 지 시간이 얼마나 지났을까. 김명식 대리의 온몸이 뜨거워지고 아랫배가 솜털로 쓸어낸 듯 간지러워지면서 다리 사이가 천천히 젖어 들었다. 드디어 김명식 대리의 성기가 김명식 대리의 질구를 파고드는 것을 느끼는 순간, 김명식 대리는 그 공포스러운 경험을 감당하지 못해 혼절해 버렸다.

대출을 끼워 얻은 회사 근처의 24평 아파트에서 결혼 생활은 느리고 조용하게 흘러갔다. 언제부터인지 모르게 박영지는 회사에 가지 않고 집 안에만 틀어박혀 있었지만, 김명식 대리는 그것을 당연하게 생각했다. 머릿속에서 의문이 떠오를라치면 '어차피 계약직이었잖아. 언제 관두든 뭐가 중요해.' 하는 생각이 더 크고 진하게 일어 그 의문을 지워버렸다. 아침 출근 전, 저녁 퇴근 후 나누는 키스도 일상적인 것이 되었다. 부부 간에 매일 타액을 교환하는 진한 키스가 일상적인가 하는 생각이 문득 들 때도 있었지만, 박영지와 입술을 겹치고 혀를 얽는 행위는 하면 할수록 농밀한 쾌감을 선사했다. 첫사랑에 빠진 소년이 애인에게 바치는 첫 키스처럼 뇌를 똑바로 관통하는 전기적인 쾌락에 온몸이 후두두둑 녹아내리는 것 같았다. 만약 유체이탈을 해서 조금 떨어진 곳에서 그 장면을 지켜볼 수 있다면 둘의 입술 사이에서 파란 형광색 빛이 지지직거리는 모습도 생생하게 볼 수 있었을 것이다. 그 키스 앞에서는 사랑도 섹스도 중요하지 않을 것만 같았다. 실제로 김명식 대리는 신혼여행 동안 몇 번의 밤을 불태운 후에는 섹스리스로 지내고 있었다. 그러나 그 밤의 느낌이 어땠는지 되새길라치면 머리가 아팠기 때문에 그 생각도 그만두었다. 회사 일은 여전히 바빴고, 저녁 늦게 집에 돌아오면 식사가 차려져 있고 세탁과 청소, 설거지가 되어 있는 것만 해도 혼자 지낼 때보다 훨씬 편했다. 그에게 식사를 차려주고 인사를 할 때 외에는, 박영지는 늘 조용한 가구처럼 작은 방에 들어박혀

인터넷을 하거나 뭔가 만들고 있었다. 남들이 다 한다는 신혼 다툼도 한 번 없었다. 이 정도면 그럭저럭 평화로운 결혼 생활인 것 같았다.

그렇게 계절이 지나갔다. 땡볕과 무더위가 기승을 부리다가 날이 선선해지면서, 추석이 다가왔다.

김명식 대리는 회사에서 받은 선물 세트를 차 트렁크에 넣었다. 혼자 살 때는 짐이 많다고 느끼지 못했는데, 이박 삼일 동안 두 사람이 입을 옷과 쓸 물건들, 부모님과 형님께 드릴 선물, 박영지가 갈아입을 한복까지 넣으니 트렁크가 꽉 찼다. 결혼 후 첫 추석을 맞는 김명식 대리는 운전을 하면서 조심스럽게 말을 꺼냈다.

"집에 가면 내가 못 도와준다. 우리 어머니 아버지 구식이셔서, 내가 부엌에 얼씬도 못하게 하셔. 당신이 이해해 줘. 대신 내일 될 수 있는 대로 일찍 올게."

그렇게 말하면서도 김명식 대리는 조금 미안해졌다. 평소에 형수가 있던 시간을 생각해 보면 '될 수 있는 대로 일찍'은 오후 늦게나 될 터였다. 그런데 박영지는 가볍게 대답했다.

"으응, 그럼."

너무 산뜻한 대답이라서 당황스러울 정도였다.

그들은 느릿느릿 고속도로를 타고 내려갔다. 차 안에서는 김명식 대리도 박영지도 말이 없었다. 박영지는 조수석에 앉아 뭔지 모를 새끼손가락만 한 장치를 만지며 알 수 없는 노래를 흥얼거렸다. 차에서 내릴 때 보니 그 장치는 어느새 사라졌다.

12층으로 올라가는 엘리베이터 안에서 박영지는 김명식 대리의 목을 휘감고 진하게 키스했다. 김명식 대리의 머리끝부터 발끝까지 온몸이 전기에 감전된 듯 짜릿해졌다. 성적 흥분이라기엔 과한……

생각을 채 마치기도 전에 문이 열리고 어머니가 둘을 반갑게 맞았다.

"어서 와라. 오래 걸렸지? 새아기는 오느라 힘들지 않았니?"

"네, 괜찮았어요. 이 사람이 운전하느라 힘들었죠, 뭐."

박영지는 활짝 웃으며 대답했다. 집에서는 통 못 보던 표정이었다.

"새아기는 운전할 줄 몰라? 요새 젊은 사람들은 다 운전한다던데. 새아기도 운전하면 번갈아 운전해 오고 좋잖아. 명식이도 덜 피곤하고……."

무슨 말인지 더 하려던 어머니의 표정이 갑자기 멍해졌다. 어머니는 말없이 돌아서서 부엌으로 들어갔다. 박영지는 편한 옷으로 갈아입기 위해 작은 방으로 들어갔다. 그때였다.

김명식 대리는 의식이 둘로 분열되는 것을 느꼈다. 하나는 여느 때와 마찬가지로 김명식 대리의 몸속에 있었다. 그러나 다른 의식은 유체이탈을 해서 박영지를 따라가는, 아니 박영지의 몸에 가두어진 채 끌려가는 느낌이었다. 김명식 대리는 저도 모르게 눈을 둥그렇게 떴다가, 어서 들어가라고 재촉하는 어머니의 손길에 이내 안방으로 들어갔다.

김명식 대리에게는 이상한 명절이었다. 한편으로는 여느 명절과 똑같았다. 김명식 대리는 안방에 들어가 아버지와 형에게 인사를 하고, 텔레비전 앞에 앉아서 어머니가 내온 과일을 한 쪽씩 집어먹었다. 그런데 영 몸도 마음도 편치 않았다. 한쪽의 의식은 박영지와 함께 앞치마를 두르고, 전을 부치고, 나물 간을 보고, 접시를 씻고 있었다. 아니, 박영지의 의식은 얄밉게도 일할 때 뒤로 살짝 물러서 김명식 대리가 일을 도맡아 하도록 만들고 있었다.

"애, 호박전은 그렇게 눌 때까지 부치면 못 쓴다. 얌전히 살짝 색깔만 나도록 해야지."

'아, 엄마, 내가 그걸 어떻게 알아?'

분명히 말이 입 밖에 튀어나왔다고 생각했는데 사실은 바보처럼 입을 벌리고 있었다. 말이 나오려는 순간 박영지가 도로 몸에 돌아온 걸까. 아니면 모름지기 며느리란 그렇게 말해야 한다는 생각이 들어서였을까.

"아하하, 네, 어머니. 제가 잘 몰라서요."

박영지의 맑은 목소리가 귀에 들렸다. 이 귀는 내 귀이뇨 박영지의 귀이뇨. 나는 나인가 박영지인가 박영지인 척하는 나인가 나인 척하는 박영지인가. 김명식 대리는 때 아닌 나비에 빙의해, 안방에 앉아 배를 먹다가 멍하니 허공에 포크를 떨어뜨렸다. 얌전히 깎인 하얀 배 조각이 포크에서 빠져 바닥에 부딪치며 김명식 대리의 의식처럼 둘로 파삭 부러졌다.

추석이 지나고 아직 설까지는 한참 남은 11월 첫날, 김명식 대리는 박영지와 이혼했다. 추석 때 집에 다녀온 후부터 김명식 대리는 점차 머리가 맑아지기 시작했다. 그는 맨 처음 박영지와 자신 사이에 아무런 호감도 악감정도 없다는 것을 깨달았고, 박영지와 자신은 완전한 타인이라는 것을 자각했다. 마치 어디선가 빠진 나사나 태엽이 다시 돌아와 김명식 대리의 정신을 조이는 것 같았다. 그럴수록 박영지와 그 사이의 연관은 희미해졌다. 나중에는 정말로 그와 박영지가 혼례식을 올렸는지, 올린 다음에 함께 밤을 지냈는지도 알 수 없었다. 결국 10월의 마지막 날 그는 퇴근 후 박영지에게 말했다.

"우리 이혼하자."

그 말을 들은 박영지의 눈이 반짝 빛났다.

"생각보다 오래 걸렸네. 추석 때 돌아오고 장치 제거했으니 일이주면 당신 입에서 그 말이 나올 줄 알았는데. 당신 정말 보기보다 현상에 안주하는 타입인가 봐."

김명식 대리는 박영지의 입에서 나오는 말이 무슨 뜻인지 알 수 없었다. 박영지는 어리둥절한 표정을 짓고 있는 그에게 씩 웃어보였다. 그녀의 흰 이빨이 유달리 시리게 느껴졌다.

"알았어. 우리 이혼하자. 내가 다 알아서 할게."

다음 날 아침, 김명식 대리는 깨어나자마자 허전함을 느꼈다. 있던 것이 없어진 느낌, 뭔가를 잃어버린 느낌. 그런데 그것이 무엇인지는 전혀 생각나지 않았다. 하지만 그것을 찾기 위해 골똘히 생각하기는 어쩐지 꺼림칙했다. 애쓰지 않아도 때가 되면 생각나리라고 스스로를 다독이며, 김명식 대리는 출근을 하고 일을 하고 퇴근했다. 그렇게 며칠이 흘러가도, 무엇을 잃어버렸는지 그는 알 수 없었다. 지난 몇 달 동안 때때로 기억나지 않는 시간들에 무엇을 했는지, 알 수가 없었다.

*

    24억 년 전쯤, 앙클레인들은 퀘이사 3C 273에 관측용 나노머신 발사기를 설치했다. 유망한 퀘이사를 만날 때마다 외우주 탐사대가 늘 하는 일이었다. 무수히 많은 나노머신이 퀘이사가 방출하는 에너지를 타고 우주를 떠돌다가, 행성을 만나면 정착한다. 그 행성에 지능형 거주 생명체가 없을 경우에는 행성 표면에서 계속 기다리며 기초 정보를 채집한다. 그러나 우세한 지능형 거주 생명체가 있을 경우 그와 비슷한 형태로 변태해 행성 정보를 수집한다. 변태 과정에서 나노머신에 탑재되었던 AI가 활성화해 정보 수집에 차질이 없도록 한다.

    생체형 안드로이드 SCCI-3641과 SCCI-9217은 그렇게 지구에 도착했다. 그들은 지구에 적당한 시간이 오기를 기다렸다. 그들은 지성체 문명이 나타나기를 기다렸지만, 인류 문명이 어느 정도 발전하기 전까지는 이 새로운 종이 지구의 우세종이 되리라고 확신하지 못했다. 인류보다 훨씬 더 강대했던 공룡들도 문명의 전 단계에서 좌절했으니까.

    그들은 계속 기다렸다. 산업혁명이 일어나기를 기다리고, 인간들이 두 번의 큰 전쟁을 치르는 동안 기다렸다. 기다리고 지구 이곳저곳을 답사하면서 각자 남성형, 여성형으로 의태하고, 적당히 넓으며 세계에서 변화가 가장 빠르게 일어나는 지역에 거점을 설치했다. 다행히 그들이 정착한 나라의 국민들은 책과 교육을 숭앙하는 문화를 갖고 있었다. 서점으로 위장한 관측소를 세우고 적당히 사람들과 거리를 두며 정보를 수집하는 일은 별로 어렵지 않았다.

SCCI-3641과 SCCI-9217은 각각 남자와 여자 형태를 지니고 있었지만, 그들에게 성性이란 편의상 취한 형태일 뿐 별 의미가 없었다. 가끔 그들은 지구의 인간들이 인간의 여러 측면 중에서 성에 그렇게 큰 의미와 구조를 부여하는 모습에 놀라고 신기해했다. 앙클레인들에게 성은 한 개체의 존재를 구성하는 여러 가지 면 중 하나일 뿐, 그다지 큰 의미가 없었기 때문이다. 그러나 지구 대부분의 문화에서 성은 생김새와 근력의 차이만 결정짓는 것이 아니라, 그들이 속한 경제와 문화와 사회 생활의 모든 역할을 규정했다. 그들은 그 문제에 대해 여러 번 토론했는데, 대부분은 어느 한쪽이 한숨을 쉬며 '백 년이 다 되어 가는데도 지구인의 생태는 아직도 알 수가 없다니까.' 하고 한탄하는 것으로 끝났다. 그러던 어느 날 SCCI-3641이 불쑥 말한 것이다.

"우리는 결코 알 수 없는 게 아닐까? 지구인으로 태어나 실제로 경험해 봐야만 아는 것도 있지 않을까."

그 말은 '경험은 앎의 한 경로일 뿐'이라는 지론을 가진 SCCI-9217의 심기를 건드렸다. 그는 화를 내며 말했다.

"체험에 비이성적으로 숭고한 가치를 부여할 필요가 있어? 우리는 지구인의 생태를 이해하기만 하면 돼. 그게 꼭 직접적인 체험일 필요는 없다고."

"글쎄… 과연 그럴까? 지구에 대한 통계적 자료를 얻기는 쉽지만, 난 아직도 그들이 머릿속에 무슨 생각을 갖고 사는지 모르겠어. 언제가 되어야 알 수 있는지도 모르겠고."

"그래……?"

그 후 몇 달 동안 SCCI-9217은 두어 가지 장치를 만드는 데 몰두했다. SCCI-3641은 어깨를 으쓱하고 내버려 두었다. 무슨 문제에 빠지면 몇 달, 심하면 몇 년 동안 잠을 안 자고 밥도 안 먹고 해결에 매달리는 SCCI-9217의 성격을 알고 있었기 때문이다.

그리고 어느 날 SCCI-9217은 자신이 만든 장치를 갖고 사라졌다. SCCI-3641은 별로 놀라지도 않고 다시 어깨를 으쓱했다. 어차피 지구상에 SCCI-9217을 해칠 수 있는 생물은 없을 것이다. 오히려 그는 일 년도 안 되어 SCCI-9217이 불쑥 돌아왔을 때 더 놀랐다.

"벌써 돌아왔어?"

작은 여행 가방을 든 SCCI-9217은 의기양양하게 대답했다.

"이번에는 확실히 네가 틀렸으니까. 꼭 경험해야만 알 수 있는 건 아니더라고."

SCCI-9217이 떠난 지 거의 일 년이 되어가지만, 그들은 바로 어제 만났다가 헤어진 사람들처럼 자연스럽게 대화를 이어갔다.

"그래? 뭘 어떻게 알아냈는데?"

"자기공명 가속기록장치를 지구인들의 몸에 넣어 뇌에 저장된 기억을 읽어내 저장했어. 그다음 내 뇌를 VR 모드로 놓고 다시 재생해 보았지. 분자 차원의 뇌세포 기억까지 흡수해 고속으로 재체험해 보니, 지구인의 행동 패턴에 대해 궁금하던 점이 많이 해소됐어. 취업도 해보고, 만만한 놈을 골라 결혼도 해보았는데 과연 신선한 경험이긴 했어."

"뭐? 관찰 대상에 너무 간섭하는 건 윤리적으로 문제가 있잖아."

SCCI-9217이 어깨를 으쓱했다.

"별로 간섭한 것 없어. 처음에 취업할 때, 그다음 관찰 대상들과 키스하기 위해 마취 파동을 보내고 호감을 불러일으키는 강한 최면파를 사용하긴 했어. 의미를 가질 정도로 집적된 기록 장치를 뇌까지 직행시키려면 타액 교환이 최고로 빨랐거든. 그다음에 일어난 일은 전부 나, 그러니까 '박영지'라는 여성과 관계가 있을 뿐이야. 하지만 박영지에 대해서 남아 있는 기록은 없어. 인사 기록은 남아 있지 않을 테고 혼인신고서도 안 썼어. 남은 건 지구인들의 기억뿐인데, 이제 박영지가 사라졌으니 기억도 점차 희미해질 거야. 현실의 자잘한 파편에 맞다 보면 뭐가 뭔지 모르게 되고, 나중에 돌이켜보면 벽의 평면처럼 밋밋하고 평평한 기억만 남을 걸. 어딘지 이상한 점이 있던 박영지라는 사람의 기억은 먼 옛날 별 관심 없이 보고 지나쳤던 초등학교 동창에 대한 추억처럼 사라지는 거지."

SCCI-3641은 불안한 듯이 검지와 중지 손가락을 빠르게 까딱거렸다.

"정말이야? 다른 영향은 없을 것 같아?"

SCCI-9217은 자신 있게 고개를 끄덕였다.

"응. 또 재미있는 것도 알아냈어. 일시적이기는 하지만 의식 중첩 상태에서, 그러니까 원 대상의 의식이 사라지지 않은 상태에서 내가 다른 대상들의 기억을 융합해 원 대상의 몸과 마음에 학습시키고 조종할 수도 있었어. 그뿐인 줄 알아? 짧은 시간이지만 내 의식 패턴을 대상에게 덮어씌우고 대상의 의식을 내게 옮겨 놓을 수도 있었어. 심지어 내 의식으로 두 개의 몸체를 조종할 수도 있었다고! 말하자면 두 개의 몸을 동시에 제어해 단말 같이 이용할 수 있었어. 아직 원격으로는 무리지만, 이렇게 단말을 이용하면 네 말대로 '직접 경험'이 가능해지네? 그러면 정보 전달 압축률도 향상할 테고 정보 수집에도 큰 진전이……."

"네 왕성한 실험 정신은 알지만 그건 좀, 너무 나간 것 아니야?"

이번에는 SCCI-9217이 발끈했다.

"넌 왜 그렇게 물러 터졌니? 지구에 앙클레의 정보수집원만 와 있을 것 같아? 내가 다니던 회사 1층 테이크아웃 커피 전문점 주인은 뭐 지구인인 줄 알아? 그 집 테이블과 의자에, 아니 지구인들이 마시고 쌓아놓는 일회용 컵에 뭐가 붙어 있을지 어떻게 알아? 다들 안 한다고 하면서도 이래저래 지구인들의 삶에 간섭해 가며 정보 수집을 하고 있다고. 우리도 그들의 삶을 너무 휘저어 놓지 않는 한에서는 정보를 수집할 자유가 있는 거야."

그러더니 SCCI-9217이 킥킥 웃었다.

"관찰 대상들의 기억을 뒤지다가 알아냈는데, 지구인들은 스마트폰이 등장하면서 UFO가 사라졌다. 따라서 UFO는 뒤처진 사진 기술을 이용해서 벌인 사기극이라고 생각하고 있더라고. 자기네들이 스마트폰을 발명하는 동안 다른 지성체들이 UFO 같은 게 없이도 지구를 누빌 기술을 발전시켰다고는 왜 생각을 못 하나 몰라. 늘 자기들만 진보하는 줄 아는 생명체라니, 정말 연구 대상이야."

　SCCI-3641은 한숨을 쉬었다. 꼼꼼하게 규칙을 지키는 쪽을 좋아하는 SCCI-3641로서는 가끔 자기보다 원칙이나 윤리에 대한 관념이 희박하고 자유분방한 SCCI-9217을 감당하기 버거울 때가 있었다. 그러나 그는 의식 없는 나노머신일 때부터 몇억 년 동안 같이 지낸 이 동료를 아끼고 사랑했다. 그의 이런 맹목성과 고집, 저돌성까지도. 그래서 그는 SCCI-9217을 이길 수가 없었다. 어찌되었든 그는 길어봤자 겨우 백 년 동안 살아가고 세대가 바뀌는 지구인보다 SCCI-9217과 더 많은 시간을 함께했고, 앞으로도 그럴 테니까.

舅壻談

구서담

이한

서울대학교 동양사학과 대학원을 졸업했다. 동서양을 막론하고 재미있는 역사 이야기면 아무래도 좋다고 생각하고 있으며, 말썽쟁이 고양이 꼬마의 사료값 및 노후를 위해 일하고 있다. 지은 책으로 『조선기담』, 『나는 조선이다』, 『요리하는 조선 남자』, 『역병이 창궐하다』 등이 있고, 『조선왕조실록』의 해설을 담당했다.

"문득, 금강산을 이 눈으로 보고 싶어졌습니다. 모든 건 거기에서부터 시작되었지요."

선비는 그렇게 이야기를 시작했다.

*

그날은, 그래. 밤을 새워 글공부한 다음 날이었다. 선비는 산책을 나섰다. 머리를 식힐 겸 좋은 풍경을 보며 시를 짓거나, 아니면 활을 쏴볼 참이었다. 그래서 마른냇골에 사는 친구에게 다녀오려고 말을 하나 빌려오기도 했다. 원래대로라면 말구종 한 명은 데리고 가야 했지만, 혼자 가기로 했다. 그렇게 필동을 나서 북악산 기슭을 오르니 나랏님 계신 대궐이 한눈에 내려다보였다. 때는 마침 봄의 시작인 입춘이었으니, 바람도 완연히 따스해져 지켜보는 사람의 마음도 흥에 겨웠다. 그렇게 봄의 여운을 즐기다가 느닷없이 생각했다. 이곳이 이렇게 아름다우니 금강산 일만이천 봉은 얼마나 아름다울까. 그렇게 생각하자 보고 싶어졌고, 보고 싶으니 가고 싶어졌고, 선비는 그대로 사대문 밖으로 말을 몰았다.

— 여행 준비는 전혀 하질 않은 채.

소지품이라 해봐야 아침에 차고 나선 각궁 하나에 화살 한 통이 전부였다. 남들이 보면 미친 짓이라 하겠지만. 아니, 분명히 미친 짓이었다. 그렇게 동쪽으로 한참을 갔다. 언덕을 넘고 산을 오르다가 어느새 말도 지쳐버리고 배도 고파졌다. 하지만 정말 가진 게 아무것도 없었다. 주변에 인가는 찾아볼 수 없었고, 여행하는 장돌뱅이도 없었으니 길을 물어볼 수도 없었다. 활로 토끼나 새를 잡아 요기해 볼까 했으나, 그렇게 만만하게 잡히는 동물도 없었다. 결국 선비는 길가에 흐르는 냇물로 목을 축이고 배도 채웠다.

한참을 동쪽으로 향하던 선비가 '이럴 줄 알았으면 집에 냉큼 돌아갈걸.' 하고 후회한 것은 해가 서쪽으로 한참 기울어진 뒤의 일이었다. 이제 어디서 밤을 지새워야 하나, 마음이 조급해졌다. 바로 그런 마음에 큰길이 아닌 오솔길을 따라간 게 문제였다. 얼마나 갔을까, 듬성듬성 솟아난 아주까리 덤불에 가려져 길은 없어졌고, 왔던 길을 돌아가려고 해도 여기인지 저기인지 알아볼 수가 없었다. 야단났다. 그러는 사이에 노을이 서쪽 하늘 자락을 벌겋게 물들이고 있었다. 이대로 밤이 되면 어쩌나. 들짐승, 특히 범이라도 나오면 꼼짝없이 잡아먹힐 터. 선비는 초조해지는 마음을 억누르며, 지치고 겁에 질려 더 이상 걷지 않으려는 말의 고삐를 끌고 한참을 걸었다.

홀연히, 눈앞에 인가가 나타났다. 선비는 혹시 꿈이라도 꾸는 게 아닐까 해서 두 눈을 비볐다. 그냥의 집도 아니고, 담과 행랑채가 갖춰진 큼직한 저택이 있었다. 하지만 담은 군데군데 무너져 있었고, 기왓장도 한쪽으로 기울어 위태위태했으며 곳곳에 아주까리와 삼, 여뀌가 무성히 자라나 있었다. 한때는 참으로 근사한 저택이었을 텐데, 어쩌다 이렇게 망가졌을까? 사람이 살지 않는 흉가가 아닐까, 하는 걱정도 잠깐. 희미한 빛이 있었다. 무너진 벽 사이로 주홍색 불빛이 일렁이는 게 보였다.

어떻게 이런 곳에 등잔불이 켜져 있을까. 산적일까, 요괴일까? 아직 해가 가라앉지도 않았거늘, 아니, 그렇기에 오히려 이상했다. 왜 불이 밝혀져 있을까. 두렵다기보다 기이했다. 누구기에 이렇게 깊은 산속에 산단 말인가. 그래도 아무것도 없는 산야에서 이슬을 맞으며 자느니 바람이라도 막으며 잘 수 있다면 나을 듯했다. 선비는 반쯤 부서진 문을 두들기며 목소리를 높였다.

"이리 오너라!"

바스락. 문 너머에서 아주 작지만 소리가 들렸다. 안에 무언가 혹은 누군가가 있었다. 선비는 반가운 마음을 누르며 다시 목소리 높여 "이리 오너라." 하고 외쳤다. 그러자 아주 작게 "뉘신지요……?" 하는 목소리가 들렸다. 작고 가느다란, 아가씨의 목소리였다. 이런 외진 곳에 젊은 처자라니. 선비는 흠, 헛기침을 하며 목소리를 가다듬었다.

"지나가던 과객이오. 날이 늦었는데 길을 잃었소이다. 하루만 쉴 곳을 내주실 수 있겠소이까?"

"잠시만 기다려주십시오."

삐거덕, 부서져 가는 대문이 빠끔히 열리더니 이제 열네댓 정도 먹은 듯한 소녀가 얼굴을 살짝 내밀었고, 그 순간 선비는 그 자리에서 주저앉을 뻔했다. 파리하다 못해 하얗고 해쓱한 얼굴이지만 이목구비는 곱고 단정했고, 눈처럼 하얀색 소복을 차려입었는데 같은 색의 머리카락을 곱게 댕기로 땋아 내렸다. 백발 소녀라니. 마음고생이 심하면 젊은 나이에 머리가 세기도 한다지만. 겨울 아침 서리처럼 반짝이는 속눈썹 아래의 눈동자는 개나리처럼 샛노랬고 동공은 아래위로 쪽 찢어져 있었다.

사람의 눈이 아니다. 보는 것만으로도 소름이 쪽 끼쳤지만 선비는 애써 태연한 척 말을 건넸다.

"어, 음, 집에 다른 어르신은 아니 계시오?"

선비의 물음에, 소녀는 고개를 좌우로 저었다.

"없습니다. 이 집에 있는 것은 저뿐이옵니다."

"그럼, 다들 어디 나가신 것은…….'

"아닙니다. 저 혼자입니다. 보시다시피 초라한 집이오나 객이 쉬었다 가실 수는 있사옵니다만… 그래도 여기는 위험하니 어서 떠나시옵소서."

"그게 대체 뭔 소리요?"

"자정이 되면 사람을 잡아먹는 무시무시한 요괴가 찾아오기 때문이지요."

그 말에 깜짝 놀란 선비는 자신도 모르게 소녀를 똑바로 바라보았다.

"이제까지 이 집에 묵은 객이 여럿 있었습니다만, 모두 날이 밝기 전 요괴에게 숨이 끊어지고 말았습니다. 오늘 밤에도 그 요괴가 반드시 찾아올 것이옵니다. 목숨은 천금처럼 중한 것이니 선비님께서는 어서 멀리 달아나십시오."

소녀는 정말 슬픈 목소리로 말하고 있었지만, 살며시 손을 내밀어 선비의 옷자락을 붙잡았다. 소녀의 하얀 치마폭 아래로 하얀 꼬리가 불쑥 튀어나온 것은 바로 그때였다. 짐짓 엄숙한 표정과는 다르게 꼬리는 살랑거리며 바닥을 쓸었다. 이쯤 되면 모르는 척해 주는 것도 참으로 힘들었지만, 굿을 보러 갔으면 장단은 맞춰줘야 하는 법. 선비는 온 힘을 다해 걱정스러워하는 목소리를 꾸며냈다.

"아니, 어찌 그런 변고가 벌어질 수 있단 말이오……. 관아에 알리지는 않았소?"

"이곳은 길도 없는 첩첩산중입니다. 그 먼 관아까지 어찌 알리러 간단 말씀이십니까? 설령 알린다 해도 아무도 도와주러 오지 않을 겁니다."

"그럼 어서 자리를 피할 것이지, 어째서 이렇게 위험한 곳에 머물고 있단 말이오?"

"여기는 제 집입니다. 일전 크나큰 역병으로 어머니와 형제들 모두가 횡액을 당하고 소녀만이 살아남았을 때, 대감마님께서 저를 거두어 주셔서 여기서 살았사옵니다. 그런데 어찌 이 집을 버리고 떠날 수 있겠습니까?"

"대감마님?"

또 다른 사람이 있다는 것일까. 아니 또 다른 요괴일까. 소녀는 대답하는 대신 소매로 눈가를 문질렀다.

목소리는 슬픔에 잠겨 있었지만, 흘끔흘끔 선비를 바라보는 눈동자에는 말간 호기심이 가득 차 있었다. 이리저리 흔들리던 하얀 꼬리는 소녀의 발목을 둥그렇게 감쌌다.

그때, 뎅― 하고 종이 울렸다.

"어느새 술시戌時가 되었사옵니다."

"그걸 어떻게 알았소?"

선비의 물음에, 소녀는 오히려 이해할 수 없다는 듯이 고개를 갸우뚱했다.

"방금 종이 울리지 않았습니까."

"아니, 대체 누가, 어떻게 종을 울렸단 말이오?"

소녀의 말에 선비는 진심으로 놀랐고, 그 이상으로 궁금해졌다. 종이 울려서 시간을 알리고, 그러면 도성의 문은 열리고 닫힌다. 하지만 그것은 여기서 백 리는 떨어진 한성에서나 하는 일이었다. 이렇게 사람도 길도 없는 산속에서 누가 종을 쳐서 시간을 알린단 말인가.

"이 집에는 경루更漏가 있사옵니다."

"경루라니, 혹시 물시계 말이오? 그런 게 어째서 여기에 있지. 혹시 보여줄 수 있겠소?"

그러자 소녀의 노란 눈동자가 갸우뚱 흔들렸고, 말없이 문을 열었다.

저택 안쪽은 바깥에서 본 것만큼이나 황폐했지만, 그 가운데 우뚝 서 있는 '그것'을 보자, 금방 곡절을 알 수 있었다. 비록 많은 것들이 썩고 무너져 있었지만 전혀 그렇지 않은 곳들이 있었다. 저택 마당 한가운데에 어른의 팔꿈치만 한 크고 검은 바퀴가 덜그덕 덜그덕 소리를 내며 돌아가고 있었다. 하지만 놀랍게도 그걸 움직이는 사람도 동물도 없었다. 산비탈을 따라 졸졸 흐르는 시냇물이 도랑을 타고 흘러들고, 수차水車를 빙글빙글 돌렸다. 그 돌아가는 바퀴가 또 다른 바퀴를 돌리고, 그게 또 다른 것을 돌려서 마침내 사랑채로까지 이어졌다. 입 구口 자로 만들어진 저택의 한복판에는 듬직한 청동 기둥 넷이 세워져 있었는데, 놀랍게도 전혀 녹슬어 있지 않았다. 기둥 하나의 끝부분이 깨져 있었고, 그 속으로 작은 종과 망치가 보였다. 방금 전의 소리는 이 종에서 났으리라.

"초시와 자정마다 저절로 종이 울려 시간을 알려줍니다."

선비는 경루를 한 바퀴 빙글 돌아보며 입을 딱 벌렸다. 틀림없는 경루였고, 그것도 놀라웠다. 여기저기 녹슨 곳은 있었지만 제대로 돌아가는 데는 아무 문제가 없어보였다. 수차나 물레방아를 써서 도랑에 물을 대거나 곡식을 찧어 가루로 만드는 장치는 그리 흔하지 않았고, 있어도 툭 하면 고장 나서 없느니만 못한 것들이 많았다. 하지만 이렇게 사람의 손 없이도 잘 돌아가는 정교한 기계가 있다니, 이런 것은 대국에서도 보기 어려울 정도가 아닐까. 게다가 어째서 이런 깊고 깊은 산속에 있단 말인가.

"대감마님께서 만드신 것이옵니다."

"대감마님은 대체 어떤 분이시오?"

"이 저택의 주인이십니다. 원래는 한성에서 임금님을 모셨다 하셨습니다만 낙향해 이곳에서 지내셨습니다. 그분이 돌아가신 이후로 저만 남았지만 요괴가 나타나기 시작해서……."

선비는 자신을 이 집으로 이끌었던 등불을 바라보았다. 등불이라곤 하지만 돌로 쌓은 대 위에 호롱을 올린 석탑과 같은 형태로, 바람을 맞지 않도록 반투명한 벽에 싸여 있었다. 처음 보았을 때는 구원의 동아줄 같던 빛이, 이제는 도깨비불처럼 불길하게 느껴졌다.

"혹시, 저 등불도 그 대감이란 분이……?"

"그러하옵니다. 그분께서는, 절대로 꺼지지 않는 불이라 하셨습니다."

선비는 등불, 그리고 저택을 빙 둘러 돌아보았다. 알면 알수록 참으로 기이한 곳이었다.

결국 선비는 하루 묵기로 했다. 소녀는 한 번 더 거절했지만, 곧 "어쩔 수 없지요." 하고 선비를 사랑채로 안내했다. 수상쩍은 미소를 떠올린 채로 말이다.

진실로 끔찍한 처소였다. 문은 다 떨어져 나가고, 먼지투성이 방에는 퀴퀴한 냄새가 났으며 벽에는 손톱자국들이 무수히 남아 있었다. 보료는 핏자국으로 얼룩덜룩한 데다가 썩어서 고약한 냄새까지 났다. 게다가 저녁이라며 나온 소반 위 사발에는 쥐 시체와 지렁이가 담겨 있었다. 도저히 먹을 수도 잘 수도 없겠다고 판단을 내린 뒤, 선비는 그나마 핏자국이 덜 튀어 있는 벽에 비스듬하게 기대어 앉았다. 돌아가신 어머니께서는 보실 때마다 "그 무슨 단정치 못한 자세냐!"라고 펄쩍 뛰셨던 모양새지만 이 방은 누울 수도 앉을 수도 없었으며, 잠들 수조차 없는 곳이었다.

깊은 산속의 버려진 저택. 백발금안에 꼬리까지 달린 소녀. 그리고 저절로 켜지고 움직이는 불과 시계. 게다가 밤이면 찾아오는 요괴. 보통 사람이라면 이쯤에서 걸음아 날 살려라 하며 달아났겠지만. 선비는 아니었다. 이렇게까지 드러내놓고 수상하니 호기심이 동하는 것을 참을 수 없었다. 과연 이 기이한 요물들은 어떤 수작을 걸어 자신을 놀라게 할까.

궁금한 것이 있으면 참아내지 못하는 것이 바로 선비의 기벽이었다. 오래전 함께 공부했던 사학四學의 동무가 한탄했었다. "자네는 궁금한 거 해결하겠다고 제 발로 호랑이 굴에 뛰어들 친구일세."라고. 그때 자정이면 산 중턱의 돌부처가 걸어 다닌다는 소문을 듣고, 그걸 확인하겠다며 달려 나가려는 것을 뜯어말리며 했던 말이었다. 선비는 생각했다. 그 친구를 다시 볼 수 있다면 꼭 말하리라. 네 말이 맞았다고. 다만 그게 호랑이 굴이 아닌 요괴 소굴이었다고. 이처럼 기이하고 요상한 일을 대명천지 어디에서 또 겪어볼 수 있겠느냔 말이다. 고작 그런 이유로 목숨이 위험해지는 일을 하느냐면, 당연히 그랬다. 굉장히 재미있는 일이었으니까. 궁금한 것도 있긴 했고 말이다.

그건 그렇고 옛날 이런 이야길 들어본 적도 있었다. 깊은 산속, 오라비 둘에 누이동생이 함께 사는 가족이 있었다. 그러다 갑자기 집의 소가 하나둘 죽어나가기 시작했고, 밤새워 소 곁을 지키던 큰 오라비의 눈에 들어온 것은 소의 배 속으로 손을 넣어 간을 빼 먹는 누이동생이었다고. 과연 그 이야기는 어떻게 끝이 났던가. 선비가 기억을 더듬으려던 차, 무언가 묵직한 것이 가슴께를 눌렀고, 숨쉬기 답답해졌다. 이게 뭐지. 설마 가위에 눌린 것일까? 선비가 눈을 떴을 때 바로 코앞에 보인 것은 길게 쭉 찢어진 노란색 눈동자였다.

흰색 소복의 소녀가 맨발로 선비의 가슴 위에 올라서 있었다. 발걸음 소리도 인기척도 없었건만, 하얀 머리카락은 산발이 되었고, 날카롭게 휘어진 손톱이 돋아 있었다. 이제 꼬리도 거침없이 드러내고 히야앗, 하고 사람이 낼 수 없는 괴성을 질렀다. 그것은 진실로 요괴였다. 소녀의 날카로운 손톱이 선비의 목을 거머쥐려는 순간. 갑자기 보이지 않는 손이 밀쳐 낸 것처럼 뒤로 밀쳐졌다. 우당탕, 겨우 형태만 남아 있는 장지문을 박살내며 나뒹군 소녀는 깜짝 놀란 듯했지만, 벌떡 네 발로 일어섰다. 선비를 향한 노란색 눈동자는 경계의 빛을 가득 담은 채 형형하게 빛나고 있었다.

선비는 가지고 있는 유일한 무기인 활을 꺼내 들었지만, 화살은 메기지 않았다. 그 순간을 노린 듯이 소녀는 다시금 선비를 향해 달려들었다. 이번에도 튕겨서 흙바닥으로 나뒹굴었지만 말이다. 두 번이나 공격이 실패하자 소녀 요괴의 얼굴에는 당혹이 번졌고, 선비는 그 순간을 노려 가장 위엄 있는 목소리로 외쳤다.

"이제는 알겠느냐? 네가 어떤 용을 써도 내 몸 털끝 하나 상하지 못할 것이다."

"……."

"듣거라. 비록 네가 요괴라 하나 어찌하여 생사람을 죽여 못된 짓을 하려드느냐."

"네놈… 선비님께서는 혹시, 도사십니까……?"

소녀의 말투가 다시금 공손해졌지만, 조금 전 인간인 척하던 때와는 다르게 목소리에 기이한 울림이 있었다. 그야 어쨌든 선비는 재빨리 고개를 저었다. 대과 급제가 인생의 목표인 사람에게 도사가 웬 말이냐. 뭐, 도를 닦아 신통력을 가져 각종 도술을 부린다는 사람이 있다고는 들었지만, 자신은 그 어디까지나 평범하기 짝이 없는 조선의 선비였다. 조금 호기심이 많지만. 조금 오지랖이 심하지만. 그리고 아주 약간 특별할 뿐이었다.

"본디 괴력난신을 논하지 않는 것이 유자儒者이지만, 보이고 들리는 것을 어찌 말하지 않을 수 있겠느냐. 내 아주 어린 시절부터 너희들을 보아왔으니. 이번에도 그리한 것뿐이다."

"허면 선비님께서는 다른 요괴도 만나보셨습니까?"

소녀는 당장 네 발로 살금살금 기어와 선비 옆에 바싹 다가와 앉아 두 손을 모았다. 머리는 까치집이 되고 얼굴에는 흙이 묻었지만, 동그란 노란 눈동자에는 기쁘고 반가워하는 투가 역력했다. 저기, 조금 전까지 죽이겠다고 달려든 것 같았는데? 너무나도 갑작스럽게 태도가 변해 다가오니 선비가 당황해서 슬그머니 물러설 정도였다.

"아, 그래. 몇몇 있긴 하다."

"그렇다면 어찌하면 사람이 될 수 있는지 아시옵니까?"

"사람?"

"소녀가 풍문에 듣기론, 간을 백 개 모으면 사람이 될 수 있다고 하더랍니다. 그래서 쥐와 토끼의 간을 모았지만 그것만으론 아무것도 되질 않아서… 아무래도 사람 간으로 해야 하나 싶어서 이번에 선비님 간을 빼어보려고 했사옵니다. 사람 간을 백 개 모으면 될까요?"

아무래도 오늘 저녁밥이 바로 그렇게 간을 빼고 남은 부산물들이었던 모양이다. 그건 그렇고 이 요괴, 사람 간을 뽑겠다는 이야기를 어떻게 사람에게 물어보고 있나. 선비는 어이가 없었지만 소녀의 노란 눈동자가 그 어느 때보다도 진지하게 빛나고 있어서 차마 딴지를 걸 수 없었다.

"애석하지만 나는 인간이라 모르겠네. 그래서 사람 간은 몇 개나 빼보았나?"

선비의 물음에 소녀 요괴는 새침한 표정을 짓다가 이내 풀이 죽은 듯 어깨를 축 늘어뜨렸다.

"이번이 처음이라……. 어떻게 하옵니까? 사람은 덩치가 커서 가죽도 질겨 보이는데."

"요괴라면 요괴에게 물어봐야지 인간에게 물으면 어쩌누?"

"그야 그렇사옵니다. 하오나 오래전 어머니께서 돌아가시고 형제들도 세상을 떠나 이젠 물어볼 곳도 의지할 곳도 없는 처지이옵니다."

아무래도 아까 말한 사연은 진짜였던 모양이었다. 요괴 주제에 어설프기 짝이 없는 소녀의 양 어깨와 꼬리는 축 처졌다. 그 모습이 어딘지 안쓰럽기도 했지만. 선비는 스스로의 처지가 기가 막혔다. 세상에 요괴에게 죽을 뻔한 것을 넘어서서 질문까지 받아줘야 하다니. 가장 기가 막힌 것은 그걸 또 잠자코 상대해 주고 있는 자신이겠지만 세상 누가 이런 경험을 또 해봤을까 생각하니 조금은 재미있기도 했다. 덕분에 남몰래 후들거리던 다리의 떨림도 좀 줄어들 수 있었고 말이다.

"그대에게도 어미와 형제가 있다면, 천지만물에게서 정과 기를 받아 태어난 생명이 아니던가? 그런데 어찌하여 남의 생명을 해하면서까지 인간이 되고 싶어 하는 건가?"

"제가 되고 싶은 게 아닙니다."

그 순간, 뎅그렁 하고 종소리가 들렸다.

때는 자정이었다. 폐가의 중심에 있는 청동 관의 한가운데가 쩍 하고 갈라졌다. 그 안에서 튀어나온 것은 작은 인형이었다. 얼굴은 하얗게 칠해져 있었고, 검은 바탕에 노랗고 붉은 천으로 장식을 한 금관조복을 걸치고 있었으며, 황금으로 장식된 검은 관을 쓰고 있었다. 인형은 손에 든 막대로 종을 두들겼다. 뎅그렁 뎅그렁 뎅그렁.

그것이 신호가 된 듯 사방에서 요사한 도깨비불이 일었다.

자청색, 녹색, 이 세상 그 무엇도 아닌 색깔의 기이한 불빛이 하나둘 튀었고, 터벅, 터벅, 땅을 울리는 발소리가 산야를 울렸다. 우릉 우르릉. 하늘을 울리고 땅을 찌르는 천둥소리가 퍼졌다. 그것은 하늘과 땅에 가득한 괴이. 인간도 아닌 것이 두 발로 걸으며, 인간도 아닌 것이 사람의 옷을 걸치고 있다.

쿠르릉, 철퇴처럼 묵직한 발소리가 바닥을 굴렀다. 쾅쾅거리는 소리와 함께 흙먼지가 흩날리고 돌조각이 튀었다.

마침내 모습을 드러낸 요괴는 키가 아홉 척이나 되었고, 덩치는 장정 세 사람을 합친 것처럼 거대했다. 몸에 걸친 것은 반짝반짝 빛나는 화려한 옷인데 높은 관리들이 입는 금관조복과 닮았다. 그러나 얼굴 생김은 횃대에 올라선 장닭을 닮았으니, 머리에 눌러쓴 검은 관 아래로 누런 부리가 삐죽하게 솟아났는데, 눈 대신 새까만 구멍이 있었고 그곳에서부터 초록색 눈물이 콸콸 흘러내렸다. 여기에 아주 오래되고 고약한 악취가 코를 찔렀다. 제대로 숨을 쉬기 어려워져 선비는 소매로 코를 틀어막았다. 눈앞이 어질어질해져 이대로는 정신을 잃을 것만 같았다. 장닭 요괴가 킁킁 숨을 들이쉬고 짐승처럼 괴성을 지르자 집 전체가 흔들리는 듯했다.

아이쿠야, 한밤중에 요괴가 나온다는 말이 진짜였구나. 선비는 주섬주섬 활을 집어 들고 이번에는 화살을 메겼다. 요괴를 향해 겨누기는 했지만 성공할 자신은 없었다. 남들은 이 활로 이무기도 잡고 구렁이도 잡고 용도 잡는다지만, 선비는 과녁도 제대로 맞춰본 적이 거의 없을 만큼 활솜씨가 형편없었다. 연습이 부족한 것은 아니었다. 어릴 때부터 공부를 열심히 하는 대신 전쟁희*에 푹 빠져 낮이고 밤이고 친구들과 편을 갈라 뛰어놀았으니까. 덕분에 몸 쓰는 일에는 소질이 전혀 없다는 점은 확실히 알게 되었다. 요괴를 상대로 싸울 수 있을 리 없었다.

요괴 소녀는 "캬앗ー" 하고 위협하는 소리를 냈지만, 이내 방구석에 몸을 웅크리고는 덜덜 떨기 시작했다. 두려워 어쩔 줄 모르고 있었다. 요괴도 무서워하는 요괴란 말인가. 실제로 장닭 요괴가 나타나자 주변 공기는 바싹 얼어붙었고, 서 있는 것만으로도 온몸이 후들후들 떨렸다. 선비의 솔직한 심정을 말하자면 그 옆에 나란히 숨어 있고 싶었다. 요괴라는 것이 언제나 그러했지만, 이처럼 독을 뿜어내는 살벌한 분위기의 요괴는 또 처음이었다. 장닭 요괴는 으르렁대더니 왁 고함을 질렀다. 방금 전의 기괴한 울음소리가 아니라, 분명 의미

---

* 戰爭戱. 편을 갈라 진행하는 조선 시대의 전쟁놀이.

를 가진 말이었다.

"원통하다, 원통하다, 원통하다. 이 땅의 산 자를 모두 죽여도 이 원한은 갚을 수 없구나."

이거 참 걸렸다간 그냥 죽겠구나. 입안이 바짝바짝 마르는 것을 느끼면서, 선비는 유일한 무기인 활을 요괴를 향해 당겼다. 당연하지만 화살은 요괴에게 맞지 않았고… 대신 그 뒤에 있던 기둥을 쳤다. 그러자 기둥이 흔들리면서 지붕의 나무 토막들이 우르르 무너져 내렸다. 요괴는 잠깐 놀란 듯했지만, 이내 선비를 알아보고 괴성을 지르며 달려들기 시작했다. 그 걸음이 어찌나 빠르던지 달아날 틈이라곤 없었다. 쐐액, 바람을 가르며 날아든 장닭 요괴의 부리와 발톱이 당장이라도 선비의 몸을 찢을 것 같았지만, 그러지 못했다. 아까 소녀 요괴에게 그리했던 것처럼 보이지 않는 벽이 막아섰던 탓이다. 소녀는 튕겨 날아갔었지만 장닭 요괴는 그 자리에 멈춰 섰다.

요괴의 텅 빈 눈구멍에서는 그 어떤 반응도 없었지만, 목소리가 띄엄띄엄 천천히 흘러나왔다.

"너… 천명天命을… 받았구나."

"……."

그렇다. 이것이 바로 선비가 거리낌 없이 요괴 소굴 안으로 들어올 수 있었던 이유였다.

"나는 그대를 해칠 수 없다."

지금으로부터 십 년도 더 전. 선비가 아직 천자문을 배우려 동네 서당을 다니던 시절. 처음으로 원귀를 보았다. 상처투성이에 다 헤진 옷을 입은 귀신은 오래전의 원한을 갚겠다며 동무를 죽이려 했다. 원수의 후손이라면서. 왜 선조가 저지른 잘못을 후손이 받아야 하는가? 끝내 동무를 감싸며 막아서던 어린 선비에게 원귀는 그렇게 말했다. "그대는 하늘에 명을 받았으니, 내가 감히 해칠 수 없노라."라고. 그리고 복수를 포기하고 사라져 버렸다.

선비는 자신의 특이한 체질을 그렇게 알게 되었다. 이후로 선비 눈에 '보이는' 이매망량들은 한결같이 말했다. 그대에게는 천명이 있으니 우리가 감히 해할 수 없노라고. '아, 그럼 내가 나라의 큰일을 하여 입신양명을 하겠구나!' 하면서 기뻐한 적도 잠깐 있었는데, 요괴와 원혼들의 시선이 참으로 묘했다. '쯧쯧, 어쩌다가…….' 하면서 혀를 차는 요괴까지 있었으니까. 아무래도 전혀 좋은 게 아닌 듯했다. 대체 그 천명이 뭔지 궁금해 일부러 요괴를 찾아 심산유곡을 돌아다닌 적도 있었는데, 겨우 만난 어느 요괴들은 무엇도 시원하게 대답해 주지 않았다. 그래도 이렇게 다짜고짜 덤벼드는 요괴를 상대할 때만큼은 편했다.

"오냐, 너희 요물들은 감히 나를 해칠 수 없느니라."

그런데 허세를 반쯤 섞어서 호기롭게 외친 선비의 말에 돌아온 대답은 뜻밖의 것이었다.

"어찌하여… 어째서 하늘은 나를 버렸는데 왜 너는 선택받았느냐? 오래전 나도 그러했거늘, 이제는 어째서냐? 원통하다, 원통하다, 원통하구나!"

심장을 찢어내는 듯한 요괴의 절규와 함께, 샛노란 기운이 사방으로 뿜어져 나왔다. 비록 선비는 그 힘의 영향을 받지 않았지만, 흙먼지가 마구 일면서 저택 한복판에 세워져 있던 물시계 기둥이 기울어지는 게 보였다. 그걸 본 순간 선비는 깨달았다. 여기에 머물러 있는 것은 결단코 요괴가 아니었다.

선비는 무기를 들었다. 화살을 쏴서 맞힐 순 없었지만, 거리가 가까우니 활로 때릴 수는 있었다. 또한 오랫동안 전쟁회로 단련했기에 매타작 솜씨만큼은 자신 있었다. 땡, 그 어느 때보다도 커다란 종소리가 들려왔고, 활은 꺾여 나갔으며, 닭의 머리, 아니 그것을 본따 만든 장식이 부서져 나갔다. 그것은 요괴의 머리가 아니었으며 살아 있던 짐승의 머리도 아니었다. 청동으로 만들어진 경루의 장식이었다. 원래 종소리는 닭이 우는 소리를 흉내 내려는 것이었을 터. 언제나 새벽이

오는 것을 알리는 것은 닭이었으니까. 그것은 더 이상 요괴가 아니었다. 사방을 둘러싼 누런 기운이 흩어지고, 지독한 냄새가 한결 옅어졌다.

"아이고 대감마님!"

다급하게 달려온 것은 바로 요괴 소녀였다. 네 발로 달려온 백발의 소녀는 구르듯이 원혼 앞에 엎어졌고, 눈물 젖은 목소리로 외쳤다.

"대감마님, 소녀 구슬이옵니다! 소녀를 알아보시겠사옵니까?"

방금 전 선비의 일격으로 드러난, 이제까지 닭의 머리 아래에 숨겨져 있던 것은 사람, 아니, 자신이 사람이었던 것을 잊을 만큼 오래된 원혼이었다.

"오로지 이 날만을 기다리며 대감마님께서 구해 주신 이목숨 부지하고 있었사옵니다! 도사님, 우리 대감마님을 다시 사람으로 만들어주실 수 없겠소?"

"글쎄 나는 도사가 아니라 하지 않았는가. 청금록青衿錄에서 묵삭墨削될 소리 하지 마시게!"

깜짝 놀라 대답하긴 했는데, 아무래도 이 저택의 요괴는 대감마님이었던 모양이었다. 소녀가 간을 모으려 했던 것도 그때문이었을까. 어차피 요괴가 아니라 원혼이니 간을 모으든

심장을 빼든 별 소용없었겠지만.

시커멓고 일그러진 원혼의 손이 엉엉 울고 있는 소녀의 머리를 쓰다듬었다. 그때 원혼의 붉은 털과 금관조복이 먼지처럼 우수수 부서져 나갔다. 썩은 살이 흩어지고 하얀 뼈만 남았지만, 그것도 부슬부슬 부스러졌다. 이제 희미한 사람의 형체만이 남았다.

소녀의 몸도 자꾸자꾸 작아지더니 작고 하얀 구름덩어리가 되어 원혼의 어깨에 올라탔다.

뎅—.

또 한차례 종이 울렸다.

벌써 그렇게 시간이 흘렀던가? 분명하지 않다. 어쩌면 방금 전 요괴의 소동 때문에 시계가 망가진 것일지도 모른다. 그러나 분명한 점은 밤이 지나면 아침이 찾아온다는 것이다.

"자네에게 신세를 졌군. 감사하네."

조금 전까지 선비를 죽이려 들었던 요괴답지 않게 말하는 대감마님은, 뜻밖에도 평범하게 생긴 사람이었다. 유령답게 얼굴은 창백하고 양다리가 안 보이기까지 했지만. 수염이 더부룩하고 턱이 네모진 게 은근히 사람 좋은 아저씨 인상이었다. 지금은 계면쩍고 기타 등등의 감정으로 복잡한지 고개를 축 늘어뜨리고 있었지만.

올커니, 역시나 이쪽이 진짜였나 보다. 어쩌다 원귀가 되셨습니까, 하고 물어볼 필요도 없었다. 본인, 아니 본혼이 바로 설명을 해줬으니 말이다.

"나는 죄인이었네. 도성에서 쫓겨나 여기에 오게 되었지. 오는 길에 길에서 죽어가던 구슬이를 거두었지. 나는 여기다 집을 지었네. 그리고 기다렸지. 처음부터 과분하게 출세한 것이었거늘, 생전의 나는 끝내 미련을 버리지 못했네. 언젠가 다시 돌아갈 수 있으리라고."

덜거덕, 덜거덕. 쉬지 않고 수차가 돌아간다.

아주까리기름으로 만든 등잔불은 끊임없이 타오르며 밤을 밝힌다.

여기에 있는 모든 것은 언젠가 돌아갈 날을 위해 만든 것.

그분께로.

금관조복을 차려입고 언젠가 찾아올 그분의 부름을 기다렸다.

하지만 그런 일은 없었다.

그렇게 버려진 채 홀로 죽었고 이곳은 버려지고 잊혔다.

허나 잊을 수가 없었다.

사라질 수가 없었다. 상념이, 회한이 사라지질 않았으니까.

원통하고 원통하다. 이대로 죽을 수 없었다.

그리하여 남은 것은 하나의 원귀였다.

"그것이 나의 미련이며 욕심이었으니, 내 욕심이 여러 사람을 망쳤구나. 어리석고 어리석도다. 글도 배우지 못한 내가 하찮은 재주로 과분한 영광을 누리며 살았는데. 이제 그분께서도 살아계시지 않겠고 누구도 나를 찾지 않을 텐데. 어찌하여 한을 털지 못하고 원귀가 되었는지. 그래서 묻겠네, 세상은 어떻게 되었는가. 그분의 나라는 어떻게 되었는가……."

이 말에 선비는 잠깐 고민을 했다. 이 혼백에게 과연 진실을 말해 주어야 하는가. 불과 몇 년 전, 조정에서는 큰 싸움이 벌어졌다. 동쪽에 사는 사람이니 동인이네, 서쪽에 사는 사람이니 서인이네 하며, 편을 가르고 으르렁댔다. 그러다 마침내 서로와 서로를 죽이는 지경에 이르렀다. 나라와 백성을 위해서 온몸을 바쳐 노력해도 부족하거늘 싸움이나 벌이다니, 절대로 이 원혼이 바라던 멋진 세상은 아닐 것이다. 그렇지만 다행히 대감마님은 대답을 바라지는 않았다.

"이미 그대의 얼굴에서 답을 얻었으니, 굳이 말하지 않아도 되네. 과연 그대의 이름은 무엇인가?"

"이항복이라 하옵니다. 본관은……."

"좋은 이름이군."

"그렇다면 어르신의 존함은 어떻게 되십니까?"

"알아서 무엇 하나. 이미 잊힌 것을, 아무도 기억하지 못하는 것을. 내 미혹을 풀어준 점은 진심으로 감사하네. 허나 원귀가 된 내가 수많은 생명을 해쳤으니 어떻게든 갚고 싶구먼."

혼백의 말이 끝나기 무섭게 청동 기둥 하나가 쩍 갈라지면서 안에서 상자가 튀어나왔다. 그것이 열리고, 안에 들어 있던 것은 기름종이에 싸여 단단히 묶여 있는 종이꾸러미였다.

"이것으로 내 잘못의 만분지 일도 갚지 못하겠으나, 그래도 주겠네. 거기 있는 것들은 내가 살아생전에 만들려 했지만 미처 만들지 못한… 아 벌써 열어보진 말고."

이항복은 혼백의 말쯤은 간단히 무시하고 받은 꾸러미를 냉큼 펴보았다. 늘 그랬듯이 궁금함을 참을 수 없었기 때문이다. 누렇게 바랬지만 잘 관리된 종이에는 본 적 없는 이상한 물건이 잔뜩 그려져 있었다.

"주신 건 고마운데 이게 무엇에 쓰는 물건인지 도저히 모르겠는데요?"

"당연히 그러할 것이나, 기다려보게. 앞으로 '이 사람이다' 싶은 사람을 만날 걸세. 그들에게 건네주면……."

"이렇게 이상한 그림 대신 과거 급제 답안지나 주시면 안 되겠습니까? 그게 훨씬 더 고마울 텐데요."

"그런 걸 내가 어떻게 아나? 난 과거도 안 봤던—"

"아니 혼백씩이나 되었으면 그 정도는 알아야 하는 거 아닙니까? 그보다 이거 배 선船 자가 들어갔는데 이거 정말 물에 둥둥 뜨는 배가 맞습니까? 세상에 누가 이렇게 거북이처럼 생긴 배를 탄다고……."

"나가! 당장 나가! 이게 얼마나 만들기 힘든 건데 그걸 몰라보고!"

대감마님은 마침내 화가 나 주변에 있던 것들을 마구 던지기 시작했다. 유령이라도 물건을 던질 수 있었던 모양이다. 돌조각이든 쇳조각이든 맞으면 아프니 이항복도 어쩔 수 없이 물러설 수밖에 없었다.

"아, 아까 전엔 고맙다고 하셨잖습니까!"

이항복은 볼멘소리로 투덜거리며 물러섰는데, 이상한 일은 그때 벌어졌다. 스르륵, 집 한복판의 청동 기둥이 기울어지기 시작했다. 그냥 부서지는 게 아니었다. 한쪽 구석에서 생긴 녹이 점점 커지더니 마침내 구멍을 만들고, 이것이 전체를 좀먹어 망가뜨리고 있었다. 뿐만이 아니었다. 방금 전까지만 해도 잘만 돌아가던 수차는 축이 기울어지더니 무너졌으며 끝내 흙무더기로 변해 버렸다. 대감마님은 집 한복판에서 두 주먹을 부르쥐고 씩씩대고 있었지만, 그 모습도 차츰 부옇게 흐려지고 있었다. 이제까지 괴이들을 만나왔던 선비는 이것이 무슨 현상인지 잘 알고 있었다.

"저… 대감마님, 제가 실언을 한 것 같습니다. 어쨌든 감사합니다."

"됐네."

"마지막으로 여쭙고 묻고 싶은 것이 있습니다. 제가 받은 천명이란 게 대체 뭡니까?"

"때가 되면 다 알게 될 걸세. 하늘이 그대의 모든 것을 쥐어짜내 쓸 테니까. 그러면 차라리 지금 이 순간 죽는 게 나았겠다고 생각하게 될 터이니 각오 단단히 하게나."

왠지 그럴 것 같았다. 선비는 어렴풋하게 알 수 있었다. 이 눈앞의 유령도 한때 자신처럼 천명을 받았던 사람이라는 것을.

"대감께서는 후회하십니까?"

"후회하지."

그리고 조금의 침묵이 있었다.

"나를 알아주는 분이 있었기에 미련이 쉬이 사라지지 않았으니까."

"……."

"이제 이곳은 끝났네. 다시는 오지 말게."

끝까지 화가 덜 풀린 까칠한 목소리를 끝으로 원혼은 사라졌고, 오래된 폐허만이 남았다. 처음 왔을 때 보았던 폐가의 형체마저 무너져 버리고, 주춧돌과 썩은 나무 기둥이 전부였다. 마지막까지 남아 있던 등불 받침대도 우르르 무너져 내렸다. 이제 저택의 흔적일랑 몇 개 남은 돌무더기가 전부였다. 참으로 꿈 같은 일이었다. 하지만 손에 들려 있는 종이 묶음은 진짜였다.

이제 긴 밤이 지나고 동쪽 하늘 저편이 스멀스멀 밝아오고 있었다. 곧, 새벽이었다. 이항복이 종이 묶음을 품에 갈무리하고 산 아래로 내려가는 길을 찾아보려던 찰나였다.

"떠나시옵니까, 낭군님?"

난데없는 부름에 흠칫 놀란 이항복이 돌아보니, 바로 뒤에 소복의 소녀, 구슬이 서 있었다. 방금 전과 달리 옷도 단정하고 손톱도 없어진 완벽한 사람의 모습이었다. 다만 처음 봤을 때의 수심에 잠긴 표정은 홀연히 사라져 버리고 만면에 화사한 미소를 짓고 있었다. 가만, 모든 게 잘 끝난 거 아닌가? 이번엔 유령인가 아니면 해코지인가? 이항복이 주춤주춤 뒤로 물러서려는 찰나, 소녀는 두 손을 모아 날아갈 듯이 큰절을 한 뒤, 잠시의 시간 낭비도 없이 이항복의 소매를 꽉 붙들었다.

"낭군님, 저희 대감마님을 구해 주셔서 진심으로 감사드리옵니다. 이제 댁으로 돌아가시겠지요? 소녀도 함께하겠습니다."

"아니, 왜?"

이항복은 진심으로 물었다. 이제야 이 이상한 저택에서 벗어나 집으로 갈 수 있을 줄 알았는데 함께하겠다니 이 무슨 아닌 밤중의 홍두깨요 날벼락인가. 게다가 낭군이라니. 소녀는 새침한 표정으로 이항복을 올려다보며 생긋 미소를 지었다.

"이것도 인연이옵니다. 저는 이미 낭군님을 제 사람으로 마음먹었사오니 함께 가십시다."

"아까는 이 집을 떠날 수 없다 하지 않았소?"

"집이 부서졌으니 저도 이제부터 살아야 할 곳을 찾아야 하지 않겠습니까? 낭군께서는 제 대감마님의 오랜 한을 풀어 주셨습니다. 그러하오니 앞으로 제 여생도 책임져 주십시오."

"저기 왠지 말이 좀 이상해진 것 같구려. 여기선 그대가 나에게 은혜를 갚아야 하는 게 아닌가?"

"은혜를 갚으려면 함께 살아야 하지 않겠사옵니까?"

새초롬하게 눈을 내리 깐 구슬이의 모습에서는, 조금 전의 앙칼진 모습은 찾아볼 수 없었다. 하지만 거기에 넘어갈 수는 없었다. 이항복은 눈썹에 힘을 주고, 최대한 엄한 목소리로 말했다.

"기다리시게. 자네 사정은 내가 알겠네. 하지만 나는 찢어지게 가난한 사람일세. 조실부모한 데다 지금도 제대로 하는 일 없이 처가에 얹혀사는 무지렁이이네……."

*

"…그렇게 된 것입니다, 장인어른."

그렇게 기나긴 이야기를 마무리하는 이항복을 보며, 권율은 못마땅하게 눈썹을 찡그렸다.

"그게 지난 보름간 행방불명된 이유인가. 집에 아무런 연통 없이, 친구의 말까지 무단으로 몰고? 게다가… 또 고양이인가?"

권율은 이항복의 어깨에 올라탄 하얀 고양이를 지그시 바라보았다.

"아까 말씀드렸듯이 장인어른, 이 아이는 사실 금강산 기슭에 살고 있던 수백 년 묵은 고양이 요괴로…….”

“그 고양이 요괴가 이번으로 다섯 마리 째인 건 기억하고 있나?”

그렇게 쏘아붙이는 권율의 곁으로, 검은 점이 얼룩덜룩한 고양이가 타박타박 들어와 길게 하품을 했다. 아니, 그뿐만이 아니었다. 검은 고양이, 노란 고양이, 그 모든 색이 다 뒤섞인 고양이까지 디딤돌 위와 처마 위, 장독대 위 등 곳곳에 포진해 햇빛을 쐬며 졸고 있었다. 그리고 지금 이항복의 품에 안긴 고양이는, 온몸이 하얗고 반지르르한 털에 샛노란 눈동자가 몹시도 기이했는데, 지금도 앞발을 혀로 핥아가며 몸단장에 힘쓰고 있었다.

“대체, 온 조선의 고양이를 다 집어올 생각인가? 키우는 것도 하나둘이지.”

“허나 고양이들이 장인어른께서 꼼짝없이 갇혀 계신 그 헛간 안의 서생원을 잡아내지 않겠습니까?”

이항복의 말에 권율은 헛기침했다. 그 말대로 지금 권율이 있는 곳은 사랑방도 대청도 아닌, 어둡고 비좁은 헛간이었고, 손바닥만 한 창문을 통해 사위와 대화하고 있었다. 그 역시 봄이 왔다는 핑계로 집안만사 제쳐놓고 술 마시고 이리저리 놀러 다녔더니 그 결과가 이러했다. 이렇게 헛간에 가둬진 것만으로도 체면이 말이 아닌데 철천지원수이자 천하의 맞수, 아니 금지옥엽 외동딸의 배필인 귀한 사위에게 이 꼴을 보였으니 수십 년어치 놀림거리가 될 처지였다.

"이보게 사위, 내가 여기 갇힌 건 어디까지나 자네 장모가 내 일을 오해해서 그런 건데 말이야……."

권율은 몹시 구차하게도 변명을 시작했다. 그렇다 해도 사위에게 구해 달라는 이야기는 결코 하지 않을 작정이었다. 다만 언젠가 이 굴욕을 갚겠다는 맹세만큼은 분명히 했다. 먼 훗날 함께 임진왜란을 맞이하는, 그러나 지금은 날백수인 장인어른과, 마찬가지로 날백수인 사위의 이야기 한 자락은 이렇게 끝난다.

야옹.

견우도 직녀도 아닌

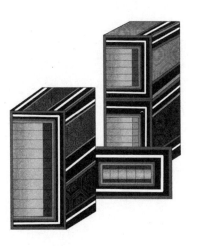

문녹주

여성이고 양성애자이며 사변 소설을 쓴다. 2019년부터
SF와 스릴러 등의 장르 소설을 발표했다. 한자문화권
전반의 역사·문화적 요소를 적극적으로 활용하고자
애쓴다. 지은 책으로 『그 사람은 죄가 없어요』가 있고,
앤솔러지 『책에 갇히다』에 참여했다.

천문학은 길고 인류세는 짧은 것이 천지가 운행하는 이치였다. 땅에서 결실을 얻을 수 없게 되었을 무렵, 인간은 식량 생산 공장을 만드는 데 성공했다. 식량 생산 공장을 지을 부지가 줄어들었을 때쯤에는 밭을 하늘로 올려보낼 수 있었다. 태양에너지를 동력 삼은 식량 생산기는 구름 위를 떠돌며 사람의 먹이를 만들었다. 하늘의 소출이 지상에 닿으면 곧 인간을 위한 여물로 가공되었으니 먹이라는 표현이 알맞았다. 산불이 대륙을 태우고 해일이 도시를 집어삼키며 섬이 물에 가라앉을지언정, 하늘의 밭은 자원이 동날 때까지 제 소임을 다했다. 하늘을 일구어 얻는 소출은 과거의 영광과는 비길 수조차 없었으나, 인류는 마침 먹을 입이 부쩍 줄어든 참이었다.

빙하의 방해 없이 북극 항로를 자유로이 이용해 물류비용을 절감할 수 있었던 무렵이었다. 지구의 몇몇 나라에서는 보호지구를 건설하는 유행이 불었다. 해수면 상승 같은 사소한 문제로부터 문명을 보호하자는 취지였다. 비교적 안전한 대지에 있는 거점 도시 시설을 외부와 차단하는 돔이 비 온 뒤 대나무가 싹트듯 지구 곳곳에서 피어올랐다.

인천해가 생긴 뒤에도 서울은 여전히 번화한 도시로 꼽혔다. 애초에 서울은 서울이라고 불리기 전에도 근방에서는 나름대로 유서 깊은 땅이었다. 돔을 뒤집어쓰기 전, 산지에 드문드문 평야가 섞인 땅은 충충하게 물을 머금었다. 인류가 만들어낸 여느 도시가 고래로부터 그러한 것과 같이 서울 또한 인접한 지역의 자원을 게걸스럽게 먹어치우며 몸집을 불렸다. 전성기에는 한강 아래까지 집어삼킬 정도였다. 비록 지금은 서쪽에 인천해를 두고 남쪽에 한강호를 낀 작은 보호지구가 되었지만, 서울에는 여전히 사람이 살았다.

국가의 개념은 다시 도시로 회귀했다. 돔 밖은 위험으로 가득했지만 다른 돔과 교류하지 않으면 살 수 없었다. 보호지구는 저마다 최선을 다해 다른 도시와의 교류를 이어갔다. 태평양의 항해사들이 해류를 손금처럼 읽던 일과 비슷했다. 물길이 달라졌을지언정 항로는 잡혔다.

이렇듯 인류세의 끝자락에서도 서울시는 특별시였으며 서울시민은 특별시민이었고 서울 밖에는 사람이 살지 않는 것과 마찬가지였다.

*

의식이 진보하고 기술이 발달해도 시대는 언제나 위기에

직면하는 법이었다. 고난의 시기를 극복하기 위해 서울시가 선택한 방안은 직접민주주의였다. 필요와 우연이 기묘한 정치 체제를 택하게 만들었다. 서울시민이라면 누구나 참정의 의무를 다하기 위해 자신이 속한 위원회를 대표해 정치위원직을 역임했다. 거부권은 없었다. 바야흐로 시대가 그대를 부르는 나날이었다. 정치위원은 대개 울며 겨자 먹기로 남을 뒤치다꺼리하며 임기를 채웠다.

뭐가 됐든 오늘은 서울시 최초로 정치위원이 납치된 기념비적인 날이었다. 이번 회기 기술위원회 대표 정치위원인 이현우는 테이저건 부작용으로 새들새들한 채로, 자신이 납치되었다는 사실을 어떻게 받아들여야할지 고민 중이었다. 비상 통신이 가능한 의수마저 납치범에게 빼앗겼으니 별 도리가 없었다. 키가 크고 다부진 체격인 붉은 머리 사내는 식탁 의자에 결박되어 납치범을 올려다보았다.

납치범은 몹시도 사무적인 태도로 태연하게 이야기했다.

"정신 드십니까? 이현우 씨는 자원독점체제타개협의회에 의해 납치되셨습니다."

"생산시설분과 시설관리실 소속 기술위원, 박견 씨. 우리는 분명 버섯 재배 구역에서 균사가 샌다는 보고를 받고 시설 수리를 위해 온 거 아닙니까."

"버섯 재배 구역에 유격이 있다는 건 뻥이었어요. 저는 지금 이현우 씨를 납치하는 중이고요. 자원독점체제타개협의회는 너무 기니까 줄여서 자독협이라고 불러주세요."

현우가 한숨을 쉬며 고개를 늘어뜨렸다.

"반체제 조직이군요."

"그렇게 말하니까 멋있네요. 굳이 따지자면 그렇겠죠. 지금부터 협조해 주시면 순순히 집으로 보내드릴게요."

현우는 식탁에 가부좌를 틀고 앉은 납치범을 올려다보았다. 피랍자는 덩치가 크고 납치범은 조그마해서 목을 꺾어가며 올려다볼 필요는 없었다.

견은 기술위원회 특유의 작업복 차림이 퍽 어울리는 작은 여자였다. 눈이 크고 피부가 가무잡잡하며 주근깨가 빼곡했는데, 어찌나 말랐는지 작업복 품이 헐렁하게 남아돌았다. 끼니를 제대로 챙기지 않는지 뺨이 패였으나, 큼직한 눈과 대담한 입술은 퍽 인상적이었다. 체중이 두 배는 더 나갈 피랍자 앞에서도 납치범은 영 시큰둥했다. 조금도 손질되지 않은 길고 빠글빠글한 곱슬머리를 긁적거렸다.

도시국가로 돌아간 세계는 이전보다 좁아졌다. 기술위원회 소속인 두 사람은 이전부터 아는 사이였다. 그 까닭이 전문 분야가 비슷해서만은 아니었지만.

현우는 자기도 모르게 입술을 깨물었다. 최근 박견이 사고를 치고 징계를 받았던 일이 떠올랐다. 서울 인구의 5퍼센트를 1년 동안 먹여 살릴 수 있는 식량 생산기 하나를 사소한 조작 실수로 태평양 한복판에 추락시킨 것이다. 현우가 인사위원회에 고스란히 영향력을 행사해 해당 징계에 입김을 강하게 불어넣었음을 염두에 두어야 할지도 모른다.

견이 보통 사람이었다면 현우는 그런 까닭으로 바싹 긴장했을 것이었다. 애석하게도 견은 뭇 사람과 큰 차이가 있었고 현우는 누구보다 그 사실을 잘 알았기에 그 점은 걱정하지 않았다. 현우가 지금 입술을 깨문 까닭은 단순했다. 가슴 깊은 곳에서, 아주 순전한 짜증이 올라왔다.

"설마 지금부터 협조하라는 일도 박견 씨 뒤치다꺼리입니까?"

"아뇨. 이현우 씨 표현을 빌리자면 반체제 조직의 체제 타격 행위에 순순히 협조하라는 권유죠."

"저는 그걸 뒤치다꺼리라고 부릅니다."

현우는 금방이라도 까무러쳐 자고 싶다는 생각을 하면서 한숨을 푹 쉬었다.

"제가 박견 씨 뒤치다꺼리를 평생 해왔다는 점은 알고 계시죠? 우연히 옆집에서 태어났다는 이유로."

엄밀히 따지자면 우연만은 아니었다. 굳이 따지자면 운명에 가까웠다. 현우의 인생이 뒤치다꺼리로 점철된 사연은 다음과 같았다.

두 사람은 모두 다부모가정 출신이었는데 현우는 아버지만 셋이었고 견은 어머니만 셋이었다. 두 사람의 아버지들과 어머니들 모두 동성애자와 양성애자와 트랜스젠더 등등이 섞였는데, 부모님의 정체성 따위는 교양 있는 현대 서울 시민사회에서 하나도 중요하지 않았다. 진짜 중요한 문제는 언제나 그렇듯 부동산이었다.

여자 셋과 남자 셋이 각각 저들끼리 사랑에 빠져 가정을 꾸리기로 했다. 비슷한 시기에 비슷한 집을 찾던 커플이 같은 부동산 중개업자를 찾아가게 되었다.

그 중개업자는 희한한 매물 때문에 오래 고통받던 차였다. 거듭되는 재개발에도 끝끝내 살아남은 서촌의 현대식 한옥이었다. 대저택을 여러 세대용으로 개조하겠다며 절반씩 갈라서 두 채로 만들어놓은 집이었는데, 두 집 사이를 잇는 문도 여럿, 뜨락도 대청도 두 집이 함께 쓰도록 해놓았다. 게다가 문화재로 분류되기까지 해서 여기 사는 사람은 사비를 들여 뜰과 기와와 대들보 따위를 관리해야 마땅했다. 그러니 사겠다는 사람이 드물었다. 딱 하나 장점이 있다면 두 집이 서로 드나들며 아이를 키우기에 그만이라는 것 정도였다.

인구 수 조절 때문에 출산 허가를 받기가 빠듯하던 시절이었다. 다부모 가정은 아이를 외동으로 기르겠다고 서약하고도 일단 집부터 마련하는 게 좋았다. 거기에 문화재 거주자에게는 가산점이 나왔다. 그렇게 여자 셋과 남자 셋과 부동산 중개업자의 이해관계가 일치했다. 여섯 사람은 도원결의를 맺었다.

두 부부는 그 집에 입주한 뒤 순조롭게 출산 허가를 받아냈다. 모두 인공 자궁 사용 허가를 받을 셈이었지만 출산 허가 축하 자리에서 견의 어머니들이 짓궂은 제안을 했다. 이왕 이렇게 된 거 고전적인 방법은 어떻겠느냐는 이야기였다.

현우의 아버지들은 우선 여자 셋이 향정신성 약물을 복용하지는 않았는지부터 확인했다. 이웃집 여자들이 제정신이라는 걸 확인한 다음에는 당황했다. 여자 셋이 손해만 보는 장사였다. 임신과 출산을 겪은 육체는 쇠약해지고 그동안 당사자의 생산성도 심각하게 떨어진다. 철저한 인구 통제와 전문 인력 활용으로 굴러가는 도시에서 이는 심각한 문제였다. 그래서 서울시는 생체 임신을 선택한 사람들에게 불이익을 선사했다.

임신은 생식의학과 전문의인 견의 둘째 어머니의 발상이

었다. 도시에서 '임신'과 '출산'을 가까이에서 볼 수 있는 기회는 드물었으므로 그에게는 놓치기 어려운 기회였다. 게다가 제도적 허점마저 존재했다. 처음부터 생체 임신을 선택한 이들에겐 각종 불이익이 주어졌으나, 일단 출산 허가를 받으면 생체 임신에 제한이 없었다. 여섯 사람은 인공 자궁 대기열에서 이름을 내리기로 합의했다.

결정한 뒤로는 일사천리였다. 둘째 어머니네 동기가 운영하는 생식의학과에서 여자 셋과 남자 셋의 생식세포가 알아서 뒤섞였다. 첫째 어머니와 셋째 어머니는 비슷한 시기에 임신과 출산을 겪었다. 견의 어머니들은 출산 직후 현우의 친권을 포기했으며 견과 현우는 철저히 자기 가정에 속했다. 두 아이는 순탄하게 한옥에서 자라났다. 같은 뜰에서 뛰어놀았으며 주말이면 같은 식탁에서 저녁을 먹었다.

이렇듯 두 사람의 시작은 아름다운 부동산과 이타심과 우연으로 이루어졌으나, 안타깝게도 두 사람의 유대가 쌓일 만한 일은 그게 전부였다. 뭔가 쌓일라치면 죄 한쪽에서 까먹은 탓이었다. 그건 세월이 흐른 지금도 마찬가지였다.

평생 박견의 뒤치다꺼리를 했던 현우는 눈을 부리부리하게 뜨고 견을 노려보았다. 견은 현우가 뭘 하든 아랑곳 않고 대꾸했다.

"누누이 말씀드렸지만 저는 단 한 번도—"

"—부탁하신 적 없었죠. 알죠. 그런데 돌아가신 어머님들이 부탁하셨잖아!"

현우가 핏대를 세우는 반면, 견은 어깨나 으쓱거리고 말 따름이었다.

"어릴 때 옆집 애더러 우리 애랑 사이좋게 지내달라 그런 거지."

"이 후레자식아, 어머님들 유언이 하나같이 '우리 견이 좀 잘 부탁한다, 너밖에 믿을 사람이 없다.'였거든요."

"딸인 나도 어머니들 유언을 까먹었는데 너는 왜 기억하냐?"

심드렁한 말을 듣고 있자니 현우의 어깨에서 절로 힘이 빠졌다. 두 사람은 이런 대화를 몇 번이고 반복해 왔다.

"세 분이 너한테 남긴 유언도 다 똑같았어. '어차피 너는 내가 뭐라고 하든 까먹을 테니까 그냥 현우 하라는 대로만 하고 살렴.' 그 말 아니었으면 대학 갈 생각도 없던 네가 왜 대학원까지 갔을 것 같은데."

견이 눈을 동그랗게 뜨고 양 무릎을 탁 쳤다.

"맞네. 네가 나 대학원 끌고 갔을 무렵까지는 기억했었지, 참."

"그래, 내가 네 호구지책 마련해 줬잖아. 그런데 왜 나를 납치했는데? 고마워는 못할망정!"

현우의 탄식이 끝나기 무섭게 견은 명랑하게 이야기했다. 가슴을 쭉 내민 것이 제법 자랑스러운 듯했다.

"그야 학위 과정을 똑같이 밟았으니까 그렇지!"

견이 현우에게서 빼앗은 의수로 현우의 왼쪽 어깨를 툭툭 쳤다. 그러고는 목소리를 가다듬으며 브리핑을 시작했다.

"저희 자독협은 지금부터 최소한의 인원으로 해당 식량 생산기를 탈취할 예정입니다. 일단 저희 조직이 마련한 안전지대에 낙하시킬 예정이에요. 보안 설비부터 티 안 나게 제거해야 하는데, 아시다시피 서울시의 식량 생산기 시설 전반은 제가 관리하고 있고요, 관리 분야에는 당연히 보안도 포함됩니다. 소규모 인원으로 식량 생산기까지 올라와서 시설을 정비할 핑계가 달리 뭐가 있겠어요."

"그래서 버섯 생산 시설에 유격이 생겼다고 뻥을 치셨다?"

"균사 새는 거야 빨리 안 치우면 귀찮아져서 그렇지 그리 심각한 사안도 아니고, 둘 다 기술위원회 소속에 식량 생산기 수리 자격증을 보유했고, 소규모로 작업할 수 있는 업무니까 정치위원 하나 기술위원 하나면 모양도 살고."

국가기간시설을 탈취하겠다는 사람치고는 퍽 가벼운 태도였다.

"자독협 내 인사 검증도 끝났어. 이제 망명만 남았다, 이거지."

"거기서는 네가 '그런' 사람인 거 알아?"

"당연히 알지. 서울이 아는 걸 거기가 모르겠어? 어쨌든 거사를 언제 도모할까 계속 궁리했었는데, 마침 이번 회기 정치위원으로 짠. 이현우 씨가 뽑혔네요."

견은 자기 왼손과 현우의 의수로 손뼉 치는 시늉을 했다. 현우는 그저 한숨만 쉴 뿐이었다.

"이현우 씨가 낀 일이 망할 리가 없으니까, 지상에서는 이 상황을 짐작조차 못할 거예요. 자, 그리고 우리는 이 하늘의 밭이 어떤 물건인지 굉장히 잘 알고 있습니다. 특히 보안 시설이라면 전문가죠."

"우리 연구실에서 개량했던 제품이니까, 저로 정하셨다? 어이가 없네요. 제가 순순히 협조할 것 같습니까? 이거 반체제 행위입니다. 저를 계속 테이저로 지지고 의수를 빼앗을 수는 있겠죠. 그게 끝이야."

현우가 씹어뱉듯 답했다. 눈빛은 결연했고 낯빛은 붉으락푸르락했다. 견은 현우의 태도일랑 아랑곳 않고 고개를 가로저었다.

"아뇨. 이현우 씨는 증거가 남지 않고 서울시로 돌아갈 수만 있다면 분명 저를 도울 거예요."

"도대체 뭘 믿고 그렇게 확신하시는데?"

"우리가 연구실에서 맨 처음 연구했던 게 이산화탄소 포집이었던가? 200년째 개발하고만 있는 기술. 도시 밖에 부채감이 있는 사람 아니면 도대체 누가 그딴 걸 연구해?"

그 연구실을 택한 건 두말할 것 없이 현우였다. 연구는 성과를 내기도 전에 연구비가 끊겼고 교수는 부랴부랴 연구 주제를 바꿔야 했지만.

"여기 지금 기록 장치 아무것도 없어. 인정해도 돼, 이현우. 넌 언제나 도시 밖을 돕고 싶어 했어. 차마 행동으로 옮길 수는 없었겠지만 말이야. 그런데 기회가 왔어. 탐나지 않아?"

악마의 유혹치고는 목소리가 퍽 심상했다. 견이 의수 손가락과 제 손가락을 얽으며 손장난을 치는 모습을 한동안 바라보다가, 현우는 나지막이 답했다.

"그래, 지구 환경에 책임감을 느껴. 이제 만족해?"

"아직 모자라. 순순히 협조까지 하셔야지."

"가책을 느낀다고 반체제 행위를 하진 않아. 더군다나 서울을 떠날 생각 따위는 조금도 없어."

"나는 너를 서울로 돌려보낼 거야. 아주 요란하게 귀환하게 될걸. 너는 자독협의 첫 번째 공작의 산 증인이 되어야 하거든. 살아 움직이는 선전물 같은 거지. 나랑 인연이 끊어지는 건 덤이고."

견의 목소리가 식당을 울렸다. 현우는 남매 같은 원수가 씨익 웃고 있는 모양을 보면서 이를 갈았다. 철없던 시절에도 차마 투덕거릴 엄두가 나지 않았는데, 매번 속 썩일 때마다 어찌나 얄미운지 몰랐다. 이런 기분이 들면 현우는 반드시 견에게 휘말려 아주 곤란한 일을 겪기 마련이었다.

"진짜로 안 해?"

"몇 번이나 말해."

"그렇구나. 더 말해도 소용없을 것 같네."

견이 식탁에서 뛰어내리더니 아무렇게나 의수를 내던졌다. 의수는 식당 구석까지 굴러갔다.

"너 지금 뭐하는 거야!"

"더 할 말 없는 거 같아서."

의수가 식당 구석에 처박히자 현우는 절로 탄식했다. 손목터널증후군이 생긴 김에 상완 절반부터 갈아치운 기기지만, 나름대로 애착을 지니고 있었다. 현우가 의수에서 눈을 떼지 못하는 동안 견은 다시 테이저건을 켰다. 그러고는 지졌다. 할 말 없는 사람이 할 만한 행동이었다.

＊

   하필 옆집에 태어나지 않았더라면. 견의 어머니들이 그렇게 좋은 사람들이 아니었더라면. 현우의 아버지들이 장난감을 쥐여줬을 무렵, 견의 어머니들은 현우에게 진짜 공구를 다루는 법을 가르쳤다. 세면대 물이 내려가지 않자 혹시 자기가 고장 낸 걸까 싶어 발을 구르는 아이에게 그렇게 다정하고 진지하게 수리하는 법을 가르치는 사람들이 아니었더라면. 벌레라면 질겁하는 남자 넷이 사는 집에서 대신 벌레를 잡아 밖으로 내보내던 이들만 아니었더라면.

   현우는 어린 시절부터 견과 어울리고 싶지 않았다. 다정한 어머니들과는 달리, 견은 메추리처럼 작고 사납고 제멋대로였다. 어린아이가 어른이 되는 기나긴 과정을 거친 지금까지도 변한 게 없었다. 자신을 소중히 여기는 이들을 가볍게 여기고 모두에게 무례했다.

   현우는 다른 사람들과 잘 지내는 법을 남들보다 빨리 익힌 편이었다. 게다가 현우의 유전자 제공자들은 빨간 머리에 녹색 눈 말고 큼지막한 체구도 물려주었다. 근친혼을 막기 위해 도시 간 혼인을 거듭했기에 민족과 인종의 구별은 무의미해

진 지 오래였다. 현우는 그저 다른 아이들보다 머리 하나 더
큰, 아주 건강하고 보기 좋은 사내애였다. 더욱 안타깝게도
현우는 예의 바르고 다정하며 염려가 많았다. 견을 쫓아다니
면서 개고생하기에 딱 좋은 조건이었다. 견의 언행에 상처받
아 풀죽은 아이가 있으면 다독이고, 화내는 아이가 있으면 위
협했다. 현우는 성장하는 내내 그 짓거리를 했다. 이 짓을 그
만두겠노라 작심할 때마다 견의 어머니가 하나씩 죽어가지
않았더라면, 현우도 지금과는 다른 삶을 살았을지도 몰랐다.

견의 어머니들은 어떻게 된 일인지 견이 학교를 졸업할 즈
음이면 하나씩 죽어나갔다. 전부 갑작스러운 사고사였다. 가
장 오래 살아남은 둘째 어머니는 견이 고등학교를 졸업할 무
렵 '한동안 몸조심 해야겠다.'라는 말을 입에 달고 살 지경이
었다. 그런 그이도 직장에 지각하겠다며 허둥대다 넘어졌다
가 머리를 잘못 부딪쳐 즉사했다. 젊은 나이에 두 처를 앞세
우고도 자식 다 키워놓은 다음 새 사랑을 찾겠다던 사람은 그
렇게 허망하게 죽었다. 저녁 식사 중에 견이 너는 현우 말 좀
잘 들으라고, 현우 네가 야무지니 아무쪼록 견이 좀 잘 부탁
한다고 당부한 다음 날이었다.

얄궂게도 상주 되는 견은 둘째 어머니의 장례식 내내 잠적
했다. 손바닥만 한 서울에서도 사람이 숨을 수 있었다. 모든

절차가 끝난 뒤에야 태연하게 집으로 돌아와서 며칠간 아무에게도 귀환을 알리지 않았다. 성년을 코앞에 둔 시점이었다. 견이 노래를 크게 틀지만 않았더라면 옆집 사는 현우네 식구가 눈치도 못 챘을 것이다.

음악 소리를 처음 눈치 챈 건 현우의 셋째 아버지였다. 그게 견이 제일 좋아하는 노래라는 걸 인지한 건 현우였다. 두 사람은 마침내 그 집에 집주인이 돌아왔다는 걸 깨달았다. 혼자 지낼 시간을 주자는 아버지의 만류를 뿌리치고, 현우는 견의 집으로 달려갔다. 소파에 널브러진 견은 편안해 보였다. 현우는 분에 못 이겨 씩씩대며 따져 물었다.

"박견, 그동안 어디서 뭘 했어?"

"노래 좀 크게 틀었다고 온 거야?"

"어머니 장례식에 종적을 감추더니 갑자기 나타났잖아! 왜 그랬어? 주변 사람들이 걱정할 거란 생각은 안 해? 어머님 장례식엔 당연히 네가 있어야지!"

"삼일장 끝난 뒤부터 계속 집에 있었어. 그리고 내가 있는다고 뭐 달라지나? 둘째 어머니는 생전에 카데바로 쓰이고 재활용되길 바라셨으니까 절차대로 됐겠지. 외상이 별로 없는 시신이라 다행이야."

"넌 안 슬퍼?"

"슬프지. 하지만 둘째 어머니는 당신께서 늘 바라시던 방식으로 도시에 기여하게 됐잖아. 그건 좋은 일이지."

"네가 도망가면 어머님 장례식은 누가 치르는데?"

"함흥 이모랑 너네 식구들이 치렀겠지."

이웃한 두 가족의 자식들은 둘째 어머니가 바라던 것을 모두 세세하게 알았다. 대처하는 방법이 영 달랐을 뿐이었다.

"외동딸 대신 내가 상주한 게 기가 막히다곤 생각 안 하냐?"

"필요한 사람들이 필요한 일을 한 거잖아. 난 장례식이 필요하지 않아. 어머니들도 자기 장례식에 참석하라고 한 적 없고. 그런데 다들 네 말은 잘 들으랬으니까 지금 가만히 듣고 있는 거야."

고아가 된 골칫덩이의 앞가림은 고스란히 현우의 몫이었다. 견 덕분에 현우가 적성을 찾기는 했다. 오지랖이 넓고 사람의 속을 잘 헤아리며 인력을 제때 배치하는 일은 아무나 가진 재주가 아니었다. 평생 굶고 살 것 같은 견을 끌고 대학원까지 가면서 터득한 재주였다.

물론 사건사고는 끊이지 않았다. 두 사람이 기술위원이 되었을 무렵이다. 현우는 대학원 동기와 결혼식을 올리던 도중, 견이 의도적 협업 불응자로 체포되었다는 소식을 듣고 신원보증을 하기 위해 식장을 뛰쳐나갔다. 석박통합과정 내내 현우가 견의 뒤치다꺼리를 하는 걸 보고도 현우와 남은 삶을 독점적으로 함께하겠노라 다짐했던 주근깨 많은 아가씨는 그날부로 영영 이별을 고했다. 파혼까지 감행하며 열정적으로 변호한 덕분에 견은 무사히 석방되었다. 이번에도 고맙다는 말은 없었다.

질릴 대로 질린 현우도 그 즈음부터 견과 사적인 교류를 끊다시피 했다. 견을 관리하지 않으면 다른 사람들이 힘드니 직장에서 보직이나 살피는 정도였다. 현우의 세 아버지가 가끔씩 고립되어 지내는 견을 들러 건너건너 소식을 듣는 게 고작이었다. 물론 현우의 아버지들에게도 썩 즐겁기만 한 만남은 아니었지만, 그나마 견이 자기들만큼은 예의바르게 대하려고 애쓴다는 걸 알아서 계속 마음을 썼다.

사회생활을 시작하고 얼마 지나지 않아 견은 이래저래 서울에서 이름을 날리는 형편이 되었다. 다른 위원회에서도 더러 알아보는 유명인사였다. '있잖아, 왜, 인물평가의 그 사람.' 별명치고는 퍽 길었지만 점잖게 이를 길이 영 변변찮았다.

인물평가는 도시에 속한 누구든 열람할 수 있는 공공정보였다. 정치위원은 임기 동안 자신이 대표하는 위원회 소속 인물의 인물평가를 작성해야 마땅했다. 모든 시민이 도시를 위해 얼마나 헌신했는지 하나하나 살핀다는 명목이었다.

박견이 공적 삶을 시작한 이래 기록된 인물평가는 대동소이했다. 공격적이지 않고 지시에 순응했다. 소통 능력이 떨어져서 다른 사람들과 일할 때 문제가 생길 뿐이었다. 조금, 많이, 사실 심각하게 자주. 심지어 몇 년 전 박견이 정치위원으로 역임하던 시절에 적은 자기평가도 마찬가지였다.

절대적 인력 부족이 완전 고용을 보장하는 시대라 그나마 다행이었다. 박견 같은 사람에게도 시킬 일은 존재했다. 박견은 기술위원회 식량생산분과의 각종 업무를 자연재해처럼 쓸고 다니던 끝에, 시설관리실에서 식량 생산기 관리를 도맡았다. 지상에 있는 식량 생산기 통제구역에 박혀서 혼자 일하다가 에러가 발생할 때 전산으로 보고하면 그만이었다.

이 완벽한 인사는 현우의 업적이었다. 현우는 기술위원회 인사실에 들어가자마자 박견을 격리해 냈다. 현우가 사회에 공헌한 바라 일러도 과언이 아니었다. 과연 기술위원회는 평화를 되찾았다. 남들한테 욕을 덜 먹게 된 박견도 전보다는 마음이 편해 보였다.

이게 바로 현우가 남들보다 먼저 인사실장이 되고 박견이 남들보다 늦게 관리실장을 단 연유였다. 비록 견은 관리실장을 달자마자 식량 생산기 한 대를 추락시키고 다시 통상 업무로 돌아갔다지만, 실장 업무보다 원래 하던 일이 속 편해서 그런 거 아니냐는 소문이 돌았지만, 현우는 그렇게까지 악의적으로 추정할 필요는 없다고 여겼다. 분명 다른 이유가 있었을 거라고.

지금 현우는 자신이 옳았다는 확신을 몸소 체험하는 중이었다. 박견은 그때 분명 다른 이유가 있었다. 납치나 테러 같은, 아주 확실한 이유가.

이유가 뭐든 현우의 인생은 언제나 남매 같은 원수요, 악마같은 이웃의 결정에 휘둘렸다. 이번에도 현우는 얼렁뚱땅 일을 돕게 되었다. 방법은 단순했지만 효과적이었다. 설전이 길어지자 하품을 거듭하던 견은 테이저건으로 다시 현우를 지졌다. 정신 차리고 나니 이번에는 이동기에 묶여 있었다. 정치위원의 정복은 미리 챙겨온 작업복 차림으로 바뀌었고, 의수 대신 구식 조끼형 기계팔이 채워져 있었다. 이건 일하라는 뜻이었다.

견이 현우를 흘끗 바라보고는 인사를 건넸다. 마찬가지로 이동기에 앉아 조끼형 기계팔을 차고 일하는 중이었다.

"너 건강한가 보다. 아직 주요 통제 구역 밖으로 나가지도 않았는데 깼네. 정신 차렸으면 일해야지."

"나한테 일 시키고 싶으면 일단 공격해서 미안하다고 사과부터 해."

"공격해서 미안해."

현우가 미간을 찌푸렸다. 견이 사과도 제대로 못하는 인간이라는 사실을 잠시 잊다니, 지난 몇 년 소원했다는 실감이 났다.

도시에서 살아가려면 사과하는 법은 알아야 했다. 견 같은 사회부적응자도 사과만 할 줄 알면 도시에서 쫓겨나지는 않았다. 현우의 첫째 아버지가 견의 비참한 대인 관계를 보다 못해 가르친 요령이었다. 사과문 쓰는 법에는 이골이 난 변호사답게 견 같은 사람도 사과랍시고 시늉은 낼 수 있는 답안을 마련해 왔다. 그 모범 답안 또한 주로 현우가 활용했다.

"네가 왜 무슨 짓을 했는지, 그게 어떤 결과를 만들었는지, 그 결과가 왜 나쁜지 얘기하고, 내가 어떤 감정일지 헤아려야지. 네 의도와 상관없이 벌어진 결과에 책임을 지고."

"내가 너를 테이저건으로 지져서 네가 의식을 잃고 배설물을 지렸어. 고약한 냄새가 났지. 너는 언제나 그렇듯 황당하고 짜증날 것 같아. 미안해."

"일부러 이러는 거야, 아니면 네가 더 심각해진 거야?"

그렇게 물으며 주변을 돌아보니 제6통제실이었다. 식량 생산기의 보안 설비를 순차적으로 파괴한다면 아직 이 할도 끝내지 못한 셈이었지만 그것만으로도 대단했다. 현우가 기절

한동안 혼자서 여기까지 파괴 공작을 벌인 것이었다. 아니나 다를까, 진땀을 흘리는 견은 기계팔까지 전력으로 가동하고 있었다. 흘러내린 보안경도 올리고 거짓 신호를 배출하는 더미 부품을 연결하고 제대로 된 보안 부품을 해체했으며 현우의 의수를 가지고 현우에게 딱밤도 때렸다.

"당연히 의도적인 행동이지. 일 끝나면 도시 따위랑은 작별인데 내가 뭐 하러 너한테 격식 갖춰 사과를 하겠니."

"…옷은 설마."

"지렸다니까. 짐 뒤져서 갈아입혔어."

"설마 의식 없는 사람을 세신장치에 집어넣은 건 아니지?"

"허리까지만 대충 넣었지."

"그거 의식 없이 이용하면 익사할 수도 있는 거 알지?"

"기계팔로 잘 잡았으니까 괜찮아. 아무튼 정신 차렸으니까 일해. 기껏 손수 개량한 기계팔도 입혀 놨구만."

현우가 입은 조끼형 기계팔은 팔 두 개짜리 골동품이었다. 태양열로 하늘에서 농사짓는 비행선보다는 박물관에 어울리는 물건이었다. 어쨌든 가슴팍의 버튼을 눌러가며 조정할 수 있었으니 일하는 데는 문제가 없었다. 구식 통신 장비가 있었을 만한 위치는 텅텅 빈 게 아예 물리적으로 여지를 차단한 모양이었다.

현우는 한숨을 쉬고는 버튼을 누르며 골동품 조작법을 익혔다. 애들 장난감보다 못한 수준이었지만 공구를 쥐고 고정할 수는 있었다.

"난 아까부터 계속 싫다고 얘기했어."

"맞아. 그리고 기절했다 깨니까 장비가 미흡하다는 소리로 바뀌었잖아. 조직에서는 협조 요청이 거절당하면 거두절미하고 또 지지랬거든. 너 같은 사람은 고문당했다는 핑계만 마련되면 얼씨구나 뛰어들 거랬는데. 진짜 되네."

"누가 그딴 소리를 했는데?"

"있어, 까마귀라고. 내가 사랑하는 사람."

현우는 자기도 모르게 입을 쩍 벌렸다. 어찌나 놀랐는지 입을 다물기까지 시간이 좀 걸렸다. 견이 현우에게 일하지 않고 뭐하느냐며 면박을 준 뒤에야 정신을 차릴 수 있었다. 원통하게도, 까마귀라는 자의 예측대로, 현우는 보안경을 끼고 얌전히 견을 보조하기 시작했다.

"저는 고문에 굴복한 겁니다. 본심이 아니에요."

"까마귀 신통하다. 너 같은 사람은 꼭 그렇게 선언할 거랬는데 진짜 하네."

"대체 뭐하는 사람이길래……. 아니, 너는 생판 남보다 나를 모르냐?"

"그럴걸. 까마귀한테 네 얘기는 거의 안 했어. 누굴 납치하고 싶냐길래 네 이름 댄 거 빼고."

현우가 헛웃음을 쳤지만 일은 계속됐다. 기계팔과 사람의 팔이 바쁘게 움직였다. 버튼을 눌러 조작하는 게 고작인 현우의 기종과는 달리, 생체 신호를 읽어내서 움직이는 견의 기종은 퍼포먼스 자체가 달랐다. 게다가 견의 솜씨는 야무지기 그지없었다. 협업 거부와 태업 때문에 도시에서 쫓겨날 뻔한 사람이라고는 믿을 수 없었다. 견은 묵묵히 구슬땀을 닦아내고 제7통제실로, 제8통제실로 이동했다. 낮빛이 나빠질 때쯤에야 현우가 견의 어깨를 잡았다.

"잠깐 쉬자. 이러다 쓰러지겠네. 네가 쓰러지면 내가 독박 써."

현우는 불만스러워 보이는 견더러 이동기를 누이라고 말하고는 자기 역시 등을 대고 쉬었다. 제아무리 건장한 성인 남성이라도 하루에 두 번이나 테이저건에 당하면 체력이 남아나질 않았다. 하지만 견에 비할 바는 못 됐다. 견의 몸으로는 식량 생산기에 승선하는 것만으로도 부담이 컸을 터였다.

휴식을 취하고 나서 현우는 제대로 된 장비를 내놓으라고 견을 들볶았다. 어차피 공범도 됐으니 최대한 빨리 볼일을 끝내고 하선하고 싶었다. 견은 듣는 둥 마는 둥 하다가 현우가 소리를 지르기 직전에야 그럭저럭 쓸 만한 조끼형 기계팔을 꺼내 왔다. 외부 통신이 먹통인 건 마찬가지였지만 팔이 여섯이나 달렸고 착용자의 생체 신호를 수용해 움직였다.

기초를 마련했으니 이제 진짜 협상에 나설 차례였다.

의학이 발전하면서 나노머신이나 약물칩 삽입으로 많은 난치병을 수월하게 관리할 수 있게 되었지만, 발작 전에 즉효성 약물을 투여할 타이밍을 잡는 건 아직도 환자 본인의 몫이었다. 수동 투여가 늦어지면 체내 전기 신호 패턴을 읽어낸 약물칩이 알아서 몸에 진정제를 풀기는 했다. 그래도 직접 조절하는 편이 증상을 관리하기 수월했고, 의수를 쓰는 이들은 대개 의수에 약물 조정 기능을 추가했다.

"박견 씨, 제가 한쪽 팔이 없는 채로 제대로 협조할 수 있을지 모르겠습니다만."

"괜찮아. 보호지구 밖에는 의수도 못 쓰는 사람들이 많은데, 다 잘만 일한대."

"우리가 거기 사람들이랑 같은 일을 하는지는 둘째 치고, 그거 지병 관리용이기도 해. 나 발작 일으키면 어떻게 하려고."

"발작? 무슨 발작? 너 어디 아팠어?"

현우는 앉은 자리에서 심호흡했다. 요 몇 년 소원하게 지낸 탓에, 이럴 때 대처하는 방법을 잠시 잊고 있었다. 최대한 화내지 않는 게 중요했다. 화내 봤자 기운 빠지는 건 자신이었다.

"내가 조울증 있는 거 까먹었지. 양극성뇌증후군 때문에 어릴 때부터 관리했잖아. 거기 있는 버튼, 공황발작 진정용 즉효성 약물 투여 버튼이야. 의수 정말 필요해."

"음, 침착한 거 보면 굳이 필요하진 않을 것 같은데. 괜찮지 않을까?"

타협할 수 없는 문제였다. 현우는 최대한 단호하게 답했다.

"안 괜찮지, 당연히. 식량 생산기로 올라오기 전에 풀었던 진정제 약효가 남은 모양인데, 공황발작 터지면 말도 못하게 힘들어. 그렇게 되면 의수 연결해 줘. 너 내가 발작하는 거 봤잖아."

"내가 봤었어?"

그때쯤 현우는 더 말할 생각을 접었다. 그저 한숨을 푹 내쉬었다. 현우가 녹초가 되든 말든 견은 계속 말을 이었다.

"그냥 공황발작 일어나면 쉬어. 체내 장치에서 진정제 자동 투여되겠지. 까맣게 잊고 있었네. 새삼스럽지만 너는 도시 밖에서는 살지도 못할 인종이구나."

"이럴 때는 먼저 미안하다고 해야……. 아니, 됐다. 내가 뭐 하는 짓이냐. 너도 대단하다. 몇 번을 봐놓고도 까먹고."

"음, 미안해. 나도 병 같은 거라고 생각해."

"그렇게 여긴 지 아주 오래됐어요. 그래서, 이제 어쩌실 건데."

"이제 절반 왔잖아. 나머지를 해야지."

견은 여전히 안색이 나빴고, 눈가는 바들바들 떨렸다. 소원하게 지낸 기간 동안 건강을 챙기지 않은 듯한 모습이 그제서야 눈에 밟혔다. 견은 제 몸이 허락하는 그 이상을 해내서라도 식량 생산기를 탈취할 각오인 듯했다.

"이게 너한테 그렇게까지 중요한 일이야?"

자기도 모르게 입 밖으로 튀어나온 말에 현우는 지레 놀랐다. 지금도 테이저건을 겨누고 있는 견을 자극해서 좋을 일은 하나도 없었다. 현우는 조심스럽게 견의 표정을 살폈다. 신경질을 낼지도 모를 일이었다. 그러나 견은 얼굴 곳곳에 온기를 돌리며, 느긋하게 빙긋 웃었다.

"사랑을 위해서라면 지옥 불에도 뛰어들지. 까마귀가 바란다면 식량 생산기쯤이야 얼마든지 갖다줄 거야."

공교롭게도 현우는 그 표정이 무엇인지 익히 알았다. 젊은 이들이 사랑의 열병에 처음 시달릴 때면 그런 얼굴로 돌아다녔다. 현우가 아는 한 견은 누군가를 사랑한 적 없었다. 까마귀는 정말 견의 첫사랑일지도 몰랐다.

태어난 뒤 처음으로, 현우는 견이 사랑에 빠지면 어떤 모습

인지 보았다. 흐트러진 머리칼을 양손으로 쓸어 넘기고, 보안
경을 올린 다음 손바닥으로 두 눈을 꾹꾹 눌렀다. 마침내 드
러난 얼굴에는 야릇한 기쁨이 속속들이 들어차서 차마 눈 둘
데가 없을 정도였다. 큼지막한 눈이 가늘게 휘고 분홍색 입술
이 입꼬리가 올라가는 방향 따라 팽팽하게 펼쳐졌다.

  이 빌어먹을 계집애가 평생 보여준 적 없는 얼굴이었다.

                              *

  서울 인구의 5퍼센트가 1년 동안 먹어치우는 식료의 양은
어마어마했다. 지긋지긋하게 넓은 공간의 보안장치를 하나하
나 해지하는 동안 두 사람이 할 일은 빤했다. 이야기를 나누
는 것 정도였다.

  견의 지시에 따라 일하는 건 처음이었다. 드넓은 식량 생
산기 곳곳을 견과 함께 돌아다니며 물리적으로 보안 시설을
제거하는 동안, 현우는 괴상한 감회를 느꼈다. 자발성이라고
는 눈곱만큼도 찾을 수 없던 오랜 인연이 이렇게나 열심히 무
언가 하고 있다니, 비록 반체제 행위일지언정 오래 알고 지낸

이로서 마음이 움직일 수밖에 없었다. 게다가 현우가 가르친 업무 처리 순서를 꼬박꼬박 지키기까지 했다. 현우는 자기가 이 반사회적 인간을 사람 구실을 하게 만들었다는 게 자랑스러웠다. 아주 조금이었지만.

하지만 도시 장벽에 맹세코 현우는 견이 도시 밖에 관심을 가진 일에 영향을 미친 바 없었다. 영향을 주려고 애써도 씨알도 안 먹힐 인간인 건 둘째 치더라도, 현우부터 애초에 '열성분자'라고 볼 수 없었다.

고등교육과정 동안 현우는 지구 생태가 이 꼴이 된 일에 책임감을 느끼는 이들과 어울리곤 했다. 그 무렵 현우에겐 '의식화'라 이를 만한 일들이 연이어 일어났다. 이산화탄소 포집 같은 연구를 하고자 대학원에 진학한 것도 그 결과였다. 그러나 현우는 지병을 단 몸이었다. 소위 '조울증'이라 불리는 양극성기분증후군은 어린 시절 발견해서 평생 이고 가야 했다. 현우가 결코 도시를 포기할 수 없던 이유였다.

현우는 사회위험분자가 되는 대신 이론과 기술로서 세상에 기여하기로 마음먹었다. 이산화탄소 포집은 200년째 개발 중이었고, 모든 도시가 언젠가는 활용하겠다고 공동선언을 거듭한 바 있었다. 이런 류의 신기술은 일단 익혀둔다면 어떤 도시에서든 굶어 죽지는 않을 것 같았다. 비록 연구가 채 유의미한 성과를 내기도 전에 다른 분야로 뒤틀려 두 사람 모두 그쪽 학위를 따게 되었지만.

현우는 그 무렵 견으로 상징되는 원 가정으로부터 탈출하고 싶었다. 다급하게 자기 좋다는 대학원 동기를 설득해 결혼 준비에 나섰다. 동기는 결혼 같은 구습이 익숙하지 않은 문화권 출신이었지만, 현우의 끈질기고 정성 어린 설득 끝에 결혼을 결심했다. 견에게 얽매여 있는 신세가 딱하기도 한 모양이었다. 다정한 사람이었다. 그 다정도 현우가 견을 변호하기 위해 결혼식 도중 뛰쳐나가는 데까지가 한계였지만.

"어차피 서울을 떠날 줄 알았으면 네가 추방되든 말든 결혼할 걸 그랬어."

"그럼 좀 곤란해. 그때는 도시 밖에 관심이 없었거든."

"그러면 어쩌다 이렇게 된 건데?"

견은 대답 대신 물을 벌컥벌컥 들이켰다. 한 차례 일이 끝나고, 식사 후 휴식할 시간이었다. 두 사람 앞에는 손이 하나 모자란 현우도 집어먹기 편하도록 미지근하게 데운 호빵이 그릇 가득 쌓인 채였다.

현우는 지난 세월 내내 견이 얼마나 도시 밖의 삶에 무관심했는지 떠올렸다. 암암리에 도시 밖과 교류하려던 반체제적 성향의 동기들과는 차라리 현우가 더 가까운 편이었다.

"인권이나 특권이나 보호지구 같은 거, 하나도 관심 없지 않았어?"

"당연하지. 지금도 별로 관심 없어. 환경도 딱히?"

"그러면 도대체 이 짓거리는 왜 하고 있는데?"

사무적으로 굴다가도 순식간에 스스럼없이 구는 범죄자는 몸에 단 기계팔로 여전히 테이저건을 겨눈 채였다. 견은 팔짱을 끼고 하품을 하다가 말을 내뱉었다.

"'연대를 위하여 고립을 두려워하지 않는다.'라는 말을 알아?"

"속담이야?"

"옛날에 일본 운동권 대학생들이 내건 슬로건이래. 특권계층인 자기들이 다른 사회적 약자와 연대하기 위해서는 사회적 고립도 두려워하지 않겠다, 뭐 그런 얘기라던데, 옛날 사람들 참 비장하지. 기껏해야 어린 애들이 사회적 고립이 뭔지 어떻게 알겠어."

"그렇지만 고립을 후회하지 않는 네가……."

현우가 말을 미처 끝맺기도 전에, 견이 자르듯 말했다.

"아니지. 내가 사회적 고립을 어떻게 알아. 고립되고 싶을 때마다 이현우 씨가 자꾸 사회랑 나를 잇잖아. 이 김에 말하는 거지만, 나는 다른 사람이랑 같이 사는 게 너무너무 힘들어요."

"그런데 어떻게 보호지구 밖에 사는 사람들 도우시겠다고
나선 거야?"

그때, 견은 허리를 곧게 세우고 현우를 바라보았다. 오해를
정정하겠노라던 때와는 명백히 다른 태도였다. 현우는 자신
을 진지하게 바라보고 숨을 고르는 납치범을 보면서 침을 꿀
꺽 삼켰다. 견은 현우를 바라보고 단호하게 말했다.

"난 도시 밖 사람들을 도우려는 게 아니야."

"식량 생산기 탈취해서 갖다 바치는 게, 그 사람들 돕는 일
이 아니면 뭔데."

"이건 그냥 뇌물이야. 도시에서 살던 물정 모르는 인간이
망명하면서 입지를 다지기 위한 도구에 불과해."

"식량 생산기가 그렇게 가벼운 뇌물인가? 거기서는 나라
를 꾸려도 되겠는데."

"아직까지 거대한 착각을 하는구나."

견의 목소리가 단호해졌다. 화난 기색은 아니었지만 방심
할 수는 없었다. 우선은 듣는 게 먼저였다. 현우는 견이 무어
라 말할지 기다렸다. 상대의 말을 주의 깊게 듣고 있다는 신
체 언어가 제발 전달되기를 바랐다. 현우가 그러거나 말거나
견은 말을 이었다.

"우리 주제에 누굴 도와. 보호지구 밖에서도 사람들은 잘 만 살아."

"네가 그렇게 생각한다면……."

"아니, 그냥 사실이야. 각종 시설은 여전히 살아 있어. 환경이 오염되고 전력이 부족한 정도지. 전체적으로 자원이 모자라다 보니 첨단 기술 혜택이 널리 퍼지지 않은 것 말고는 큰 차이 없어. 오히려 문화적 자산은 그쪽이 더 풍요롭고. 예측하기 어려운 기후 조건을 견디는 건 도시나 밖이나 다를 바 없고."

처음 듣는 이야기였다. 견은 호빵을 우물거리며 말을 이었다.

"이제 와서 말하지만 내 앞가림을 돕겠다고 이산화탄소 포집 연구를 골랐던 건 대단히 현명한 일이었어. 도시 밖에서는 그 연구가 훨씬 활발하게 진행 중이야."

보호지구 밖은 사람이 살지 않는 땅이라고들 일렀다. 그렇지만 도시를 유지하기 위해 확충된 여러 외부 시설까지도 도시의 영토에 속했다. 전력 생산 공장이나 식량 생산기나 지하 교통망 같은 기간시설 탓에 요즘 같은 세상에서도 도시끼리 왕왕 소유권 분쟁이 일어나곤 했다. 도시도 당연히 각종 불상사를 상정한 안전장치를 만들었다. 식량 생산기를 탈취하려면 서울과 실시간으로 조응하는 보안 및 추적 기능을 조정해 도시부터 속여야 했다. 현우는 규정을 헤아렸다. 식량 생산기를 비롯한 국가기간시설 수리 업무는 대개 3일에서 5일 사이에 끝났다. 통신이 불량한 경우에도 48시간 동안은 현장 책임자의 지휘 아래 업무를 지속할 수 있었다.

이 모든 것은 도시 밖에 사회다운 사회가 없다는 전제하에 가능한 이야기였다.

"내가 이산화탄소 포집 연구를 하기로 마음먹은 게, 너한테 조금이라도 영향을 미친 거야?"

"아니. 굳이 따지자면 혼자 있는 시간이 많은 보직으로 발령한 것 정도."

조금이라도 기대했더니 얼간이가 된 셈이었다. 견이 너무 아무렇지도 않게 대답해서, 현우는 한평생 뒤치다꺼리하며 보살핀 망종의 세계에서 자신은 그다지 유의미하지 않을지도 모른다는 생각이 들었다. 적어도 현우는 '까마귀'라는 존재만큼 견의 존재를 뒤흔들지 못했다. 바랐건 바라지 않았건, 오랜 기간 마음 쓰고 헌신한 이에게 아무 가치 없을지도 모른다는 가능성은 현우의 속을 태웠다.

그렇지만 현우가 얼마나 애닯고 있는지 견은 절대로 몰라야 했다.

"그러면 너 같은 사람이 어쩌다가 반체제 비밀 조직에 들어갔는데?"

"까마귀가 꼬셨거든."

"말을 좀 알아먹게 해라. 까마귀가 누구고, 꼬셨다는 건 도 대체 무슨 얘기야."

사정이 궁금하기도 했거니와, 현우는 견에게서 다른 표정을 이끌어내고 싶었다. 적어도 아까 보았던 것만큼이나 긍정적인 방향이길 바랐다. 호빵을 먹다 말고 견이 현우를 빤히 바라봤다. 표정은 늘상 그렇듯 무덤덤했지만, 목소리는 나직했다.

"너처럼 오래 알고 지낸 사람한테 하고 싶은 이야기는 아 닌데."

망설이는 기색이 역력했지만 부정적이거나 폭력적이지는 않았다. 이거야말로 현우가 바라던 특별한 반응이었다. 언제 부터 견에게 특별한 반응을 기대했는지 몰랐다. 하지만 대화 라는 것이 늘 그렇듯 말을 주고받다 보면 어느새 상대에게 집 중하기 마련이었다. 집중은 언제나 기대를 불렀다.

"오래 알고 지냈고 앞으로는 안 볼 사이잖아. 못 할 것도 없 지 않아?"

견은 다시 호빵을 한 입 베어 물고는 한참을 우물거렸다. 말할지 말지 고민하는 게 분명했다. 얄궂게도 현우는 자신이 지금 즐거움을 느낀다는 걸 깨달았다. 익숙한 사람의 낯선 반응과 표정과 기색과 갈등을 살펴보자니 재미가 이루 말할 데가 없었다. 테이저건이 체내 약물칩 분비를 꼬이게 만든 것일지도 모르지만, 어쨌든 현우가 질문해서 견이 고심하는 상황은 별스러운 재미가 있었다.

갈등 끝에 견이 털어놓은 이야기는 과연, 생전 처음 들어보는 종류였다.

*

나는 어려서부터 세상이 전부 이상했어. 그렇게까지 열렬하게 동의하지 마. 너도 그 이상한 세상의 일부야.

어렸을 때는 몰랐지. 내가 세상이 이상한 것처럼 남들한테도 내가 이상할 테니까. 어머니들 말마따나 네가 사람 대하는 데 서툰 나를 돕는다고 생각했지.

나이를 먹고 시간이 지날수록 위화감이 커지더라. 둘째 어머니가 돌아가셨던 날에 나는 전부 끝날 줄 알았어. 너나 나나 각자 알아서 자기 인생을 살 줄 알았지. 그런데 끝나질 않더라. 제발 내버려 두라는데도 내내 쫓아다니면서 인간관계는 물론 커리어 하나하나까지 관리했잖아.

나는 싫다고 몇 번이나 말했는데 너는 나를 쫓고 몰고 끌어당겼어. 결국 내가 서울에서 나가는 수밖에 없다고 생각했지. 기껏 너를 피해서 추방될 수 있었는데, 결혼식 도중에 뛰쳐나와서 신원보증인이 될 줄이야. 그때는 정말 놀랐어. 그 모든 일이 다 내가 이상한 탓인 거야. 너는 선량하고 정 많은 소꿉친구고, 나는 제대로 된 구실도 못하는 기능부전이고.

서울시는 헌신적인 시민을 원해. 서로 교류하고 돕고 사랑하고. 내 어머니들과 네 아버지들과 네가 그런 것처럼. 서울시가 함흥시를 돕고 함흥시가 울란바토르를 돕고 울란바토르가 지구 반대편에 있는 리우데자네이루를 돕고. 도시끼리 자원 다툼을 한다지만 실질적으로는 전부 평등해. 차별은 철저히 철폐하고 기술은 온전히 공유하지. 각종 환경 문제 때문에 모든 도시가 언제 어떤 재난을 겪을지 모르니까. 회복 불가능한 타격을 입어서 도시의 꼴을 유지할 여력을 잃지 않는 이상, 전부 평등하다고.

놀랍지 않아? 인류세에 이런 시기가 얼마나 있었을 것 같아? 네가 내 보직을 변경한 덕분에 나는 혼자 있을 시간이 많이 생겼어. 참나, 일을 허투루 한 거 아니냐니 무슨 소리야! 그냥 쉬는 시간에 아무도 말을 안 거는 환경이 되니까 혼자 하고 싶은 일을 했어. 세상이 왜 이렇게 이상한지 탐구했지. 그러다가 역사 공부를 하게 된 거야.

도시국가의 역사는 차별 철폐의 역사라는 말을 기억해? 어려서부터 귀에 인이 박히도록 들은 그거 말야. 맞는 말이더라. 각국의 주요 도시가 보호지구로 변하면서 제일 먼저 부딪힌 문제가 바로 차별이었어. 서울만 해도 인구를 조절해 가면서 고만고만한 자원을 가까스로 분배하면서 살잖냐. 차별 때문에 자원 분배에 문제가 생긴다고 생각해 봐. 너처럼 머리랑 눈동자 색이 밝은 사람한테는 직장을 주지 않는다고 치면, 그런 사람들이 도시에 헌신할까? 헌신하지 않는 사람을 도시에 살도록 내버려 둘 까닭이 있을까?

도시에서는 그런 사람들을 내쫓았어. 그러다가 프랑크푸르트와 파리와 낭시를 비롯한 몇몇 도시가 연달아 망한 다음 깨달았지. 아무리 기술이 발전해도 도시국가가 전부 살아남으려면 최소한의 인력은 있어야 한다는 걸. 그러려면 특권계층과 피차별계층이 존재해서는 안 된다는 사실을 말이야.

어지간한 도시에서 피차별계층은 내쫓겼어도 특권계층은 여전히 남아서 기를 썼다나. 그런데 사람들이 작심하면 별 수 있어? 자기가 지닌 자원을 도시에 헌납하고 노동으로 봉사하겠다고 맹세하지 않은 사람들은 전부 쫓겨났어. 운 좋은 이들은 자기 자원을 그대로 들고 도망칠 수 있었지.

그래도 도시가 영 제대로 굴러가지 않으니까, 사람들은 다음 단계로 들어갔어. 맞아. 차별 철폐의 시대. 성별도 인종도 장애도 성정체성도 문제가 되지 않는 세상을 만들면 더는 차별할 소지가 없다고 생각한 거지. 도시 간에 유전자풀을 교환하고 인공 자궁이 보급되던 시기. 결혼 이주는 환영받지만 가족 제도는 확장되던 시기. 이주자가 아니면 원시적 생식을 할 수 없던 시기 말이야. 모두가 일해야 먹고 사는 세상에서 인종도 장애도 성정체성도 온갖 차별 가능한 잣대도 다 개성이라고 생각하게 되기까지 꼬박 백 년이 걸렸대.

내가 세상을 이상하게 여겨온 까닭이 뭔지는 아직도 정확히 모르겠어. 하지만 실마리는 잡은 느낌이었지. 도시의 '정상'은 사실 만들어진 거였고, 세상은 원래 엉망진창이었던 거야. 나는 자연스럽게 차별과 폭력과 불평등한 자원 분배가 야기한 엉망진창인 세상에 홀딱 빠졌어. 야만스러운 옛 자료를 모으기 시작했지. 수집품을 모으는 것쯤이야 도시 사람치고 별스러운 일은 아니니까, 그 점에선 나도 꽤나 도시 사람이라고 할 수 있겠다.

까마귀를 만나기 시작한 건 그때부터야. 그 사람은 온갖 도시를 돌아다니는 골동품상인데, 일반적인 루트로는 만날 수 없어. 골동품상 몇을 거듭 거쳐야 하지. 언제나 품이 낙낙한 검정 옷을 입고 역병 의사 가면을 쓰고 다녀서 다들 까마귀라고 불렸거든. 키는 너만큼 큰데 나만큼 말랐고, 아무도 얼굴을 몰랐어.

까마귀는 특급 골동품상답게 다루는 물건도 하나같이 진귀했어. 훼손되기 쉬운 재질의 물건을 수집하던 나한테는 그만한 사람이 없었지. 응? 나야 향정신성 물질에 경고 표시로 붙은 질병 자료를 모았지. 종양과 궤양과 환자들. 어렸을 때부터 둘째 어머니 서재를 오가면서 인공 자궁 안에서 자라다 폐기되는 시민 탈락 세포들 자료 보는 거 좋아했잖아. 전근대 경고 표지는 하나같이 종이로 만들었더라고. 플라스틱으로 만들어진 궤양이나 충치만으로 만족하던 게, 어느새 담뱃갑을 모으는 데까지 갔어. 응. 그 마약 말이야. 물에 젖으면 담배 얼룩이 남아서 온전한 물건을 구하기 진짜 어렵거든. 까마귀는 그 모든 걸 척척 구해다 줬어. 사적인 이야기도 시작했지. 그쪽도 외동이라든가, 일생에 걸친 스토커에 대한 고충이라든가. 그런 얘기를 나눴어.

언제부터인가 까마귀가 오는 날만 기다리고 있더라고. 그런데 하루는 내가 얼굴도 모르는 사람을 기다리고 있다는 사실이 너무 괴상하더라. 그전까지 까마귀가 가면을 쓰든 말든 알 바 아니었는데. 궁금해지니까 도저히 못 참겠어서, 결국 다음에 볼 때 말했어.

당신 얼굴을 보여줄 수 있어?

왜 보고 싶다는 건데?

내가 뭘 사랑하고 있는지 궁금해서.

까마귀는 침묵했지. 그리 아름답지 않을 거라고 짐작하던 참이었어. 도시 간 이동을 아무리 자주 하더라도 역병 의사 가면을 방독면 대신 쓰고 다니는 사람이 괜찮을 리 없잖아. 결국 못 보겠구나, 낙심하던 차에, 까마귀가 입을 열었어.

당신은 왜 질병을 수집하지?

너한테 한 소리랑 비슷한데 더 짧고 횡설수설하게 답했지. 대충 세상은 너무 정상이고, 나는 정상이 지겹고, 일그러지고 뒤틀리고 병들고 오염될수록 좋다고. 내가 죽으면 내 수집품도 어딘가에 기증될 테니까 가급적 깨끗한 걸 모으고 있지만, 사실 쓰레기랑 별반 다를 바 없어도 좋다고. 사실 그게 더 좋다고. 나는 이 정상인 사람들 사이에서 사는 데 아주 질려버렸고 그래서 병을 모은다고.

까마귀는 가면을 벗었어. 얼굴은 각종 반점으로 알록달록했고 볼우물이 있어야 할 자리에는 어린아이 주먹만 한 혹이 나 있었지. 다른 건 몰라도 혹은 도시 사람이라면 반드시 제거하는 질환이잖아. 까마귀는 도시 밖 사람이었던 거야.

나는 그날 뒤틀림에 반해 버렸어. 까마귀의 세계로 갈 수 있다면 뭐든 내던질 수 있다고 말했지. 그게 전부야.

아직도 내가 이상해? 그랬으면 좋겠어. 현우 너한테 정상 취급받고 싶지는 않거든. 너는 너무 정상적인 사람이니까.

*

견이 이야기를 마칠 때쯤 그릇은 텅 비어 있었다. 견은 입가심으로 물을 마시고는 덧붙였다.

"한마디로, 서울은 내가 살기엔 너무 정상이라서 싫다는 얘기야. 만족해?"

"네 말이 맞아. 넌 진짜 이상해. 난 이상하지 않아서 모르겠어. 내가 스토킹을 했다는 얘기는 황당할 지경이야. 그런데 설명은 더 필요해. 도대체 무슨 소리를 하는 거야?"

"네 의수 같은 거야. 나는 고장이 좋아. 결손이나 뒤틀림, 하여튼 하자로 취급되는 것들이 좋아. 정신적이든 육체적이든 문제가 있어야 사랑스러워 보여. 그런데 우리가 사는 도시에서는 뭐든지 정상이지."

"의수도 고장 난 신체를 수리했다고 볼 수 있잖아."

"서울에서는 외팔이든 정신병자든 정상이잖아. 그건 네 개
성이야."

"그게 나쁘다는 거야?"

"글쎄. 비록 도시라는 체제에 한한 평등이지만, 이 또한 분
명한 평등이고, 도시 밖에서도 궁극적으로 지향해 봐도 나쁠
거 없다고 생각해. 문제는 내가 고장 난 사람만 사랑할 수 있
다는 점이야. 내가 살아온 사회는 그걸 고장 취급하지 않고
나는 그게 지겨워. 이제 그만 행복해지고 싶어. 사랑할 수 있
는 하자 사이에서."

견이 워낙 간절하게 말하는지라 현우도 조심스럽게 물었다.

"도시 밖은 뭐가 다른데?"

"질병, 오염, 부조리, 인류가 해결하지 못한 구조적 모순,
다양하고 빈번한 재해. 완벽하지."

견의 눈이 희번득거렸다. 현우는 질겁하면서 자기도 모르
게 의수의 빈자리를 바라봤다. 견이 이르는 도시의 정상성은
현우에게도 고스란히 적용되었다. 손목터널증후군은 충분히
치료 가능했지만, 현우는 스스럼없이 팔 전체를 의수로 갈아
치웠다. 정신과 질환을 간편하게 관리했다. 아버지만 셋인 가

정에서 자라기도 했다. 현우는 지금껏 산 삶이 만족스러웠다.

현우는 도시의 장삼이사였다. 남들만큼 불행을 겪었고, 남들만큼 기쁜 일을 거쳤다. 그런데도 '비정상'으로 취급될 처지에 놓인 적은 없었다. 현우가 직간접적으로 경험한 '비정상'에 가까운 것이라고 해봐야 박견의 인물평가 정도였다. 모든 존재를 긍정하는 사회에서 경원시당하는 것은 타인을 존중하지 않는 사람뿐이었다.

견의 고독을 현우로서는 감히 짐작할 수 없었다. 그러나 한 가지만은 확실했다. 박견의 고백을 듣고 난 뒤에야, 현우는 자신 역시 비슷한 부분에 매혹되곤 했다는 걸 인지했다. 일생을 걸쳐 이웃집 골칫덩이를 쫓아다닌 까닭도.

현우는 살면서 두 번째로, 자기 내키는 대로 결단을 내렸다. 파혼 이후로는 처음이었다.

"나도 데려가."

"넌 또 왜 오겠다는 건데?"

"너를 계속 보고 싶으니까."

"스토킹 때려치울 때 되지 않았냐. 제발 연 좀 끊자."

현우는 도리질 치고 다시 힘주어 말했다.

"너를 계속 보고 싶어. 내가 너를 사랑해. 지금까지 자각을 못 했는데, 나는 너 없이 못 사는 것 같아."

견이 얼굴을 꽉 찌푸리고는 이내 오소소 떨었다.

"소름 돋는데."

"혹시 불쾌해?"

"대체로. 네가 나한테 집착한 이유를 알게 된 건 후련해. 근친상간 같은 점은 짜증나."

"내가 성적 대상으로 안 보여?"

"방금 전까지는 그랬는데, 근친상간 같다고 생각하니까 그렇게 보이기 시작했어. 내가 윤리랑 도덕도 성감대라서 그만. 너 혹시 의수 돌려받으려고 이러는 거야?"

현우는 성한 왼손으로 뒷목을 주물렀다. 당장 깨달은 오래되고 생생한 감정을 통제하려면 의수로 약물 투여를 조절하는 편이 나았다. 하지만 먼저 물어볼 일이 있었다.

"약물을 써서라도 진정하고 싶긴 하지만 좀 기다리면 약물칩이 알아서 진정시키겠지. 그보다 도시 밖에서도 약물칩이나 의수 써? 거기 의료 수준은 어떤데?"

"거기선 아직도 구강으로 약물을 투여해. 정신질환도 마찬가지고. 너 같은 사람은 버티기 힘들지."

"어쨌거나 약물을 구할 수 있는 거네. 생각보다 짜임새 있는 사회 같은데. 그만 하면 나도 망명할 만하겠네."

현우의 지병은 약물로 관리할 수 있었다. 운 좋게도 현우는 자신에게 어떤 약물을 얼마나 투여해야 하는지 어려서부터 배워왔다. 전부 견의 둘째 어머니가 약물 남용 따위는 예사로 해대는 견을 보다 못해 현우를 가르친 덕분이었다.

그런 귀인의 장례식에도 불참한 몹쓸 망종이자, 걸어다니는 무례함이 현우의 산통을 깨냈다.

"저기, 같이 망명하신다고 내가 널 사랑하는 건 아니거든. 얼마나 고장 났는지에 따라 달라진다고."

"아, 그거는 자신 있어. 양극성뇌증후군을 늦게 발견한 축이라, 관리 안 하면 아주 확실해. 기억할지 모르겠는데, 내가 충동적으로 내지른 일들이 다 그거였어. 파혼한 다음에야 관리 시작했지."

"경쟁 상대는 피폭 여파로 가슴 한 짝 들어내신 분들이거든? 나는 신체 결손을 더 좋아하고. 그리고 좀, 증상이 아니라 심리적으로 꼬일수록 좋은 거란 말야."

"나도 의수 달았어. 그리고 사랑 때문에 도시를 버린다잖아. 평생 사고 치고 다니는 거 막아준 사람을 스토커라는데도."

"네가 도시를 버리는 게 나한테 유의미할 거라고 생각하다니. 이건 진짜 고장 났네. 작작 좀 해, 스토커야."

견이 한숨을 내쉬었다. 보안 시설 파괴도 얼마 남지 않았다. 일을 마친 뒤 견이 사전에 지정한 위치로 좌표를 옮기고 안전하게 착륙하면 모든 일이 마무리될 터였다.

"까마귀가 보고 싶어."

"그 사람은 네 뒤치다꺼리할 시간 없을 거야. 대신 평생 편하게 써먹었던 사람이 딸려가는 거지."

"넌 완전히 병들었고."

"네가 이상한 만큼이나 그렇겠지."

그렇게 어떤 것도 확실하지 않은 결손의 세계로 뛰어들 사람이 하나 더 늘어났다.

최초의 시민은 지구가 망해 가는데도 저들끼리 아득바득 살겠다고 벽을 친 특권계층이었다. 타인을 구별 지어 지배하던 이들은 끝끝내 가장 익숙한 방식대로 세계와 자신을 격리하며 안전과 풍요를 누렸다. 구별 짓기가 생존에 불리해지자 다급하게 뒤섞이기 시작했으나, 근본적인 거리두기는 달라지지 않았다. 자기들끼리 뒤섞인 세상에서 평등의 시대를 노래하던 이들의 후예는 여전히 특별시민으로 남았다.

그러나 개개인의 유별남은 특별시에서 태어나 자랐다는 것만으로 이루어지지 않는 법이었다. 아무리 섞이고 섞여도 지독하게 단독자인 사람이 있었다. 혼자인 사람을 도저히 두고 보지 못해 그 뒤를 줄기차게 따라다니는 사람 또한 존재했다. 이는 직녀가 홀로 베를 짜고 견우가 소를 모는 것과 비슷한 양상이었다.

그리고 현명한 까마귀는 예로부터 간절한 사람들의 길이 되곤 했더랬다. 간절함이 어디에서 비롯되었든 까마귀는 길을 안내하면 그만이었다. 길의 끝에는 무엇이든 있었으므로.

내가
만난

신의
모습은

전혜진

2007년, 동사무소 직원들이 귀신을 잡거나 억울함을 풀어준다는 내용의 소설 『월하의 동사무소』를 발표하며 작가 생활을 시작했다. 추리와 스릴러, 사극, SF 등에 관심을 보이며 만화/웹툰 스토리 작업과 소설 집필 양쪽으로 활발하게 작품 활동을 이어가고 있다. 한국 SF 순정만화를 재조명하는 에세이 『순정만화에서 SF의 계보를 찾다』, 옛 귀신 이야기들 속 여성들의 삶을 들여다보는 논픽션 『여성, 귀신이 되다』, 우리에게 잘 알려지지 않은 여성 수학자들을 소개하는 『우리가 수학을 사랑한 이유』, 여성의 임신과 출산 과정을 가감없이 담은 소설 『280일』, 페미니즘 SF 단편집 『아틀란티스 소녀』 등을 썼다.

"아버님, 우진이한테서 소포가 왔어요."

삼준은 눈을 가늘게 떴다. 그가 몸을 일으키자, 진숙은 웃으며 우선 하얀 편지봉투 한 장을 건넸다. 우진의 편지였다. 훈련소에 무사히 도착했고, 집이 그립지만 열심히 훈련받고 있으며, 할아버지의 건강을 기원한다는 이야기가 짧게 적혀 있었다.

손자가 군대에 갔다. 아들과 며느리가 더 쓸쓸해할 것을 알고 있으니, 보고 싶은 마음을 드러내는 것도 면구스러웠다. 그래도 손자가 이렇게 잊지 않고 편지 한 통을 보내준 것이, 삼준은 마냥 고맙고 기특하기만 했다. 진숙은 택배 상자째 들고 들어와 삼준에게 우진이 보낸 옷가지들을 보여주었다.

"그래도 요즘은 좋네요. 우진 아빠가 군대 갔을 때에는 편지 한 통 왔다 갔다 하는 것도 쉽지 않았는데, 요즘은 앱을 깔면 바로바로 편지도 보낼 수 있고, 훈련소 사진도 볼 수 있고요. 자대 배치받으면 휴대폰도 쓸 수 있다나 봐요."

"세상이 그만큼 좋아진 게지."

삼준은 대답했다. 진숙은 제 폰에 저장된, 군복을 입은 우진의 사진들을 보여주다가, 아예 삼준의 휴대폰에 앱을 설치했다. 사용 방법도 몇 번이나 알기 쉽게 설명해 주었다. 삼준은 훈련을 받는 손자의 사진들을 한참 동안 들여다보았다. 얼굴에 시커먼 칠을 하고 동기들과 함성을 지르는 사진을 확대해서 보다, 폰을 내려놓고 한숨을 쉬었다.

"…우진이가 애비를 많이 닮았지."

"애비보다 잘생겼지요, 제 아들인데. 이 사진, 바탕화면에 넣어드릴까요?"

"그래……. 잠금 화면에 넣어주면 더 좋고."

"어렵지 않지요. 아버님, 슬슬 괜찮으시겠어요?"

"…벌써 시간이 이렇게 되었나."

삼준은 부축하겠다는 진숙에게 손사래를 치며 벽을 짚고 일어났다. 여든일곱 살, 노구의 몸이라 오래 걷기는 힘들었지만, 아직은 집 안이나 요 앞 아파트 단지 정도는 혼자서도 다닐 수 있었다. 또래 노인들이 골골 앓다가 요양원으로 가는 것을 생각하면, 이만큼만 되어도 다행이었다.

"우진이가 제대할 때까지 자네 부축받는 일은 없어야 할 텐데."

"그러실 거예요."

진숙은 물을 끓였다. 진숙이 제 몫으로는 커피를, 삼준을 위해서는 녹차를 준비하는 동안, 삼준은 식탁 앞에 앉았다. 진숙은 벌써 노트북 컴퓨터를 가져다 놓은 상태였다.

"그나저나 늙어서 기억이 흐려져서인지, 매번 한 말 또 하고 한 말 또 하는 것 같아 걱정이야. 자네에게 내 이야기가 도움이 될지 모르겠구만."

"당연히 되지요. 전쟁에 직접 참여하신 분들도 이젠 많이들 돌아가셨고……. 특히 학도병으로 나가셨던 분들의 기록은 그렇게 많질 않은걸요."

진숙은 찻잔을 내려놓고 자리에 앉았다. 삼준은 눈을 가늘게 뜨고, 아들을 군대에 보내고도 여전히 매사에 의욕이 넘치는 며느리를 바라보았다. 그래도 다행이다. 공부를 하는 며느리 덕에 자신이 겪은 이야기를 기록으로 남길 수 있다는 것이, 그리고 70년이 넘도록 가슴에 묻어둔 이야기가 진숙의 연구에 작으나마 도움이 되리라는 것이.

"구술 정리를 하고 나면, 책으로 만들어도 괜찮지요. 제가 정리하고 편집하고 하는 건 잘 하니까, 아버님께서는 그냥 편안하게 말씀만 해주세요."

진숙이 키보드에 손을 얹으며 말했다. 삼준은 문득 스마트폰의 대기 화면을 내려다보았다. 군복을 입은 손자의 모습은 낯설고도 낯익은 구석이 있었다. 그 모습 위에 전쟁 무렵의 기억을 희미하게 겹쳐 보다, 삼준은 입을 열었다.

"우진이 군복 입은 모습을 보니 옛날 생각이 많이 나는구만. 그래……. 내가 그때 열다섯 살이었지."

*

　삼준은 그해 열다섯 살이었다. 세상에 태어난 지 고작 열다섯 해가 지났을 뿐인데, 세상은 몇 번이나 뒤집혔다. 열 살 되던 해에는 나라가 해방이 되었다. 그를 사부로라고 부르던 선생들은 갑자기 삼준이라고, 집에서 부르는 이름으로 부르기 시작했다. 국어는 일본어가 되고 조선어가 국어가 되었다. 하지만 사람들은 여전히 일본어와 우리말을 뒤섞어 썼고, 세상은 계속 시끄러웠다. 찬탁이네 반탁이네 한참 시끄럽다가 마침내 대한민국이 들어서나 했더니, 이번에는 난리가 났다고들 했다.

　"대 이들 아들들만이라도 피란을 보내야지."

　집안 어른들은 큰형과 둘째 형을 먼저 마산 외가댁으로 보냈다. 셋째는 마치 덤이라도 되는 듯이. 같은 마을에 살던 친구들이 친구의 작은아버님이 크게 장사를 하신다는 부산으로 떠난다는 말을 듣고서야, 삼준도 친구들을 따라 피란을 갈 수 있었다.

　반쯤은 소풍이라도 가는 듯한 기분으로 서울을 벗어난 삼준과 친구들은 부산에 도착하지 못했다. 열다섯 살 난 혈기

왕성한 어린 총각들이 남쪽으로, 남쪽으로 향하는 동안, 수원이며 대전이며 대구 등지에서 학도의용군들이 조직되었기 때문이었다.

"지금, 우리가 일제의 침략에서 겨우 되찾은 조국이 다시 위험에 처해 있습니다!"

그들이 대구를 지날 무렵, 대구역 앞에서 비상학도대의 청년들이 태극기를 들고, 어깨에는 붉은 띠를 맨 채 목이 터져라 외치고 있었다.

"나이 어린 학생이라고 하여 가만히 있을 수는 없습니다! 펜을 총으로 바꾸어 이 한 목숨, 자유 대한의 초석이 되어야 하지 않겠습니까!"

그리고 피 끓는 연설을 넋 놓고 보고 있던 서울 촌놈들 중, 누군가가 문득 중얼거렸다.

"우리도 저거 하자."

"미쳤나. 전쟁이 애들 장난인 줄 아나."

"장난이 아니니까 하자는 거야. 왜, 우리도 학교에서 군사 훈련 같은 거 다 받았잖아. 그런 걸 어디다 쓰라고 받은 거겠어."

전쟁 전에도 학교에는 호국단이라는 게 있어, 제식 훈련이며 기초 군사 훈련 같은 것을 받기도 했다. 평소에 훈련을 받았으니 괜찮겠거니, 삼준과 친구들은 그리 안일하게 생각했다. 전쟁이 터졌으니 우리 손으로 나라를 지켜야 하나 보다, 그렇게 단순하게만 생각했다. 대 이을 아들이라도 먼저 피신시켜 살려야 한다 하셨으니, 피란 보내는 것도 깜빡 잊으셨던 셋째 아들은 좀 제멋대로는 살아도 되지 않겠느냐 하는 어깃장도 한몫 거들었다.

그렇게 삼준과 친구들은 학도병이 되었다. 이마에는 '이 한 몸 조국에'라고 적힌 흰 띠를 두르고, 군복이랄 것도 없이 어깨에 붉은 띠 같은 것을 둘러 표시를 한 채, 소년들은 그 난리통에 어디서 구해 왔는지 모를 태극기에 남북통일, 화랑정신, 목숨을 걸고 조국을 지키자, 그런 말들을 한마디씩 적었다. 그렇게 그들은 학생이 아닌 군인이 되었다.

*

"그래서 그때 입대하신 소감은 어떠셨어요?"

진숙은 질문을 하다 말고 웃었다. 삼준은 쓴웃음을 지으며 고개를 저었다.

"속았지."

"속으셨다고요?"

"일단 입대를 하고 나니, 우리는 나라를 지키러 거기 간 게 아니더구나. 우리들은 허수아비였어. 훈련을 받은 군인들이 올 때까지 총알받이 노릇을 하며 시간을 벌어주는 허수아비."

"무기 같은 건 부족하지 않으셨나요?"

"일본 놈들이 쓰던 구식 총이 있었지. 총 쏘는 법만 겨우 배운 뒤 그날 밤부터 보초를 섰는데, 나눠준 총이 변변치 않아 몇 발 쏘지도 않았는데 폭발해서, 얼굴이며 손이 엉망이 되는 놈들도 있었어. 그런데도 제대로 집에 돌아가기는커녕 치료도 제대로 받지 못해서, 운 없는 놈들은 늦더위에 몸이 곪고 피가 다 썩어 죽고 말았지."

삼준은 그때 일을 생각하면 그저 가슴이 답답한지 한숨을 쉬었다.

"모든 게 부족했어, 그해 여름에는. 소금 묻힌 주먹밥조차 부족해 늘 배를 곯아야 했지. 약도 변변히 없어서, 별별 병에 다 걸렸어. 친구 한 놈은 이질로 죽었지. 인민군과 싸우다가 전사를 한 것도 아니고."

삼준을 눈을 감았다. 처음으로 인민군에게 총을 쏘았을 때 생각이 났다. 부상을 입고 산속에서 낙오된 그 인민군 한 사람이, 훈련도 제대로 받지 못하고 바로 전선으로 보내진 학도병 분대의 절반을 쏘아 죽였다. 삼준을 포함해서, 살아남은 절반이 겨우 정신을 차리고 그 인민군에게 총을 쏘았다. 군복은 물론 그 안의 살덩이까지 너덜너덜해지도록 총을 쏘다가 정신이 나가버려, 아군에게 총을 겨누고 마는 놈까지 있었다.

도망치고 싶었다. 하지만 거긴 전쟁터였다. 도망치면 인민군이 아니라 국군 손에 죽는다. 그것도 탈영병이라는 불명예를 뒤집어쓰고서. 도망치고 싶다 한들 갈 곳도 없었다. 국군은 더 이상 후퇴할 곳도 남지 않았고, 부산만 빼앗기면 다 빼앗길 처지였다. 그야말로 배수진을 치고 죽기 살기로 싸우는 수밖에 없었다. 부산, 마산, 대구, 경주, 칠곡, 그리고 낙동강 방어선에서, 하루에도 셀 수 없이 많은 이들이 죽어나갔다.

"그때 미8군 사령관이었던 워커 장군이, 유엔군은 10월 지나서 총반격을 한다고 말을 했었지."

"10월이요? 인천상륙작전은 9월이었을 텐데요."

"워커 장군의 그 말을 믿고, 북한군은 그 전에 전쟁을 끝장낼 기세로 낙동강 방어선을 향해 죽을힘을 다해 밀고 내려왔지. 수도권에 있던 전투 병력까지 전부 낙동강으로 보내고 그야말로 보급선만 남겨둔 거였어. 나중에 지나고 보니 상륙작전을 성공시키려고 그런 말을 한 것이었지만, 그 과정에서 사람이 얼마나 많이 죽었는지……."

*

    그 무렵 삼준이 속해 있던 학도병 분대는 경주 인근의 중대에 배속되어 인민군과 치열한 전투를 벌이고 있었다. 찢긴 시체 위에 또 다시 시체가 쌓이고, 산 사람은 그 시체 사이에 몸을 숨기고 총탄을 갈기면서. 화약 맛과 피 맛이 도는 듯한 주먹밥을 베어 물다가 어디선가 날아온 유탄에 머리가 터져 죽은 놈도 있었다. 사람이 사람의 얼굴을 벗고 한여름 개들처럼 비참하게 죽어나가는 이 지옥에서, 선택할 수 있는 것은 단 두 가지뿐이었다. 적을 죽이거나 적에게 죽임을 당하거나.

    자원입대를 하자고 처음에 누가 먼저 말을 꺼냈더라. 그 말을 한 친구의 멱살이라도 잡아 흔들며 애먼 원망이라도 하고 싶었지만, 전쟁놀이라도 하는 듯한 표정으로 학도병에 자원하자던 친구는 이미 이 세상 사람이 아니었다. 그해 가을이 오기 전, 훈련도 변변히 받지 못한 어린 학도병들은 숱하게 죽어나갔다. 삼준의 친구들은 그때 전부 전사했다.

    인민군이 있으면 쏘아 죽이고, 전우가 죽으면 땅에 묻었다. 사람을 묻었으니 어디다 표시라도 해야 한다, 유품이라도 가족들에게 보내야 한다, 그런 생각조차 없었다. 네 것 내 것이

따로 없기도 했지만, 혹시라도 쓸 만한 게 있으면 필요한 사람끼리 나눠 가지기도 바빴다. 입고 쓸 것이 턱없이 부족해서, 내 신발이 망가졌으면 인민군 시체의 신발이라도 벗겨다 신어야 했으니까. 다행히 부산항으로 전쟁 물자가 들어오면서 식량이나 무기 같은 것이 전보다는 좀 나아지기는 했지만, 전쟁이 계속되고 이 오합지졸 무리들도 어느 정도 교전에 익숙해지자, 군인들은 부족한 수류탄이며 식량 따위를 알아서 조달하게 되었다. 숨어 있는 인민군을 찾아내 전부 죽이고 전리품을 챙기는 거였다. 그렇게 거둬들인 전리품 중에 국군의 지급품이 있으면, 인민군들은 전부 도둑놈의 새끼들이라고 낄낄거렸다.

＊

"…어느새 우리는 그저 이 모든 일에 덤덤해졌어."

"전쟁에 말이죠."

"아니, 전쟁을 빙자하여 벌어지는, 도덕이 무너지는 세상에 말이야. 사람을 죽이지 마라, 남의 것을 빼앗지 마라, 그런 건 인간의 기본 도덕이지 않아. 그런 게 없어지는 거야, 전쟁이라는 건."

삼준을 한숨을 쉬었다.

"아니, 전쟁 중이니까 적은 적이지. 그래도 적이라고 해도 기본적으로 저 놈도 사람이다, 그런 생각은 할 수 있는데……. 그때 우리 부대에 류 중사라는 사람이 있었어."

"류 중사요?"

"우리 학도병들이 들어오자마자 군기를 잡고 훈련시킨 사람이지. 그런데 성품이 잔인해서, 걸핏하면 그 어린 학생들을 때리고 군화로 짓밟고, 총살해 버리겠다고 협박하곤 했어. 우린 인민군 손에 죽지 않으면 류 중사 손에 죽고 말 거라고들 수군거렸지. 아까 덤덤해졌다고 했지만, 그건 덤덤해진 게 아니야. 미쳐 있었다고 해야 옳을 것 같구만."

싸우다 지고, 전우들이 죽어나가고, 남쪽으로 계속 퇴각하면서, 우린 이 전쟁에서 다 죽겠구나 하는 생각만 드는 날들이었다. 신은 없다, 섭리도 없다. 그런 게 있다면 우리를 이렇게까지 망가지게 내버려 둘 리 없다. 조상의 가호라는 게 있다면 우리가 지금 이 지경이 되었을 리 없다. 신도, 조상도 없고, 악마가 있다 한들 인간을 당해 낼 리 없다. 어차피 우린 다 죽을 것이고, 세상도 다 망해 버릴 거다. 그러니 죽어라. 다 죽여버리자. 그 여름과 가을에, 열다섯 살의 삼준은 반쯤 정신이 나간 채, 인민군 비슷한 허깨비만 보아도 방아쇠를 당기고 있었다. 제정신으로는 도저히 거기서 그 수라장에서 버텨 나갈 수가 없었다.

"그래, 그 무렵이었어…… 내가 신神을 만났던 것은."

*

그해 9월, 더글러스 맥아더 총사령관의 주도로 유엔군은 인천 상륙 작전을 성공시켰다. 제임스 도일 해군사령관의 지휘 하에 261척에 달하는 대선단이 인천에 도착하고, 서울로 진격했다.

그 직전까지, 인민군들은 육로로 군수물자를 실어 나르고 있었다. 낙동강 방어선에서 수많은 인민군들이 전사했지만, 보급이라도 충분히 받으니 기세는 등등했다. 그런데 유엔군이 서울을 탈환하면서 전세는 역전되었다. 보급로를 차단당한 인민군은 총퇴각 명령이 떨어지자마자 북쪽으로 이동하기 시작했다. 퇴로를 잃은 자들은 산에 숨어들었다.

하지만 여전히 전쟁이 끝날 기미는 보이지 않았다. 삼팔선 근처까지 밀고 온 중공군의 공세가 이어졌다. 몇 번째인지도 모를 소대장이 교전 중에 또 전사한 뒤, 중대는 소백산 근처의 단양군으로 이동하라는 명령을 받았다.

사방이 산으로 둘러싸인 곳이었다. 그렇지 않아도 해가 짧아지는 시기에, 다른 데보다 일찍 밤이 찾아드는. 이곳에서 각 소대는 저마다 한 마을씩 맡아 주둔했다. 삼준네 소대는 장터와도 꽤나 멀리 떨어진, 아주 외진 곳에 있는 촌 동네에 자리를 잡았다. 마을 사람들은 이곳의 좁은 분지에서 농사를 짓고, 몇몇은 산을 돌아다니며 약초꾼 노릇을 한다고 했다.

그리고 그곳에는 먼저 도착해 막사를 짓던 이들이 있었다.

새로 부임한 어린 소대장과, 그를 따라온 병사 두어 명이었다.

*

"신을 만나셨다더니 그 소대장 말씀이신가요? 막 눈 감고도 적을 쓰러뜨리는 불사신 같은 사람이라서, 신이라 불린 사나이, 뭐 그런 별명이었다거나?"

"자네는 무슨 실없는 소리를. 그 사람은 원래 학교 선생을 하려던 사람이었어."

"아. 학교 선생님이 장교로 온 거군요."

"음, 선생은 아니고, 광주사범학교 졸업반이었는데 전쟁 터지고 부산에서 육군종합학교에 자원해 들어갔던 사람이지. 나중에 알았지만, 그때 우리 국군에는 장교가 없어도 너무 없었어. 갓 독립한 나라라서 원래도 장교가 많질 않는데, 전쟁이 나고 한 달 만에 소위나 중위들이 한 절반 이상이 죽어나갔으니까 말이야."

진숙은 삼준의 말에 귀를 기울이며 키보드를 두드렸다. 그 옆에서는 진숙의 스마트폰 녹음 앱이 돌아가고 있었다.

"좋은 사람이었어. 그때 나는 그 소대에서 유일한 학도병 출신이었거든. 제일 어린 병사였단 말이야. 소대장이 내 나이를 물어보고는, 열다섯이라는 말을 듣더니 자기가 생각해도 어처구니가 없었나 봐. 어떻게 이런 어린 애까지 여기 와 있는 거냐고 하늘을 보고 한탄을 하더니, 주머니를 탈탈 털어 사탕을 두 알 꺼내 주었어."

"사탕이요?"

"그래. 미군 레이션 박스에 들어 있는 그런 것 말이야. 지금도 그때 먹었던 사탕보다 단 사탕은 없는 것 같아. 그 사람 마음이 고마웠지. 말이 좋아 학도병이지, 그때 나는 군인도 학생도 아닌 어설픈 얼치기였고, 언제 죽어도 이상하지 않을 그런 덤 같은 거였어. 그런데 물어보고 걱정하고 해주는 게, 그게 지금 생각하면 참 고마운 일이지."

"좋은 어른이었네요."

"나보다야 어른이라고 해도, 그 사람도 스물두셋밖에 안되었지. 사범학교를 다니다 말고 왔으니까. 우리 큰형보다도 어린 나이였지. 하지만 그 사람은, 우리 소대에서 겉돌았어. 겉돌 수밖에 없었어. 에미도 이해가 갈 게다. 군대에서는 소대장 중대장이, 회사에서는 계장이나 과장 같은 거지. 저기서 뭘 하나 싶은데 없으면 일이 안 돌아가는 그런 것 말이야."

"그렇지요."

"그러니 인민군도 졸병보다는 그런 소대장 중대장을 먼저 쓰러뜨려야 한다는 걸 알았지. 근데 우리나라에, 사관학교가 생긴 지도 얼마 안 되었으니까 장교가 정말 없었어. 죽어나가는 소대장 자리를 대체할 사람도 없어서, 부산 무슨 여고에 임시로 육군종합학교를 만들었지. 그해 9월부터 후보생을 받아서 한 달 남짓 만에 장교들을 뽑아내기 시작했는데, 한 달 배워 나온 소위가 바로 전쟁터로 나가는 거야. 소위 목숨, 하루살이 목숨보다도 못하다고 다들 그랬지."

"그래도 그 의기가 대단하네요. 그렇게 나가면 죽을 줄 알고 갔을 텐데."

"그래, 하지만 종합학교를 나왔다고 해도 벌써 전쟁터에서 몇 달을 구른 사람에 비하면 모든 게 어설펐어. 공부만 하던 학바리니 일하는 요령도 부족했고. 힘 좀 쓴다, 주먹 좀 쓴다 하는 사람들에게 명령이 제대로 통하지도 않았지. 좋은 사람이었고 뭐든지 열심히 했지만, 그게 잘 통하진 않았어. 내 어린 마음에도, 소대장과 잘 지내는 것처럼 보이면 류 중사에게 밉보이겠구나 하는 생각이 들어서, 일부러 소대장을 피해서 다녀야 할 만큼."

"그 류 중사라는 사람은……."

예전 같으면, 이런 이야기를 해도 좋을지, 이런 말이 집 밖에 나가면 가족 누군가가 해를 입는 것은 아닐지 고민했을 것이다. 고르고 골라서, 우리 국군은 용감하게 싸웠고 나라를 지켰노라고, 그런 이야기만 했을 테지. 하지만 지금은, 입바른 소리를 하면 끌려가는 그런 세상이 아니다. 설령 지금 하는 말이 밖에 나가면 곤란한 이야기라고 해도, 그의 며느리는 영민한 사람이었다. 필요한 이야기는 알아서 취사선택하고, 곤란한 말은 알아서 걸러낼 것이다.

"우리 소대의 진짜 권력자는 류 중사였어. 익숙해질 만하면 죽어나가는 소대장들이 아니라, 누가 가서 일부러 죽여도 죽지 않을 것 같은 류 중사가, 우리 소대의 진짜 오야 노릇을 다 했지."

*

그래도 이번 소대장은, 이전의 소대장들처럼 오자마자 바로 죽거나 하진 않았다. 교전 자체가 줄어들었기 때문이었다. 다행이었다. 사람이 죽는 것에 점점 무감해지고 있었지만, 그래도 좋은 사람이 죽는다면 조금은 슬플 것 같았으니까.

소대에 주어진 임무는, 인민군 소탕이었다. 낮에는 산에 혹시라도 인민군들의 은신처가 없는지, 잔당들이 숨어서 돌아다니지는 않는지 수색하고, 밤에는 인민군들이 마을로 내려와 식량을 약탈하지 못하도록 잠복근무를 섰다.

하지만 그게 전부가 아니었다. 마을에 빨갱이 부역자가 있는지 찾아내는 것도 군인들의 일이었다. 류 중사가 제일 좋아하는 일이 바로 이것이었다. 보련에 가입한 자들을 색출해 죽여버리는 것.

보련, 즉 보도연맹은 원래 엄밀히 말하면 공산주의 단체가 아니었다. 공산주의 사상에서 전향한 사람들, 북한을 반대하고 대한민국에 충성하겠다는 사람들을 보호하고 지도한다며 나라에서 만든 단체였다. 그런데 처음 이 단체가 만들어질 때 공무원들과 경찰들은 할당된 실적을 채우기 위해 비료나 식량 같은 것을 나누어주며 가입하라고 권했다. 그러다 보니 시골 노인이나 어린 학생들, 사상 같은 것은 전혀 모르는 이들도 어쩌다 거저 주는 비료 한 포대를 받고 가입하기도 했다.

그런데 전쟁이 터지자 상황이 바뀌었다. 보련은 원래 빨갱이들이었으니 인민군이 들어오면 동조할 것이라며, 보도연맹 가입자를 다 죽이라는 명령이 내려온 것이다. 보련에 가입했으면 빨갱이라고, 지금은 순박한 얼굴을 하고 있지만 기회만 되면 국군의 뒤통수를 치고 인민군에 부역하고 남을 놈들이라고. 위에서 명령을 했으니 따라야 한다고 생각은 했지만, 그런 일을 좋아서 하는 사람은 없었다. 류 중사만 빼고.

류 중사는 사람 죽일 기회를 결코 마다하지 않았다. 사람들이 살려 달라고, 무릎 꿇고 이마를 땅에 조아리며 제 발밑에서 애걸복걸할 때마다, 싱글벙글 웃기까지 하는 것이, 어쩌면 그 상황을 즐기고 있었을 것이다.

"이게 말이나 됩니까? 저 열 살도 안 된 어린아이가 무슨 빨갱이는 빨갱이!"

비료 포대 받으러 온 제 부모를 따라 왔다가 한 포대 더 들고 간 어린아이까지 총살대에 묶여 있던 날, 소대장은 허겁지겁 달려와 막으려 했다. 명단에 이름이 있다고 해도, 일고여덟 살밖에 안 된 아이가 공산주의자일 리 없다. 하지만 류 중사는 소대장 보란 듯이 눈앞에서 어린아이를 쏴 죽여놓고 이를 드러내어 웃었다.

"여기 명단에 있는데, 뭐 어쩌라는 거요? 군인이 위에서 시키면 눈 딱 감고 하는 거지."

"생각이라는 게 없는 겁니까! 상식적으로 생각을 해봐요!"

"상식? 상식 좋아하네. 원래대로라면 빨갱이 편드는 건 빨갱이라고, 모조리 모가지를 따버려도 시원치 않은 건데. 소대장님이 아직 어려서 뭘 모르겠거니 하고 봐주는 줄이나 아쇼."

류 중사는 대검을 던졌다 받았다 하며 불손하게 말했다. 그리고 돌아서서는 빈정거렸다.

"쏘가리 새끼가 겁만 많아가지고. 확 대가리를 날려 버릴까 보다."

소대원들이 어깨를 움츠리자, 그는 껄껄 웃으며 소리쳤다.

"이런 전쟁터에서 대가리에 바람구멍이 난들, 인민군이 쐈다면 그만이지!"

마치 소대장이 들어도 상관없다는 듯한 말투였다. 아니, 들으라고 그렇게 말했던 거겠지. 그런 사람이었다. 사람 백정, 사람 백정 같은 놈. 그래도 소대원들은 거역할 수 없었다. 마음은 착해도, 이 전쟁터에서 제 목숨도 제대로 건사 못 할 것 같은 소대장보다는, 류 중사를 따라야 그나마 살아서 돌아갈 수 있을 것 같았다. 아니, 따르지 않으면 인민군이 아니라 정말로 류 중사 손에 죽을 것 같았다.

어느 날엔가는 류 중사가 제대로 걷지도 못하는 사내 하나를 끌고 나왔다. 경성에서 공부를 하다가 일본 놈들 징용에 끌려가서 다리를 못 쓰게 되었다는 이였다.

"이 시골에서 서울까지 공부를 하러 갔다면 틀림없이 머리 좋은 놈이고, 머리 좋고 먹물 든 놈들이 일본 놈들에게 고초를 당했다면 그건 필시 빨갱이라는 거지."

류 중사는 그 집 할매가 잠시 장에 간 사이, 그 병약한 사내의 멱살을 잡아끌어다 바닥에 동댕이치고 총을 쏴 갈겼다. 안경이 박살나고, 바닥에 피가 튀었다. 본보기랍시고 처참한 시체를 끌어다 마을 한가운데 팽개쳐 놓고, 류 중사는 소대원들을 이끌고 돌아왔다.

그리고 그날 저녁, 할매가 소대 막사 앞에 나타났다.

"내 자식 살려 내라!"

할매는 보초를 서고 있던 삼준의 멱살을 잡아 흔들며 소리
쳤다. 사람 뱃속에서부터 온 기운을 다 끌어내 외치는 듯한,
창자가 다 끊어지는 듯한 비명이었다.

"내 자식 살려 내라, 이 사람 백정 놈들아……. 인민군은 와
서 곡식만 털어갔지, 죄 없는 사람까지 끌어내 죽이진 않았느
니라……. 왜놈들 등쌀에 다리병신이 다 된 내 아들, 집 밖에
나돌아다니지도 못하는 그 불쌍한 놈이 무슨 죄를 지었다는
말이냐. 이 비적 떼만도 못한 놈들아, 내 아들이 무슨 빨갱이
짓을 했다고 죽여, 죽이기는!"

그때였다. 류 중사가 나오더니, 할매의 목을 잡아 바닥에
내팽개쳤다. 그리고 바로 보초를 서던 삼준의 오금을 걸어차
더니, 앞으로 고꾸라진 그의 등짝을 군홧발로 콱 밟았다.

"보초도 못 서는 멍청한 새끼 같으니, 어디서 빨갱이 할망
구가 얼씬거리게 두고 있어. 여기가 어딘 줄 알고."

그는 삼준을 두어 번 더 걸어차다가, 할매가 악에 받쳐 덤
벼들자 바로 대검을 휘둘렀다. 할매는 흐느낌 같기도, 비명
같기도 한 소리와 함께 고꾸라졌다. 숨을 아직 헐떡이는 할매
의 작은 몸을, 류 중사는 발로 꾹꾹 밟으며 중얼거렸다.

"곡식을 털어가긴 뭘 털어가. 인민군에게 곡식을 내줬으면

빨갱이 맞지."

그날부터 삼준은 며칠 동안 죽을 만큼 앓았다. 그래도 누군가 배급받은 옥수수가루로 죽을 끓여다 줘, 죽지는 않았다.

정신이 아득한 가운데, 소대장의 목소리가 들렸다. 뭔가 부서지는 소리도 났다. 정말로 류 중사가 소대장을 죽여버리려고 한 것을, 몇몇이 매달려서 겨우 말렸다고 했다. 류 중사는 실전 경험도 거의 없는 약골 소대장이 자신에게 이래라 저래라 선생같이 꾸짖는 것이, 그리고 졸병들이 자신을 말린 것이 분해 이것저것 걷어차다가 씩씩거리며 마을로 향했다. 그가 마을에서 술을 빼앗아 먹었는지, 남의 닭을 잡아먹었는지, 그도 아니면 사람을 잡았는지는 알 수 없었다.

"까불면 전부 죽여버릴 줄 알아."

다음 날, 해가 중천에 뜰 무렵에야 돌아온 류 중사는 소대원들에게 협박하듯 울러댔고, 병사들은 모두 고개를 푹 숙인 채 아무 일도 없었던 것처럼 굴었다. 몇몇은 류 중사 몰래, 낡은 멍석으로 할매의 시신을 말아 마을로 옮겨 놓았다. 삼준은 그 모든 일을, 그저 듣는 줄도 모르고 듣기만 했다.

그렇게 사흘째 되던 밤, 삼준은 선잠을 자다가 다른 사람들이 두런두런 이야기하는 것을 들었다. 주로 류 중사에 대한 이야기였다. 누군가가 말했다. 류 중사는 원래 일제시대에 일본 놈 앞잡이를 하던 밀정 출신이라고. 이름도 야나기 아무개라고 하면서, 아주 일본 놈이 다 된 것 같이 살았다고.

"일제시대에는 조금만 제 마음에 안 들어도 불령선인입네 고발하고, 멀쩡한 장정들이 징용 피해서 숨어 있는 거 죄다 팔아먹던 놈이, 이제는 아무나 빨갱이입네 하질 않나."

"쉿, 그런 말 말어. 지금 와서 증거가 있는 것도 아니고."

그런 이야기에 귀를 기울인 채, 삼준은 모포를 뒤집어쓰고 꿈쩍도 하지 않았다. 학도병으로 자원입대하여 인민군 손에 친구들이 죽어나가는 꼴을 보았지만, 그 사람들 보기에 삼준은 여전히 새파란 어린애였다. 그런 일에 의논 상대는 고사하고 끼어들 만한 주제도 되지 못했다. 그런 일은 그저 모르는 게 약이었고, 잠결에 들은 적도 없다는 듯이 구는 게 답이었다.

겨울이 다가오고 있었다.

소백산맥 여기저기에 인민군이 숨어 있는 것만은 분명했지만, 소대는 별 전공을 올리지 못하고 있었다. 산세는 험하고 비탈은 가파른 데다, 결정적으로 마을 인심을 다 잃었다 보니, 누군가 인민군이 어디 있노라 알려주는 법도 없었다.

"중위가 명령을 따른 것은 사실이다."

삼준이 어느 날 소대장에게 물었다. 빨갱이를 죽여야 하는 것은 맞지만, 그 할머니가 정말 죄가 있었던 것이냐고. 소대장은 한숨을 쉬며 대답했다.

"전쟁이 발발하고 얼마 지나지 않아, 대통령 특명으로 내려온 이야기다. 남로당 계열과 보도연맹 관계자들을 처형하고, 명령에 불복하는 부대원은 총살해도 된다고."

소대장은 괴로운 표정을 지었다.

"원래는 이곳 사람들을 보호하고, 드문드문 나타나는 인민군들에 대한 첩보를 입수해서, 산에 숨어 있는 인민군들을 토벌해야 하는 것인데……. 류 중사처럼 다짜고짜 죽이고 빼앗고 막무가내로 구는 데야 마을 사람들이 협력해 줄 리 없으니."

날은 점점 추워지는 데다 구석구석 산기슭마다 국군이 자리를 잡고 있으니, 식량이 모자라서라도 슬금슬금 움직이는 놈들이 있어야 했다. 도망칠 길을 찾아 내려오든, 식량을 구하러 오든. 하지만 마을 사람들은 다들 모른다며 고개를 저을 뿐이었다. 류 중사는 이런 상황이 무척이나 마음에 들지 않았다.

"싹 밀어버립시다."

그러던 어느 날, 류 중사는 소대원들은 물론 소대장까지 불러놓고 기세 좋게 소리쳤다.

"여기만 해도 어차피 빨갱이 부역자가 여럿 나온 마을 아니오. 몽땅 빨갱이와 한통속이라고 해도 이상할 게 없지. 그

렇지 않고서야 어떻게 이렇게까지 잠잠할 수 있겠소. 이 난리
통에."

"증거 없이 민간인을 다 죽이겠단 말입니까?"

"산에 드나드는 심마니들이 있다고 하지 않았소. 그 심마
니들이 연락책이나 뭐 그런 것인 모양이지."

류 중사는 팔짱을 끼고 웃었다.

"세상 물정에 어두운 척하지 맙시다. 죽은 놈은 말을 못하는
거요. 언제까지 궁둥이 무겁게 여기 주저앉아 있을 거요. 심마
니 놈들은 산에 숨은 인민군과 내통하는 쥐새끼들이요, 여기
마을 사람들은 거기 동조하는 놈들인데. 보도연맹에 빌붙은
빨갱이들이 한둘이 아니었는데, 나머지라고 말짱하겠소. 다
죽이고, 귀며 코며 잘라서 전과 보고나 올리면 그만이지."

그 말에, 소대장이 자리에서 벌떡 일어났다. 그는 류 중사
를 향해 주먹을 휘둘렀지만, 류 중사는 비웃으며 몸을 피하더
니 그대로 소대장의 팔목을 꺾어버렸다. 팔에서 우드득하는
소리가 나는 것과 동시에, 소대장이 비명을 질렀다. 팔이 부
러진 모양이었다. 류 중사는 그대로 소대장의 군복 소매를 툭
툭 털며, 고개를 숙이고 그를 들여다보았다.

"원래대로였으면 인민군 놈들과 싸우는 중에 알아서 죽었
을 약골 새끼가."

"이, 이놈……."

"이놈 저놈 하지 마쇼. 책상물림 노릇 하며 쏘가리 계급장 하나 얻어 달았더니 윗사람 노릇까지 하고 싶은 모양이지. 대가리에 피도 안 마른 새끼가."

류 중사는 소대장의 이마를 손가락으로 툭 튕기며 비웃었다.

"칵 죽여버릴라. 뭐, 그래도 상관은 상관이니까. 영광스럽게 전사한 걸로 해드릴게."

그때였다. 밖에서 인기척이 났다. 류 중사는 문을 열어젖혔다. 앞마당에 웬 초라한 할매 한 분이, 바구니에 떡 같은 것을 해 담아다 들고 있었다.

"거, 뭐요."

"아이고, 대장님. 이거 떡인데 좀 드셔보시우."

넉살 좋게 웃으며 다가온 할매가 류 중사에게 떡을 권했다. 류 중사는 미심쩍은 얼굴로 할매를 쳐다보았다. 그가 생각하기에도, 그동안 마을에 부린 패악이면 누가 떡에 독을 넣어서 가져와도 이상하지 않겠다 싶었는지, 그는 머뭇거리다가 턱짓으로 삼준을 가리켰다.

"너, 가서 먼저 먹어봐라."

"섭섭하게. 고생하는 국방군 배곯을까 해온 떡인데, 설마 쥐약이라도 탔을까 봐 그러시우?"

할매가 삼준의 손에 떡을 쥐여주었다. 전쟁 중이라 늘 굶주렸기 때문이었을까. 삼준은 살면서 그렇게 맛있는 떡은 처음 먹어보는 것 같았다.

삼준이 떡을 먹고도 멀쩡하니, 그제야 다들 떡을 한 개씩, 혹은 두서너 개씩 집어 들었다. 그런데도 류 중사는 의심스러운지, 할매를 노려보기만 했다.

다들 걱정이 되었다. 류 중사가 무슨 핑계를 대서 이 할매도 죽여버리려는 건 아닐까 하고. 오늘 처음 보는 할매였다. 무슨 꿍꿍이로 여기 왔는지도 알 수 없었다. 하지만 이 말랑말랑한 떡을 한 입씩 먹고 나자, 어쩐지 다들 고향에 계신 어머니, 외할머니 생각이 났다. 류 중사가 할매를 계속 노려보자, 병사들은 류 중사의 앞을 가로막으며 비굴하게 웃었다.

"드셔보십쇼, 따끈따끈한 게 아주 맛납니다."

그제야 류 중사는 떡을 하나 집어먹었다. 누군가가 떡을 하나 더 집어 소대장에게 건넸다. 할매는 류 중사와 소대장이 떡을 먹는 것을 보고서야, 그 쪼글쪼글 주름진 얼굴 가득 미소를 지었다.

"다들 출출할 것 같아 떡을 좀 마련해 왔는데, 이렇게 다들 맛나게 드셔주시니 다행이우."

"거, 뭐요. 뭘 부탁하려고 온 거요."

류 중사가 불손한 태도로 말했다. 하지만 할매는 개의치 않는 듯했다.

"실은, 나는 저 위 암자 공양간에서 일한다우."

"공양간?"

"공양주 보살님이시군요. 나무아미타불."

소대장이 중얼거렸다. 류 중사는 마음에 안 들었는지 입을 씰룩거리며 물었다.

"공양주?"

"그래요. 내가 젊어서 이 마을로 시집을 왔다가, 그만 서방이 일찍 세상을 뜨는 바람에. 일찍부터 산 너머 절에서 공양주로 지내다가, 마침 모시던 노스님께서 이쪽 암자로 오시면서 암자 공양을 도맡고 있었지 뭐요."

"그런데 보살님께서 무슨 일이십니까."

"공양주라고 산에서만 지내는 건 아니라우. 평소에는 노스님을 모시고 지내다가, 노스님께서 본 절에 가 계시는 동안에는 이리 마을에 내려와서 지내니까. 왜, 겨울에 동안거 기간에 말이우. 스님은 스님대로, 나는 나대로, 따뜻한 데 내려와 지내기로 했다우. 겨울에는 암자도 많이 춥고, 땔나무 마련하기도 쉽지 않으니까."

보살 할매는 인상을 쓰고 있는 류 중사는 안중에도 없는 듯이, 하고 싶은 이야기를 쉴 새 없이 이어갔다.

"여름에 큰 난리가 났다더니, 인민군들이 전쟁이라고 밀고 내려왔다는 이야기는 들었수. 그런데 올 추석 무렵부터 슬금슬금 인민군들이 산에 숨어들더니, 저기 이곳저곳에 숨어 지내지 않겠수? 그렇지 않아도 국방군이 와서는, 마을 여기저기 인민군을 숨겨주는 게 아니냐고 묻는다고 들었는데……."

"인민군이 어디 있는지 아십니까."

소대장이 물었다. 할매가 고개를 끄덕였다.

"알지, 이 마을 사람들은 인민군에게 식량 같은 건 주지 않았수. 그랬으면 그 애들이 지금 이렇게 나무껍질이나 벗겨 먹으며 지낼 리 없지."

"그렇습니까……."

"하지만 그냥 올라가면 큰일 날 거라우. 숫자가 꽤 되는 것 같더라니까. 여기 모인 국방군 숫자만큼은 될 거요."

"중대 본부에 연락을 해야겠군."

"개소리 하지 마쇼. 소대원 숫자만큼 되면, 한 놈이 하나씩 모가지를 따버리면 그만이지."

류 중사는 뜻대로 되지 않는 게 화가 나는지, 누군가의 철모를 걷어차며 투덜거렸다. 그러자 할매가 손짓을 하며 말했다.

"내게 좋은 꾀가 있는데, 들어보시겠수."

"예, 부탁드립니다."

"이런 할망구 말을 들어서 뭘 어쩌겠다는 거요."

"다들 할머니 말씀에 집중해라. 이 산에 대해서는, 우린 이 할머님만큼 잘 알지 못하니까."

소대장은 류 중사의 말을 끊었다. 류 중사가 이를 가는 듯한 소리를 냈다. 병사들은 어깨를 움츠렸지만, 소대장은 다친 팔을 다른 손으로 감싼 채 할매를 바라보았다. 할매는 그제야 소대장의 손목이 부어오른 것을 보고는, 얼른 다가와 소매를 걷어보았다.

"아니, 이렇게 팔을 다쳐놓고 전쟁은 무슨 전쟁. 이리 손 좀 줘보시우."

할매는 허리춤에서 무슨 고약 같은 것을 꺼내더니, 소대장의 부어오르는 손목 위로 처덕처덕 발랐다.

"날이 추워지고 산에 먹을 게 없어지면, 산짐승들도 모습을 숨기는 법이라우. 죽은 게 아니라, 어딘가에 굴을 파고 몸을 숨기며 겨울을 나는 거요. 사람도 마찬가지요. 먹을 게 없고 날이 추워지면, 한데 모여 조금이라도 따뜻하게 지내려고 하고, 또 먹을 것을 아끼기 위해 가급적 돌아다니지 않는 법이라우. 내 가만 보니, 인민군들이 낮에 잠깐은 돌아다니다가 초저녁부터 여기저기에 웅크려 있었으니, 그 애들이 안 자고

깨어 있거들랑 덜자구야, 덜자구야 하고 소리를 치고, 잠을
자거들랑 다자구야, 하고 소리를 지르면 여기 국방군 분들이
알아듣지 않겠수?"

"그건 다자구 할머니 이야기가 아닙니까. 그… 옛날에 어
디서 도적 떼를 잡으려 할 때 관군을 도와주셨다는."

"그렇지, 젊은 대장님이 잘 아시는구만. 때 맞춰서 조용히
올라가면 사람이 상하지 않고도 그 애들을 데려올 수도 있겠
구려."

그리고 보따리 구석에서 무슨 너덜너덜한 천 같은 것을 꺼
내 길게 북 찢었다.

"오늘은 무거운 거 들지 말고 일찍 주무시우. 오늘은 늦었
으니, 내가 내일 낮에 산에 올라가서 인민군들이 어쩌는지 보
고 신호를 해 줄 테니."

할매는 소대장의 팔에 그 천 조각을 둘둘 감았다. 그리고
반쯤 빈 떡함지를 이고 막사를 나섰다. 류 중사는 할매의 뒤
통수에 대고 욕설을 내뱉었다. 소대장은 다친 팔로 상자를 짚
고 일어나며 말했다.

"내일, 할머니 말씀을 믿고 작전을 수행한다. 초병 제외하
고는 오늘은 모두 일찍 잠자리에 들도록."

"지금 노망 든 할망구 말을 믿겠다는 거요? 인민군 놈들 보

고 애들 어쩌고 하는 본새를 보니, 보나마나 인민군과 한통속 같은데?"

"지금, 인민군이 산에 숨어 있다는 첩보를 받았는데, 그걸 무시하겠다는 겁니까?"

소대장이 묻자, 류 중사는 제 혀를 질겅질겅 씹으며 있는 대로 낯을 찌푸렸다.

"마음대로 하쇼, 예."

"……."

"혹시라도 함정에 빠진 거면, 내 손에 죽을 줄 알고."

"할머니 말씀이 제대로 된 첩보인 것으로 밝혀지면, 류 중사는 상관에 대한 예의부터 배우도록 합시다. 자, 가서 모두 취침하도록."

다음 날 아침, 할매는 소대 막사 앞으로 다시 왔다. 어제의 떡함지를 다시 머리에 인 채였다. 함지에는 큼직한 잎으로 싼 주먹밥이 한 사람당 두 개씩 돌아가게 들어 있었다.

"마을에 가봤는데, 친척들이 죄다 겁에 질려 있지 않겠수. 국방군이 죄 없는 닭실할매에 그 아들네미까지 해치고 갔다고. 다른 사람은 몰라도, 닭실할매는 워낙 의심이 많아서 보도연맹에서 주는 쌀도 마다하고 받질 않았다는데."

소대원들은 모두 고개를 숙인 채 입을 다물었다. 그저 류 중사만이 듣기 싫다는 듯 건들거렸다.

"사람이 백 번을 잘해도 한 번을 잘못하면 그렇게 안 좋은 말을 듣는 법이라우. 여기 마을 사람들은 정말 그런 거 모르는 순박한 사람들인데."

"아, 하기 싫으면 그냥 가쇼. 다 늙은 할망구가 무슨 말이 그렇게 많아서."

"아이고, 공을 세울 생각에 그저 마음 급한 줄은 알겠지만, 바쁠수록 돌아가라는 말도 있지 않우. 다 됐고, 하나만 약속해 주시우."

"어떤 약속이 필요하십니까."

"인민군이 전부 자고 있으면, 내가 신호를 할 거요. 내가 올라가서, 인민군 아이들도 배가 고플 테니 떡이라도 하나씩 먹이고, 그 애들이 폭 잠이 들면 다자구야, 하고 신호를 할 테니 올라오시구려. 대신, 마을 사람들을 해치지 않겠다고 약속하시우."

"알겠습니다."

"거기 젊은 대장님 말고, 이쪽 양반도."

"……."

"약속하십시오, 류 중사."

"하, 거 참."

류 중사는 웅얼거리며, 고개를 끄덕이는 시늉을 했다. 할매는 걱정스레 류 중사를 바라보다가 떡함지를 머리에 이었다.

삼준은 뭔가 이상하다고 생각했다. 어제 소대장은 분명 팔이 부러졌던 것 같은데, 오늘 보니 부은 흔적도 없이 말끔했다. 게다가 아까 주먹밥을 꺼내고 나서 함지가 텅 비었던 것을 보았는데, 할매의 떡함지는 어젯밤 먹었던 것 같은 따끈따끈한 백설기 냄새를 풍기고 있었다. 할매가 확인하듯이 한 번 더 말했다.

"약속을 어기면 안 돼요. 응?"

그날 낮이 지나고 해가 떨어지도록, 신호는 오지 않았다.

"어떻게 된 거야."

"그 할매, 인민군들에게 붙잡힌 거 아니야?"

소대원들이 수군거리는데, 보초를 서던 이가 헐레벌떡 뛰어들어 왔다.

"저, 저기!! 저기 좀 보십쇼!"

모두가 밖으로 나왔다. 소대 막사 앞에는 낯익은 물건들이 쌓여 있었다. 때가 묻고 낡았어도 국방색과는 확연히 구분되는, 황토색에 가까운 밝은 녹색 군복과 네모나게 각이 진 군모에다 모신나강 소총 몇 자루였다.

"어떻게 된 거야. 인민군이 여기까지 내려온 건가?"

"빨갱이 놈들이 도망간 거야?"

그때였다. 류 중사가 드럼통을 걷어차며 소리쳤다.

"이 멍청한 새끼들아, 당장 무장해! 가서 마을을 아주 박살을 내버려야겠다!"

"류 중사!"

"어디서 큰 소리야, 쏘가리 새끼가!"

류 중사는 소대장을 향해 주먹을 휘둘렀다. 소대장은 명치를 얻어맞고 비틀거렸다.

"노망 난 할망구 말을 믿지 말라고 했지? 멍청하게 할망구 말이나 믿더니. 내가 뭐랬어. 속은 거면 내 손에 뒈질 줄 알라고 했어, 안 했어!"

류 중사는 기관단총을 집어 들더니, 하늘을 향해 몇 번이나 쏘아댔다. 당장이라도 마을로 달려가 사람들을 전부 쏴 죽여버릴 기세였다. 류 중사가 앞장을 서고, 소대장은 그의 손에 멱살이 잡힌 채 끌려갔다. 병사들은 쩔쩔 매며 그 뒤를 따랐다. 갑자기 총 소리가 나고 군인들이 나타나자, 마을 사람들은 어쩔 줄 몰라 했다.

"시펄, 이 빨갱이 새끼들이."

류 중사는 마침 농기구를 들고 돌아오던 젊은 남자 하나를 붙잡더니, 대뜸 대검으로 팔뚝을 푹 찌르며 물었다.

"으악!"

"오늘 우리 소대 앞에 인민군복이 쌓여 있던데. 자, 말해. 여기 누가 인민군 끄나풀인지."

"그, 그런 거 없… 아악!"

"한 번 물어볼 때마다 한 군데씩 찌를 거다."

총각의 팔에서 피가 줄줄 흘렀다. 총각은 팔을 감싸며 바닥을 뒹굴었다. 그 피가 흙바닥에 뚝뚝 떨어진 순간, 초저녁 어스름 속에서 할머니의 목소리가 울려 퍼졌다.

"다자구야, 다자구야."

"이, 이 할망구가…….."

류 중사는 눈을 희번덕거렸다.

"이, 이 마을부터 전부 불 싸질러 버려. 이런 촌구석에 있는 마을 따위, 누가 알지도 못하거니와. 누가 뭐라고 하면, 마을 사람들이 전부 죽은 건 인민군 때문인 거지. 인민군이 주는 쌀을 받아 처먹고 빨갱이가 되었는데. 인민군이 이 놈들을 다 죽인 거나 다름없……. 아니, 그런데 저 할망구는, 저 할망구는 인민군이랑 한패거리인 거야? 이…….."

"정신 차려, 류 중사!"

소대장이 소리쳤다. 류 중사는 소대장의 얼굴을 향해 주먹을 휘둘렀다. 소대장이 겨우 옆으로 피하더니 있는 힘을 다해 류 중사에게 덤벼들었다. 류 중사는 바닥으로 넘어져 뒹굴었다가. 입에서 피가 섞인 침을 내뱉더니 소대장을 밀쳐냈다.

"저 빨갱이, 저 빨갱이 할망구를 잡아 죽여야 해…… 할망구를 죽이고… 인민군 말장난에 놀아난 쏘가리 새끼, 너도 내 손으로 죽여버릴 줄 알아."

류 중사는 소대장에게 악담을 퍼붓고는, 기관단총을 집어들고 산을 향해 달려갔다.

그날 밤, 비도 오지 않았는데 하늘이 무너지는 듯한 소리가 났다.

*

"그래서요?"

"다음 날 아침, 우리 소대원들과 마을 사람들이 산에 올라갔지. 소대장은 밤새 마을 사람들에게 사죄를 했어. 마을 사람들도 몇 번이나 소대장이 류 중사를 말리려 했던 것을 보았으니까, 일단은 그 할머니를 찾으러 갔지. 분명 이 마을 사람이라고 했는데, 마을에는 그런 할머니를 아는 사람도 없거니와, 저 뒷산에는 암자도 없었거든."

"귀신에 홀린 이야기 같네요."

삼준은 귀신이라는 말에 슬며시 미소를 지었다.

"귀신이 아니라 신이었던 게지."

"신이라고요?"

"동이 트고 산에 올라가 보니, 류 중사는 산꼭대기 근처에서 죽어 있었어. 바위가 무너져서 깔려서 죽었는데, 참 이상한 일이었어. 그 근처에 바위가 무너질 만한 곳이 없었거든."

"꼭 천벌을 받은 것 같네요."

"죽기 전에 무엇을 보았는지, 류 중사는 귀신이라도 본 것 같은 얼굴을 하고 있었어. 아니, 어쩌면 이미 피를 보았던 그 순간에 홀렸던 것인지도 모르지. 할매가 약속은 꼭 지켜야 한다고 하셨으니 말이야."

"그럼 그 할머니가 누구셨는지는, 결국 알 수 없었던 건가요?"

"류 중사가 죽은 곳은, 죽령 꼭대기에서 서른 걸음쯤 떨어진 곳이었어. 그 바로 위에 죽령산신을 모시는 작은 신당이 있었지. 암자가 아니라."

진숙은 키보드를 두드리다 말고 삼준의 얼굴을 바라보았다.

"소백산에는 산신이 여럿 있지만, 죽령의 산신이라면 보통 다자구 할머니라는 여산신을 모실 텐데요."

"그래, 다자구 할머니야. 우리에게 떡을 해다 주시고, 마을 사람들을 죽이지 말라고 당부하신 분이 다자구 할머니였던 거지."

삼준은 한숨을 쉬다가 차를 한 모금 마셨다. 이야기가 길어져, 차는 이미 다 식어 있었다.

"류 중사의 시신을 수습해서 돌아오던 길이었어. 우리 소대와 마을 사람들이 내려오는데, 어디 동굴에서 앳되어 보이는 빡빡머리들이 고개를 비죽 내밀고 있었지. 내 또래의 인민군들이었어."

"아."

"아직 애들이나 다름없는 그 인민군들은 계속 굶주리고 있었는데, 어제 웬 할머니가 와서 살 길을 알려줄 테니 군복과 무기를 전부 내놓으라고, 그리고 하루만 더 여기 숨어 있으라고 하셨다더구나. 우리 소대장은 두말 않고 그 애들을 거두어서 산을 내려왔어."

"그러니까 아버님 말씀은, 죽령의 산신령이 마을 사람들과 그 어린 인민군들을 살리려고 하셨다는 말씀이신가요?"

"그런 셈이지."

삼준은 고개를 끄덕였다. 진숙은 어디까지 이 이야기를 기록해야 할지 모르겠다는 듯 그를 쳐다보다가, 고개를 숙이고 키보드를 두드렸다. 있는 그대로, 구술사로서 기록될 수는 없다고 하더라도, 이 이야기는 다른 형태로라도 기록되어야 할 것 같았다. 그런 진숙의 생각을 아는지 모르는지, 삼준은 이야기를 무심하게 이어갔다.

"그다음 해 봄에, 이승만 대통령이 담화를 발표했어. 피난을 떠났던 국민들도 생업을 되찾았으니, 학도의용군은 학교로 돌아가 다시 공부를 하라고 말이야. 나는 그렇게 겨우 집으로 돌아갈 수 있었어."

"그래도 다행이었네요……."

진숙이 고개를 끄덕였다. 그러다가 진숙은 걱정스러운 듯 물었다.

"그 소대장이라는 분은 어떻게 되셨을까요? 그렇게 성품이 선한 분이면, 전쟁을 견뎌내기 쉽지 않았을 것 같은데."

"음, 나도 그래서 걱정을 많이 했어. 나중에 전쟁이 끝나고, 어떻게 광주사범학교 쪽으로 수소문을 해서 소대장을 찾아보았지. 살아 계시더구만. 어떻게 연락이 닿아 다시 만나고, 그러다가 소대장의 막내 여동생과 결혼을 했는데, 그게 세상

떠난 자네 시모라네. 우리 우진이 할머니 말이야. 지금 우리 우진이가 군복 입은 사진을 보니, 그때 우리 소대장 생각이 많이 나는구만. 정말 좋은 사람이었지. 정말 착하고 사려 깊고……."

토지정신

곽재식

제주도는 다양한 신화와 전설이 많이 남아 있는 지역이다. 요즘에는 아예 '제주 신화'라는 식으로 제주도에 관련된 민담과 전설을 정리한 자료를 찾는 것도 어렵지 않다. 사라져 가는 토속적인 무속 문화를 보존하고자 한 학자들의 노력 덕택에 무속인들이 전한 전설들이 20세기 후반에 많이 채집될 수 있었고, 그렇게 알려진 자료의 양은 꽤 많은 편이다. 그런 만큼 현대의 조사가 이루어지기 이전에 기록된 제주 전설의 형태도 따로 살펴볼 가치가 있다.

조선 시대 이전에 제주도에서 조사된 전설의 사례를 보아도, 다른 지역과 비교했을 때 그 분량이 적은 편이라고 할 수는 없다. 잘 꾸려진 사연으로 정리된 현대의 자료들에 비하면 옛 기록은 핵심만 간결하게 전한다는 차이가 있기는 하다. 그러나 그것만으로도 제주도 지역 전설은 확실한 특색을 드러낸다.

예를 들어, 서련이라는 판관이 제주도에 부임해 겪은 일에 관한 이야기는 중세 유럽의 기사 서사시와 비슷하다는 느낌이 들 정도로 전설 속 영웅이 악당을 물리친다는 줄거리에 충실하다. 남구만이 쓴 『약천집』의 글 「외증조 증 병조참판 서공 묘갈명」를 보면 최소 17세기에 이미 완성된 내용이 남아 있으니, 비교적 연원이 높이 거슬러 올라가는 이야기라고 짐작할 수도 있다. 이야기의 주인공인 서련이 16세기의 실존 인물이라는 점도 흥미를 끈다. 그러니 이 이야기는 지금으로부터 300~400년 전 조선 사람들의 '용맹한 영웅의 멋진 모험담'에 대한 관념을 살펴볼 만한 좋은 자료다.

이야기의 뼈대는 이렇다. 서련은 과거에 급제하고 조정의 명령을 받아 제주를 다스리려고 방문하는데, 뱀 괴물을 숭배하며 사람을 제물로 바치는 이상한 의식을 치르는 풍습이 있는 마을을 발견한 후, 동료들과 함께 그 뱀을 물리친다. 세월이 흐르며 여기에 다른 설정이나 이야기가 덧붙기도 하고 여러 사람의 입을 거치며 더 많이 퍼져나간 것으로 보인다. 덕분에 이 이야기는 제주도 관련 설화집에도 자주 실리며, 나는 TV에서 영상화된 것을 본 기억도 있다. 지금도 제주도 현지

김녕굴에 관한 설화로 알려져서 그 앞에 비석이 서 있다.

그렇기에 남구만이 기록한 원래의 담백한 이야기에 담긴 소재들을 최대한 많이 살리며 새 이야기를 꾸며 보고자 했다. 서련 판관이 괴물을 물리치는 것은 16세기에 들어 와서의 일이기에, 그보다 훨씬 앞서서 같은 지역을 방문한 인물이 괴물을 물리치지 못하고 희생당했던 이야기를 글로 구성해 보았다. 이 또한 서련 판관의 전설과 기록을 존중하는 의미로 볼 수 있을 것이다.

거울 세계

김설아

이 이야기에 등장하는 백두산 전설은 〈천지 속의 용궁〉과 〈용을 동여맨 돌기둥〉입니다.

첫 번째 전설은 장우와 바우 형제가 나오는데, 아픈 동생을 위해 천지 속 용궁에 간 장우는 용왕을 만나 동생 병을 고칠 보물들을 얻어 집으로 돌아옵니다. 두 아이는 부모는 없지만 행복하게 살아가는 걸로 끝납니다.

두 번째 전설은 흑룡이 등장하는데, 흑룡은 하늘의 천궁에서 사방으로 쏘다니며 사고를 치다 백두산으로 추방당합니다. 그래도 흑룡은 정신을 차리지 못하고 사람과 동물을 죽이고 천지의 물고기들까지 죽이다가 옥황상제가 파견한 지상총감에게 형벌을 받고 화개봉 돌기둥에 석 달 열흘이나 묶여 있다가 죽습니다.

두 가지 전설에 공통으로 등장하는 것이 백두산 천지입니다. 그래서 두 전설을 연결해 보면 어떨까 하고 구상하게 되었습니다.

잔잔한 호수나 강에는 지상의 모습이 반전되어 비칩니다. 그 모습을 볼 때마다 물속에 이 세계와 비슷하면서도 실은 완전히 다른, 뒤집힌 세계가 있는 게 아닐까 하는 상상을 종종 하곤 합니다. 그래서 이번 이야기에서 지상 세계와 물속 세계를 연결해 보았습니다. 현실의 모습을 거울처럼 비추는 거울 세계인데, 첫 번째 전설이 반전되어서 용궁에 용왕 대신 두 번째 전설에 나오는 흑룡이 살고 있습니다.

첫 번째 전설을 읽으며 열다섯 살 장우와 열두 살 바우가 고산지대 초가집에서 과연 행복하게 살아갈 수 있을까 하는 의문이 들었습니다. 고립은 사람을 힘들게 하고 심지어 미치게 할 수도 있습니다. 코로나로 인해 서로에게서 단절된 요즘, 많은 사람들이 느끼고 있는 감정일 거라고 생각합니다. 단절된 시대에도 사람들 사이에 있어야 비로소 사람으로 살아갈 수 있습니다.

쓰는 동안 다음 책들의 도움을 받았습니다.

리천록, 최룡관 엮음, 『백두산 전설: 천지 속의 용궁』, 창비, 1991.

심혜숙, 『백두산』, 대원사, 1997.

이도근, 김진옥, 『백두산 식물 길잡이』, 궁리, 2021

단동이

김성일

신화와 전설이 어디에서 오는지는 아무도 모른다. 남아 있는 것을 분석하고 상상할 수 있을 뿐이다. 〈신데렐라〉는 고전시대 그리스 사람 스트라본이 채록한 것이 가장 이른데, 지금 보면 신발로 사람을 찾아서 결혼한다는 것 외에 공통점이 없다. 심지어 그 이야기는 신데렐라에 해당하는 로도피스가 아니라, 왕자에 해당하는 이집트 파라오가 주인공이다. 문자로 남지 않은 더 옛날의 〈신데렐라〉는 어디까지 거슬러 올라갈지?

나는 그런 이야기가 처음 발생한 순간이 궁금하다. 길가메시의 원본은 어떤 사람이었고 무슨 일을 했기에 신화에 그렇게 남은 것인지? 구미호 누이 전설은 처음부터 끝까지 누가 지어낸 것인지, 아니면 그 발단이 된 사건이 있었는지? 왜 우리는 있었던 일을 그대로 전하는 데 만족하지 않는지?

실록 덕분에, 단종의 죽음은 수수께끼랄 만한 것이 없는 역사적 사건이다. 그러나 그 사건은 무속신 단종의 시작이기도 하다. 신이라는 것이 이야기가 인격화한 것이라면, 단종대왕신은 단종의 죽음에서 탄생한 셈이다. 단종 폐위 사건의 본질은 역사에서 흔히 찾을 수 있는 쿠데타지만, 민간의 슬픔과 아쉬움이 있어 그로부터 초자연적 설화가 나왔다. 단종은 인간의 몸을 벗고 이야기로 변신함으로써 다른 생명을 얻은 것이다.

「단동이」는 단종에 관한 이야기라기보다는 설화의 발생에 관한 이야기다. 단동이는 그저 고양이일 뿐이지만, 아파트 주민들의 사랑을 받았기 때문에 그 죽음에서 이야기가 생겨난다. 급식소에 이름이 붙고, 사람들이 꽃을 바치며 소원을 빈다. 단종은 강원도 영월로 유배를 가 그곳에서 죽었다. 거기서는 지금도 태백산신제를 지내고 단종문화제가 열린다.

파종선단

〈선녀와 나무꾼〉 이야기는 전 세계에 광범위하게 퍼져 있는 오랜 구전 설화로, 셀 수 없이 많은 버전이 세상에 존재한다고 한다. 현재까지 기록이 남아 있는 이야기는 전체 버전에 비하면 만분의 일도 되지 않는 게 아닐까? 구전 설화란 원래 그런 것이니까. 아마도 이 이야기는 무수한 입을 거쳐 변형되고 또 변형되며 당대의 가치와 시대상을 게걸스럽게 흡수해 왔으리라.

하지만 어느덧 설화라는 매체는 생명을 잃고 말았다. 우리는 과거에 박제된 화석을 읽고 있는 셈이다. 서점에서 판매되고 있는 몇몇 〈선녀와 나무꾼〉 동화책에는 여전히 여성을 납치 감금하는 폭력적인 묘사와 구시대의 효 사상을 강요하는 시대착오적 메시지가 고스란히 남아 있다. 참으로 불쾌한 일이다.

주제넘지만 이 구전 설화가 현대에도 문제없이 작동할 수 있게끔 고쳐보고 싶었다. 그런데 쓸 줄 아는 게 SF뿐이다 보니 조금 괴상한 결과물이 되고 말았다. 이런 종류의 이야기를 외계인 조우 이야기로 각색하는 것은 장르적으로 보면 사실 좀 안이한 선택이긴 한데, 그래도 최선을 다해 새로운 목소리를 입혀 보았으니 부디 노여워 마시기를.

매구 호텔

소렐

〈여우누이〉 설화는 사랑받는 고명딸로 태어나 소의 간을 빼어 먹고 가족을 해친 여우 요괴, 매구를 막내 오빠가 물리치는 이야기입니다. 부모의 보물인 누이가 귀중한 소의 간을 먹는다 — 형제들이 누이에게 공포를 품기 시작하는 이 사건은 재산이 딸에게 새어 나간다는 불안과 불만의 은유처럼 느껴지기도 합니다.

동기 간의 상속 분쟁, 여성 괴물, 비밀을 품은 집, 남은 이들이 고여 살아가는 을씨년스러운 분위기… 이런 요소들에서 저는 자연스레 '고딕스럽다'는 연상이 들더군요. 문화권을 바꿔 이야기를 다시 상상해 보는 것을 즐기는 편이기도 하고요. 그 결과 동양과 서양, 과거와 현재, 화려함과 고단함, 머무는 이와 떠나는 이가 끊임없이 교차하는 공간인 외국인 호텔을 배경으로 삼게 되었습니다.

본래는 원 설화에 더 가깝게 막내 오빠의 시점에서 여우누이에게 홀리는 이야기를 구상했는데요. 여우누이의 시점을 이야기하는 편이 더 로맨스가 살아나는 듯해 지금의 「매구 호텔」이 되었습니다. 어느 쪽이든 여우누이가 퇴치되거나 불행해지는 끝이 없다는 점이 제게 중요했습니다.

사랑에 빠진다는 건 긴긴 외로움 끝에 나와 닮은 단 한 사람을 찾아내는 환희 같기도 하지요. 그렇다면 함께 괴물이 되는 이야기도, 분명 기괴한 동시에 지극히 로맨틱하고 행복한 결말이지 않을까요.

외국인 호텔과 그 지배인의 조선인 양자, 구락부의 사교 모임과 파티, 이양인의 연쇄살인 괴담 등 근대 정동에 실재했던 다양한 이야깃거리를 참조하여 서양인 주거지 풍경을 스케치했습니다. 참고 서적 외에는 한국콘텐츠진흥원의 문화콘텐츠닷컴 문화원형DB를 읽고 큰 도움을 받았습니다. 2022년 현재는 사이트가 폐쇄되어 무척 아쉽습니다.

참고 자료

이순우, 『손탁 호텔』, 하늘재, 2012.

김철, 『복화술사들—소설로 읽는 식민지 조선』, 문학과지성사,

2016.

김창길, 「고종의 사진사가 김옥균 암살에 나선 까닭은… 개화기 사진 수난사」, 《경향신문》, 2018.5.10.

여우 구슬

송경아

제가 어렸을 때 TV에서 놓칠 수 없는 프로그램 중 하나는 단연 〈전설의 고향〉이었습니다. 으스스한 달밤과 깊은 산중에서 벌어지는 귀신과 요괴들의 향연은 어린 시청자들의 넋을 쏙 빼놓았지요. 지금처럼 실감 넘치는 컴퓨터 그래픽의 세계에서는 명함도 못 내밀 특수효과였지만, 그때는 꿈에 나타나기에 충분히 무시무시한 괴물들이었습니다. 어찌나 인기가 있었는지 《전설의 고향 전집》이라는 몇 권짜리 두꺼운 전집도 나왔습니다. 초등학교에 다니던 저는 친한 동네 오빠 집에 며칠을 들락날락거리면서 그 책을 다 읽었습니다.

「여우 구슬」은 그 전집에 실려 있던 전설입니다. 옛날에 어느 부잣집 도련님이 먼 서당에 다니는데, 언제쯤인가부터 살이 쫙쫙 내리기 시작했습니다. 보약을 아무리 달여 먹여도 소용이 없었습니다. 아무래도 수상해서 꾀 많은 하인이 몰래 따라가 보니 산중턱에서 어느 어여쁜 여자가 나타나 도련님을 붙잡고 입에서 입으로 구슬을 한참 넘겨주고 넘겨 받더니 사라지더라는 겁니다. 나머지 이야기는 뻔하지요. 그 이야기를 들은 스님이 '그 여인은 여우가 둔갑한 것이니 도령에게 부적을 붙이고 여차저차 하면 도망갈 것이오.' 하고 가르쳐주고, 스님 말대로 하니 여인이 공중제비를 넘어 여우로 변하며 '아깝다! 하루만 더 했으면 도령의 구슬은 완전히 내 것인데!' 하고 도망가 버리는 겁니다.

어렸을 때라 입으로 구슬을 주고받는다는 행동의 성적인 의미는 깨닫지 못했지만, 그 이미지는 강렬하게 남아 있었던 것 같습니다. 그래서 이번에는 입으로 정보를 주고받고 세뇌를 시키는 외계인을 생각해 보았습니다. 눈코입, 즉 이목구비는 뇌와 매우 가까이 붙어 있는 부분이고, 즉각적인 성감대로 많이 활용되기도 하지요. 로맨스 소설에서도 눈꺼풀 위에, 입술에, 입안에, 콧잔등에 키스하는 것은 각별한 의미를 지니지 않습니까. 그것이 다른 면으로도 각별한 의미를 지닌다면, 어떨까요? 하긴, 이미 키스에 각별한 의미를 부여해 버린 우리 문화권에서는 웬만큼 좋아하는 사람이 아니라면 키스를 해가면서까지 바디 스내칭을 하고 싶은 사람이 없을지도 모르겠습니다. 프로페셔널 스파이가 아니라면요.

구서담

이한

이 이야기는 몇 가지의 민담에서 모티브를 빌려왔는데, 가장 큰 틀은 장인과 사위가 서로를 골탕 먹이는 구서담입니다. 임진왜란 이후 크게 유행했던 장르이지요. 권율도 그렇거니와 이항복은 한평생을 시련과 고통 속에서 살았고, 그 모든 노력과 성과가 배신당해 외롭고 비참한 마지막을 맞았던 인물입니다. 그럼에도 농담과 장난을 잊지 않았기에 저는 이항복을 무척 좋아합니다.

그다음은 신립의 민담입니다. 밤마다 나타나는 황금 닭 요괴를 물리친 뒤 자신을 데려가 달라는 여성의 청을 거절했더니 여성은 자살하고 그 원한으로 신립도 탄금대에서 죽었다는 이야기입니다. 신립으로서는 부인과의 의리 때문에 거절한 것이라 억울할 수도 있겠지만, 여자를 꼭 첩으로 들이지 않고 일거리라도 마련해 주면 됐을 텐데. 결국 신립의 융통성 없음이 민담으로 승화된 예라고 하겠습니다. 개인적으로 채집한 민담에서 신립의 장인으로 나오는(실제로는 아닙니다) 권율이 "그런 일로 사람을 쥑여!" 하고 신립을 야단을 치는 대목을 무척 좋아했습니다. 그런데 신립 설화에 나오는 요괴는 왜 하필 장닭일까요. 닭은 시간을 알려주는 동물이니 시계로 형상화했습니다만, 역시나 알 수 없고 끝내 궁금합니다.

세 번째로 써먹은 여우누이 이야기는 어린 시절 제게 한밤중의 공포였습니다. 과연 소녀의 짧은 팔로 소의 항문에서부터 간까지 손이 닿을 수 있는지, 그리고 소의 간은 꽤나 커다란데 소녀가 한입에 꿀꺽 먹을 수 있는지는 의문이긴 하지만 말입니다.

끝으로는 역사적 의문을 하나 집어넣었습니다. 거북선은 태종 때 시험된 기록이 남아 있지만, 이후로 수백 년 동안 감감무소식이다가 갑자기 임진왜란 때 툭 튀어나옵니다. 그동안 대체 무슨 일이 있었던 것일까요. 중종 대만 되어도 세종대의 물시계를 아무도 고치지 못해서 그야말로 로스트 테크놀로지가 되어버렸거늘. 선조 대의 거북선과 화차는 어떻게 만들어졌을까요. 타임캡슐이 하나쯤 있어도 되지 않을까 하는 안이한 생각에서 설정해 봤습니다.

이 모든 것을 뒤섞어보니 굉장히 뒤죽박죽 이야기가 되어버렸습니다. 수정을 위해 파일을 열기 전에 심호흡을 여러 번 해야 할 만큼 졸저입니다만 부디 즐겁게 읽으실 수 있기를 바랍니다.

견우도 직녀도 아닌

문녹주

견우직녀 설화는 기원전 노랫말 모음인 『시경』에도 나올 정도로 오래된 이야기다. 『시경』의 시대로부터 또 한참 시간이 흘러야 이야기의 꼴을 갖춘다. 이 이야기는 중국 4대 민담에 들어가기도 하는데, 동으로는 한반도를 거쳐 일본까지 닿았고 서로는 베트남에까지 퍼졌다.

이야기는 땅마다 제각기 다른 풍토에 맞추어 자리 잡았다. 시원지인 중국 대륙에서도 다양한 변주를 지닌 건 물론이다. 중국이라는 나라는 한 종류의 이야기만 품고 살기에는 사람이 너무 많고 땅이 매우 넓다. 그곳에서는 우랑직녀라 이르는 그 설화는, 신발을 잃어버렸다가 계급 상승에 이른 아가씨 이야기만큼이나 종류가 다채롭다.

 이야기가 오래도록 곱씹혔다는 것은 그만큼 소를 몰고 천을 짜는 노동이 오래되었다는 뜻이다. 친숙하고 지긋지긋한 노동의 굴레에 매여 살았던 이들이 오랜 세월 전해 온 견우직녀 이야기의 골자는 어떠한가. 신혼 재미에 홀라당 빠져 일손을 놓아버린 젊은 부부가 은하수 반대편으로 떨어지지만 1년에 한 번은 까막까치의 도움을 받아 회포를 푼다. 그냥 행복하게 살면 되는 이들이 이런 상황에 처한 까닭은 단 하나, 일을 게을리해서다. '일하지 하지 않는 자는 먹지도 마라'라는 민중가요가 떠오르는 지점이다. 일을 게을리하면 신혼부부도 떼어놓는 게 하늘님의 뜻이니까 모름지기 백성이라면 열심히 일해야 한다는 아름다운 옛이야기의 세계여.

 아직도 많은 인류가 생존을 위해 소를 몰고 천을 짜고 있지만, 그보다 더 많은 이들이 방직기와 공장식 축산의 영향을 직간접적으로 받으며 살고 있다. 사실 전부일지도 모른다. 일부에게는 천도 고기도 예전처럼 귀하지 않다. 너무 흔하다 못해 넘치는 나머지 쓰레기로 흘러가기까지 한다. 다른 일부는 그 쓰레기를 감당하면서 산다. 그걸 만들기 위해 생긴 오염은 기본이다.

 이런 부조리를 해결하고자 참 많은 이들이 애썼다. 해결될지 어떨지는 모르겠다. 내가 단언할 수 있는 건 다른 종류의 일이다. 누구나 직면한 문제 앞에서 행동할 수 있다. 누군가 옳은 일을 하게 되는데, 그 계기가 어떤지는 사람마다 천차만별이다. 어떤 사람들은 계기가 무엇이 되었든 일단 하고 본다. 이것도 그런 이야기다.

내가 만난 신의 모습은

전혜진

이 이야기는 죽령의 산신인 다자구 할머니 설화를 바탕으로 했다. 다자구 할머니는 평범한 할머니의 모습을 하고 관군을 도와 산적들을 물리쳤다고도 하고, 최명길의 앞에 나타나 병자호란이 일어날 것을 알려 주었다고도 한다. 관군을 돕고 사람들을 보호하는 죽령산의 다자구 할머니가, 한국전쟁 중에 나타났다면 누구를 돕고, 어떤 일을 했을까.

지금까지 몇 편의 단편 소설에서, 국가폭력에 대한 이야기를 해왔다. 우리나라에서는 20세기 들어 식민지 지배와 분단, 전쟁, 독재를 거치며, 역사의 격변기에 국가폭력들이 자행되었다. 수많은 집안에서 쉬쉬하고 넘어가는 죽음의 이야기 중에는, 바로 이 국가폭력이 얽혀 있는 경우도 적지 않았다. 권력자들이 법과 질서, 그리고 반공이라는 이름으로 합리화했던 이 국가폭력에 대해, 많은 사람들은 항의하는 대신 두려워하며 침묵해야 했다.

어느 집안이나 찾아보면 그런 이야기가 있겠지만, 나의 일가 어르신 중에도 평범하게 농사를 짓다가, 전쟁 중에 갑자기 군복 입은 사내들에게 끌려가 젊은 나이에 살해당한 분이 계셨다. 그때 그 마을의 젊은 남자들 태반이 죽었다는데, 사람들은 인민군이 끌고 가서 죽인 게 틀림없다고들 했다. 돌아가셨다는 시기를 생각해 볼 때, 아무래도 그게 아닌 것 같았지만, 다들 그 일에 대해서는 쉬쉬하기만 했다. 아무 죄도 없이 '우리 편'에게 살해당하고, 그 억울한 죽음을 차마 말할 수도 없었던 죽음들, 그런 죽음은 또 얼마나 많았을까.

아마도 다자구 할머니가 그 전쟁 중에 이 땅에 다시 모습을 드러냈다면, 할머니가 지키고 싶던 것은 전쟁을 일으킨 인민군도, 반공이라는 이름하에 폭력을 자행하고 다니던 이들도 아니었으리라. 이 땅의 사람들을 지켜보던 산신이 현현할 수 있었다면, 그 할머니는 반드시 죄 없이 휘말린 사람들, 제대로 훈련도 받지 못하고 전쟁터로 끌려간 어린 소년들, 그리고 국가폭력 앞에서 두려워하면서도 두 주먹을 꽉 쥔 채, 아무리 그래도 그건 아니라고, 그건 불의한 일이라고 말했던 이들의 편을 들어주었을 것이다.

은하환담

— 아홉 작가의 한국 설화 앤솔러지

초판 1쇄 발행 2022년 3월 25일
초판 2쇄 발행 2023년 5월 15일

지은이 | 곽재식, 김설아, 김성일, 이경희, 소렐, 송경아, 이한, 문녹주, 전혜진
엮은이 | 문녹주

펴낸이 | 조미현
책임편집 | 김솔지
디자인 | 나윤영

펴낸곳 | (주)현암사
등록 | 1951년 12월 24일 · 제10-126호
주소 | 04029 서울시 마포구 동교로12안길 35
전화 | 02-365-5051
팩스 | 02-313-2729
전자우편 | dalda@hyeonamsa.com
홈페이지 | www.hyeonamsa.com
블로그 | blog.naver.com/hyeonamsa

ISBN 978-89-323-2200-1 03810